文庫

モダンタイムス(上)

新装版

伊坂幸太郎

講談社

◉目次

モダンタイムス（上）

1

実家に忘れてきました。何を？　勇気を。

小学校三年生の時、プールの授業の際、どうしてもビート板から手を離すことができずに水際でぴちゃぴちゃと遊んでいたところ、担当教師の釜石が、「勇気を出せ、勇気を」とあまりにうるさかったため、私はやけ気味に言ったことがある。自宅、ではなく、実家という言葉が口を突いたのは、その頃、母が、「実家に帰らせていただきます」と父によく言っていたからだろう。

「おまえ、馬鹿か？　勇気ってのはそうやって、忘れてくるものじゃないんだよ」

プールサイドに私を引っ張り上げた釜石は喚いた。そんなことは小三の私でも分かっていたが、言い返さなかった。口答えをすれば、釜石は鉄拳を放ってくるからだ。が、よく考えれば、すでに私は口答えをしていたわけで、結局、鉄拳を見舞われた。倒れたプールサイドは堅く、膝に傷ができた。

「勇気はあるか？」

それから二十年近く経ち、二十九歳の会社員となった私の前で、見知らぬ男がそう言った。自分のマンションに、見知らぬ男がいたのだ。

「実家に」と言いかけたが、言葉を止めた。プールサイドの痛みが、記憶の倉庫の奥から飛び出し、生意気なことを言うと殴られるぞ、と警告してきたのだ。殴られた。椅子ごと身体が揺れた。私はロープのようなもので、椅子に固定されている。

「ちょっと、待って。待ってくれ」必死に口を動かす。

混乱していた。ここがマンション、自分の家だということは間違いない。会社を出たのが深夜の一時で、そこからまっすぐに戻ってきたことを考えると、一時半を過ぎたか過ぎていないかというところだろう。玄関のロックを解除し、廊下を歩き、居間に向かった。寝室で眠っているはずの佳代子を起こさないように、結論からすれば彼女はそこでは眠っていなかったのだが、とにかく起こさぬようにと気をつけた。なぜなら起こすと妻は怒るし、怒った妻は鬼の如く怖いからだ。

壁のスイッチに手を伸ばし、電気をつけた直後、急に後ろから羽交い締めにされ、脇腹を殴られた。身体から力が一瞬にして抜け、フローリングに膝をつく。呻くことしかできなかった。どうにか顔を上げ、殴ってきた相手を確認しようとするが、頬を続けて殴られる。

気づけば、腕を下に伸ばした恰好で、ダイニングの椅子に縛り付けられていた。上半身を揺すられた。「おい、目を覚ませよ」と見たことのない男が言った。

身長は高く、肩幅もあり、格闘家のようだった。黒いブルゾンには刺繍があり、綿のパンツを穿いている。手には革のグローブがあった。表情は分からない。というよりも、口のまわりが髭で覆われ、おまけに目には色のついた眼鏡があり、全体が把握できない。が、幼さが滲んでいるのは分かった。意外に年齢は若いのかもしれない。

寝室へと繋がる扉が開いていたので、覗くと、ベッドの掛け布団は綺麗にまくられていた。無人なのは明らかだ。妻がいない。なるほど、と私はだんだんと何が起きているのか、察しはじめた。

四年前、つまり二十五歳の時にも似たようなことがあったのだ。あの時も、深夜零時過ぎ、やはり、残業続きの日々だった。当時住んでいた賃貸マンションへ帰る道の途中で、突如、複数の男たちに囲まれた。

「勇気はあるか？」椅子に縛られた私の前で、髭の男が繰り返す。「これから、自分がどんな痛い目に遭うか、どんな惨い目に遭うか、分かるか？　勇気はあるか？」

男は暴力を振るうのに慣れているのだろうか。興奮した調子はなく、むしろ、訓練された任務を遂行するような落ち着きぶりを見せた。

「ないです」

「ないよな」

「怖いですよ。というよりも、勘違いです」私は、相手が年下だろう、と確信を得ていたが、丁寧な言葉遣いを続けた。

「勘違い？　何がだ」

「君は、俺を痛めつけるように言われた。雇われた。そうですよね？」

彼は答えない。部屋の中は静まり返り、キッチンに置いてある冷蔵庫の低く唸るモーター音が床を揺らすだけだ。

「でも、痛めつけられる理由なんてないんです。勘違いですよ。濡れ衣です」言った瞬間、頭に震動があった。視界がぶれ、目がどこかへ飛んだかのような感覚に襲われる。殴られた。拳の動きは見えなかった。

「みんな、そうやってとぼけるんだ。で、痛い目に遭う。痛くなってから、とぼけるのをやめる。順番を間違えている。もったいないだろ」

電話が鳴った。「君が代」のメロディが流れる。私の着ている背広のポケットの中に入っている携帯電話に着信がある。

「何で？」目の前の男がはじめて、表情に変化を見せた。「何で、君が代？」

「気分です」

正確に言えば、今朝届いた、占いのメールに、「着メロを変えたほうがいいですよ、絶対」とあったのがきっかけだったのだが、君が代を選択した理由は特になかった。昨日までは、アメリカ国歌「星条旗」だったのだけれど、派遣会社からやってきた二歳年下のシステムエンジニアの女の子に、「どうして、アメリカ合衆国なんですかー？」と問われ、返事に困っていると、「君が代のほうが可愛いじゃないですか。星条旗は、マッチョな感じですよ、マッチョ」と言われたのが影響したのかもしれない。関係ない話ではあるが、彼女は、これからの時代はマッチョじゃなくて、「あはれ」なんですよ、と主張した。彼女のパソコンの壁紙の写真にうつる彼女の恋人は、どこからどう見ても、「あはれ」よりもマッチョ、のタイプだったから、ないものねだりなのだろう。

「可愛いじゃないですか、君が代」と言ってみるが、髭の男は聞いていない。私の背広のポケットに手を伸ばし、君が代を放つ携帯電話を引っ張り出した。目が悪いのか、もしくは色のついた眼鏡をしているせいなのか、顔を近づけ、着信の番号を確認した。

「これは、誰からだ？」と電話機を近づけてくる。

私は表示されている、「大石倉之助《おおいしくらのすけ》」という名前を見る。「同僚です。会社からです」

「大石倉之助って、忠臣蔵の？」髭の男もさすがにその時は、無防備な様子だった。

「同姓同名というか、字がちょっと違います」

名前負けもいいところですよ、と入社二年目の大石倉之助は、酔うとよく泣き言を言った。「赤穂浪士を束ねて、仇討ちを果たすような器じゃないですし」

学校生活において、「誰かリーダーを決めなくてはならない」という場面になり、誰もがその役割を敬遠するような事態が訪れると、かなりの割合で誰かが口を開くという。「やはり、リーダーシップといえば、大石内蔵助《おおいしくらのすけ》ではないですかね」と。

青年訓練制度、俗に言う徴兵制に従い、入隊した際にも彼は、「この名前であるからには、よほど肝の据わった、優秀な男に違いない」と名簿だけで判断され、もっとも過酷な演習に振り分けられたという。

私はよく、「仇討ちをする必要はないし、おまえも、真面目で、几帳面だし、立派なエンジニアじゃないか」と宥めるのだが、それは実際、本心でもあった。

私が会社を後にする時、大石倉之助はまだ残業をしていた。明日の朝までに完成しなくてはならないプログラムの、最終確認に手間取っていた。真面目で、几帳面であるがゆえに、仕事が遅いのが玉に瑕ではある。

「こんな時間にか」男は壁にかかった時計を見ながら、少しだけ驚いた言い方をした。

「何か困ったことがあったんだと思います。電話に出てあげてもいいですか」

あくまでも腰の低い態度で、私は頼んだ。この深夜に、電話をかけてくるということは、大石倉之助はよほど困っているのだろう。男は受話ボタンを押し、私の左耳に電話機を押し当てた。

「渡辺さんですか？　起きてました？」大石倉之助の高い声が耳に飛び込んでくる。

「ほんと、すみません」

「今、家に着いたところだよ。どうかしたのか」

「試験用のWEBサーバがあるじゃないですか。黒いやつ。あれが急に、ぼん、とか音出して、動かなくなったんですよ」

大石はすでに泣き出しそうな声だった。

「そうかそうか」と私は答える。サーバが故障すると、作業はできない。被害は大きい。けれど、打ち沈み、悲しみに暮れるほどの大惨事ではない。「サーバの裏側に、メーカーのヘルプデスクの電話番号が書いてあるから、すぐに電話してみてくれ。たぶん、技術者が来るから」

「こんな時間に？」

「そのために、契約してるんだよ。大丈夫。ただ、申し訳ないけど、大石にはもう少し残っててもらわないといけないけど」

「ああ、それならいいですよ。ただ、僕のプログラムの試験が」

「できないものはしょうがない。明日の朝からは、完成品じゃないことを前提で、担当者たちに使ってもらうしかない」

「そんなんで大丈夫ですかね？」真面目で、几帳面な大石倉之助は、悩む時も真面目で几帳面だ。

「弱気になるなよ。別に、家で、危険な男に捕まって、手足を縛られて、拷問を受けるわけじゃあるまいし」

「何ですか、そのたとえ」大石倉之助がきょとんとしているのが分かる。

男が電話を切った。

「大石倉之助に頼られるとは、たいしたもんだな」

「一応、そのプロジェクトのリーダーなので」私は頭を下げた。

「明日、課長に話ができればいいよな」

「できればいいですね」

「無事にな」男が冷めた言い方をする。ブルゾンをめくり、綿のパンツを引っ張り上げている。その腰元に、明らかに、拳銃としか思えない物体がぶら下がっていた。回転式の、黒いやつだ。私は目を逸らした。徴兵制の訓練時以外では、見る機会のないものだ。

「あの」と私は、相手の機嫌や動作の変化を見逃すまいと観察しつつ、訊ねることにした。「どこまでやるように言われているんですか」

「どこまで、っていうわけでもないけどよ」と答える男には、あどけなさが一瞬、覗いた。「勇気はあるか？」

「勇気は実家に」と言いかけたところで、また、君が代が鳴った。携帯電話は、男がまだ持っていたので、彼はその着信画面を見た後で、「俺に仕事を依頼してきた本人からだよ」と鼻の穴を膨らませた。

電話機が、私の左耳に当てられる。

「どんな感じ？」電話の主が言った。

「濡れ衣だよ」

「濡れ衣って何が？」

「どうせ、あれだろ？　また、俺の浮気を疑ったんだろ？」

私は、電話をかけてきた妻の佳代子に言う。また、息が漏れる。どうして、こんな破天荒な女性と結婚したのだろう、という悔恨はなかった。男女の関係において、結婚してみなければ分からないことはいくらでもあるし、彼女はそのあたりの隠蔽が巧妙だった。故意に正体を隠していた。結婚を決意した五年前の自分を責めるのは、あまりに酷だ。君は悪くない。むしろ、励ましたいほどだ。

「浮気相手のことを白状したら、解放してあげるから」佳代子は飄々と言う。

「勘違いだ。四年前もそうだっただろ。俺を路上で、ぼこぼこにして、結局何もなかったじゃないか」

「あなたの腕は折れたわ」

「そうだ。俺の腕が折れただけだった」

「あれはねえ、確かに思い過ごしだったけど。今回は自信あるの。最近、あなた、帰り遅いし」

「残業だよ」

「携帯電話鳴ると、どぎまぎしてるし」

「仕事だよ」

「この間、着信履歴を見たら、一件だけ消してあったし」

「間違い電話だったんだ。というよりも、ほかに証拠はないのか」

「ほら」彼女が笑う。

「ほら？」

「証拠は？　って聞いてくるのはたいがい、犯人なのよ」

「信じられない」私はつぶやき、目の前の、私を甚振《いたぶ》り、浮気相手の名前を聞き出すために雇われた、髭の暴力者の顔をまじまじと見る。信じられないですよね？　と同意を得たかった。

「わたしのこと、信じられないわけ？」妻が怒る声が耳を刺す。「浮気してるからでしょ、それ」

2

「渡辺さんは、愛妻家なんだねえ」と得意先との食事中に言われたことがある。

数年前、広島に出張した際、居酒屋で私が席を外し、わざわざ妻に電話を入れていたからだ。

「愛妻家って実は、ほとんど、恐妻家に近いんですよ。なあ、渡辺」と当時の課長が相槌を打った。

「ええ」同意したのは、本当にそう思ったためだ。

「なるほどねえ、真の恐妻家ってのはさ、きっと、恐妻家だと認めることすら怖いから、絶対、『私は恐妻家です』とは言えないだろうねえ。殺人犯が、『私が殺人犯です』って絶対言い出せないのと一緒で。やっぱり、他人から指摘されるのを待ってるだけなんだよな」得意先氏はすでにかなり顔を赤くしていたが、自らの理屈に満足げにうなずいた。

「恐妻家って言えないかわりに、愛妻家って言葉ができたのかもしれないですよ」課長が続ける。「一種の言い換えですよ、言い換え。愛妻家って言葉から、推測してくれよ、という魂の叫びですよ」

「なるほどなあ」得意先氏が言う。

「そうですねえ」私は曖昧に言う。

課長や得意先氏は自分がいかに、妻に気を遣い、妻を恐れ、虐げられているかを話しはじめ、俺たちはがんばってるよな、と意気投合したが、それを聞きながら私は、もちろん、愛想良く話を盛り上げてはいたものの、「みなさんはまだ、いいですよ。ぜんぜん、大したことないですよ」と思っていた。恐妻家にプロアマがあるのだとすれば、あなたがたはアマもアマ、アマ中のアマだ、と。

私の妻、渡辺佳代子は得体が知れない女性だった。

まず、職業が分からない。交際中は、カウンセラーだと言っていた。訪問型の、精神カウンセラーなの、と。果たして、カウンセラーに、訪問型であるとか店舗型であるとか、風俗店のような分類があるのかどうかも分からなかったが、とにかく、「契約している顧客からの呼び出しに応じて、家に出向いて、話を聞くの。だから仕事の時間は不定だし、休みもまちまちだし、大変なのよ」と主張した。不思議な仕事だと感じてはいたものの、疑いはしなかった。けれど、結婚後早いうちに、彼女の仕事はそのようなものではない、と判明した。

さらに、彼女には過去に、結婚の経験があったことも分かった。もちろん、結婚後に分かった。本籍を移すと、戸籍から結婚歴が消せるということもその時に知った。彼女は少なくとも二回、つまり、少なくとも二人の亭主がいたのだ。ただ、その元亭主も今はいない。なぜか。一人は死んで、一人は行方不明になったからだ。

「浮気したからよ」彼女は平然と、私に言った。

浮気をすると、どうして死んだり行方不明になるのか、その因果関係が理解できなかったが、「雨が降ったら地面が固まるでしょ」と自然の摂理を語るかのような、言わずもがな、といった雰囲気が漂っており、私はそれ以上、質問を重ねることはしなかった。いや、本当のことを言えば、その時の私は度胸のあることに、質問を重ねてはみたのだ。「君の、過去の夫たちがいなくなったのは、何か君が関係しているのかい？」と訊いた。

するとどうなったか。死にそうになった。彼女はものすごい勢いで両腕を突き出し、私の襟をつかみ、首を絞めてきたのだ。身長百六十八センチというのは、女性にしては背が高いほうではあったが、体重はさほどなく、華奢な体つきだった。にもかかわらず、彼女は強かった。効果的に、相手に攻撃を加えるコツをつかんでいるとしか思えなかったが、どこでそのコツをつかんだのかなどと聞くことはできない。意識が遠のく寸前で、手が離され、倒れこんだ私は息も絶え絶え、嗚咽するほかなかった。

「渡辺君の奥さんって、どんな人？」得意先氏が訊ねてきて、答えに困った。

「実は私は、一回だけ、街中で挨拶したのですが、美人でしてね、これが」課長は完全に酔っ払っている。

「ほおほお、それは羨ましい。年は同じくらいなのかな」

「同い年です」私の知っている彼女の年齢が真実ならばです、と付け加えたかった。

「尻に敷かれてるんだよな、渡辺は」課長はどこかご満悦の様子だったので、私も、

「勘弁してくださいよ」とへらへら笑った。

彼らは本当に分かっていなかった。愛妻家だ、恐妻家だ、などと言っていられるのはまだ、大したことがない。アマなのだ。

そういえば、以前、私の友人がこう言っていた。彼は、小学校からの友人で、あまり冴えない男であったのに、今は、小説家という偉そうな肩書きを持って、同じ区内

で仕事をしている。井坂好太郎という筆名だった。家族があるにもかかわらず女にだらしなく、夜ともなれば繁華街に出て女性と絡み合って騒いでいる彼を、私はあまり信用していない。その彼が、「これは以前、ある評論家に教えてもらったんだけどな」と教えてくれた言葉があった。しかも、厳密に言えばそれは、「ある作家の言葉」らしかった。つまり、ある作家→評論家→友人作家という、孫引きの孫引き、伝言ゲームじみた伝聞に過ぎないのだが、彼はこう述べた。

「その作家が言うには、『結婚とは、一に我慢、二に辛抱、三、四がなくて、五に忍耐』ということらしい」

　その台詞を彼から聞いた時の感想は、「そんなのはまだいいではないか」というものだった。

　私に言わせれば、結婚とは、一に我慢、二に辛抱、三、四がなくて、五にサバイバルだ。妻の佳代子とは別れることができない。別れ話を持ち出したりすれば、何が起きるのか想像するのも恐ろしい。彼女と結婚していた二人は、一人が死に、一人が行方をくらました。どうにか、結婚生活を継続し、生き延びるほかなかった。

「もし、渡辺君が浮気したら、奥さんはどういう態度を取るんだろうね？」得意先氏は、私にそう訊いた。

　いったい、どういう仮定の質問なのか、と呆れるが、これもまた酒席での社交だと思い、私は少し考えた上で、「きっと、殺されちゃうかもしれません」と答えた。

「それは怖いねえ」と得意先氏と課長は笑った。

そこで笑えるのは、彼らが私の言葉を冗談だと確信しているからに違いない。

「自分で殺そうとするか、もしくは、あれですよ、誰か人を雇って、痛めつけて、浮気相手を聞き出して、その子もきっと酷い目に遭わせますよ」

私がそう続けても、彼らは、「君は本当に、素晴らしい女性と結婚したね。いやあ、結婚はなんて素晴らしいんだ」と半ば自棄気味にはしゃぐだけだった。

言われてから私は、確かにどうして自分は佳代子と結婚したのだろう、いったい彼女の何に惹かれたのだろう、と考えた。まず、外見が好みだったのは事実だ。美人で胸が大きく、腰が細く、笑うと少女のようにも見えた。そして、おそらくは、常に優柔不断で物事を決められない私からすると、彼女の決断力や行動力に新鮮さを覚えていたのかもしれない。結婚前、初めて二人で海外旅行に出かけた際、パスポートを置き忘れてしまう、という出来事があった。私は情けないくらいに狼狽し、あちらこちらに電話をかけた。数年前からパスポートにはGPSの機能がついていたが、更新前の私のものは古いままだった。彼女は落ち着き払ったもので、「大丈夫よ。パスポートがなくなったところで、もしそれを拾った人が悪用したところでね、今、わたしと一緒にいるこの楽しい時間は消えないし、損なわれない」と微笑んだ。その言葉は感動的だった。私はとても幸福に感じた。

結局、パスポートは空港のトイレから発見された。無事にそれを受け取ることができると、彼女はその私のパスポートを取り、「わたしが持っていてあげるよ」と言った。

「え」

「あなたのパスポート、持っていてあげるよ。あなたがなくしたりしないように」

単純ではあるが、そういった彼女の泰然自若とも言える落ち着き払った態度やたたずまいに、魅力を感じた。それ以降、私は何か大事な物があると、彼女に持ってもらうようになった。

「何でもかんでも預かってもらって、悪いね」と一度、言ったが、すると彼女は、「あなたのものなら、どんどん預からせて」と無垢の乙女のような微笑みを見せた。

そして今、私は、その恐ろしくも頼りがいのある、無垢の乙女の側面も持った妻に、浮気の疑惑をかけられ、自分のマンションの部屋で椅子に縛られ、見知らぬ男に殴られている。

「俺の家ってのは、結構、金持ちだったんだけどよ」目の前にいる髭の男は急にそんなことを言いはじめた。先ほど、私の妻からかかってきた電話を切った後、急速に、親密になったかのようだった。喋りながら、ガムテープを取り出している。

「何の話？」私は眉をひそめるが、すると椅子とロープの間から腕を引き抜かれた。自由にしてもらえるのかと思ったのもつかの間、すぐにその右腕を、椅子の肘置きのところに引っ張られた。手早く、ガムテープで固定される。

「親父が有名な企業の重役でさ、学校で結構、いい家に住んでたんだけど、やっぱり、幸せってのは金じゃねえよな。俺、苛められてさあ、だけど、親父もお袋も無関心だろ。気を引こうと思って、ぐれてみせたんだけど、それでも無関心だよ」

「何の話？」もう一度、訊ねるが、彼は答えない。私の前にしゃがみ、ひざ立ちになると、私の右手の指をぴんと伸ばした。

「そうこうしているうちに、物騒な仲間が増えてきてさ、もう真面目に働くこともできなくなって。でもって、ぶらぶらしてたら、知り合いが、『人に暴力振るって金がもらえるぞ』とか言って、この仕事に誘ってくれたんだよな。拷問とか脅迫とか、その手の仕事だよ」

「何の話？」

「まあ、しょうがないからその仕事を続けてるけどな、正直、後悔もあるんだ。もっとほかの人生があるんじゃねえかってさ。街とか電車とかで、すれ違う奴らを見ると、羨ましくてしょうがねえよ。俺の人生は最低だ、ほかの奴らのようにまともに生きたかったなあ、って思うんだよな。殴る相手に対しても思うよ。俺より、痛めつけられてるこの男のほうが、よっぽど幸せだよなあ、とかな」

私はもう一度、質問を繰り返すことも億劫で、自分の右手の今後の待遇が気になり、じっと手を見つめてしまう。相手の言葉と動きを待った。

「ただ？」

「ただざ」と彼は言う。

「俺、あんたにだけはなりたくねえなあ。あんたじゃなくて良かったなあ、とは思うよ」

返事に困る。ありがとう、と言うのも妙であるし、ふざけるなよ、と反応するのも誤りのような気がした。

「あんたの奥さん、恐ろしいだろ。よく結婚したよな」

「彼女は有名なのか？」私は半分、驚きつつ、半分はどことなく納得する思いで、訊ねる。

髭の男は少し肩をすくめ、詳細については語ることができないのだ、と言い訳するような表情になった。そして、私の右の指を一本一本、青果店で果物を確認するかのように、触っていく。どれが食べごろですかね、と言い出しかねない。

「あの、それは何を」

「いや、本当によくあるパターンで恥ずかしいんだけどな」と彼は言う。打ち解けてくれた様子でもあって、学校のクラス替えの後でだんだんと同級生と距離が近づいていくのに似た嬉しさを感じてもいたのだが、その後、彼が口にした台詞に愕然とする。

「とりあえず、指の爪を剝いでいこうかな、と」彼はごく自然に、何事もないかのようだった。

「爪？」

「よくあるやり方で悪いな。でも、尋問するのに一番いいだろ。痛いし、おっかねえし、でも爪はまた生えてくるんだ。人道的だろ」

「人道的では」

「とにかく、俺が、あんたの奥さんに頼まれてるのは、あんたの浮気相手のことを聞き出すってことなんだよな」

「浮気なんてしていない」と私は答えた。

「まあ、そう言うよな、まずは」彼は、私の人差し指の爪の尖り具合を探っている様子だ。「とぼけるしかないよな」

「とぼけてるんじゃないんだ。濡れ衣だよ」

「じゃあ、人差し指」と髭の彼は言い、いつの間にか取り出したペンチのようなものを、爪の先にあてがった。

「待ってくれ。君は」必死に言葉を探す。頭の中で、彼を説得できる材料を探す。小学校の記憶まで遡るが、この状況に相応しい知識は見当たらない。学校は、教育は、いったい私の何を救ってくれるつもりだったのだろう。分度器の使い方を教えてくれる時間を、どうして、爪の危機への対処の授業に充ててくれなかったのか。教育機関を憎みたくなった。そして直後、洞窟でマッチを擂り、周囲が仄かに明るくなったところにふっと浮かび上がるかのように、「人の痛み」という単語が私には見えた。「人の痛みを」と口走った。「人の痛みを想像してみてくれないか。こうやって無抵抗のまま、爪を剝がされる痛みと恐怖を考えてくれないか」

「人の痛みについてはいつだって考えてるよ」髭の男はあっさりと答えた。「もう数えるのも嫌になるくらい、俺はいろんな奴らを痛めつけてきた。仕事でな」

「仕事で」という言葉がどういうわけか私は引っかかり、鸚鵡返しにして、なぞっている。

「そうだ。ただ、仕事って言っても開き直りたくはねえから、相手の痛みに知らん顔するつもりはない。俺はいつだって、想像している」

「何を」

「自分が同じことをされた時の苦痛をだ。ただな、痛みってのは、身体が脳に与える信号だ。危険信号、非常ベルみたいなもんだ。燃えてる、体のどこかが燃えてるぜ、っていうベルだ」

「そうだとしたら」

「非常ベルなんて無視すりゃいいんだよ。というより、学校の非常ベルとか、古い奴はよく誤作動するだろ。で、そのうち誰も、ベルが鳴ってもびびらなくなる。麻痺するんだ。それと一緒でな、痛みがあっても、間違って鳴ってるだけだ、って言い聞かせてれば、そのうち麻痺するんだ」

「馬鹿な」そんな、「痛み論」など聞いたことがない。

「そうだ、これ見るか？」男はひらりと話題を逸らした。ブルゾンのポケットから大判の写真を取り出す。何だろうかと目を細め、確かめる。折り畳み可能の薄型ディスプレイに写真が表示されている。写っているものを見て、ぞっとした。鳥肌が立ち、息苦しさに襲われる。

私と桜井ゆかりが写っていた。同じ会社で事務をしている女性だ。二人とも酒により顔を上気させ、さらには、腕こそ組んでいないものの、かなり密着している。しまった、と舌打ちが出そうになる。

「これ、あんただろ？　で、これが浮気相手。違う？　この子の素性を教えてくれよ。そうすれば、爪は無事だ」

私は暑くもないのに、汗が出てくるのを感じた。口を開く。舌が震えそうで、閉じる。怪しまれるぞ、と警戒し、少し黙る。そろそろ落ち着いただろうか、と唇をまた動かすが、喉元が震え、また閉じる。

「あんたも承知してるだろうけど、あんたに聞かなくてもこの子の素性を調べることなんて、訳ないんだ。すぐに分かる。ただ、あんたの奥さんは、あんたの口からそれを聞き出したいらしい。趣味がいいというか、悪いというか」

「俺自身に、浮気相手を裏切らせたいわけだ」

「お、浮気を認めたのか」

「そうじゃない」

「俺、あんたじゃなくて本当に良かったよ」

私はどうしたら良いのか分からなかったが、爪を剝がされることは勘弁してもらいたかった。桜井ゆかりの顔が頭に浮かび、胸が痛む。二十五歳の彼女は、妻の佳代子と同じ生き物とは思えないほど、脆弱だった。だからこそ私には新鮮で、無意識に誘導されるがごとく、いつの間にか交際をはじめていたのかもしれない。

「浮気しているんだろ」

「していない」私は嘘をつく。桜井ゆかりとは恋愛関係にあった。浮気の定義は知らないが、妻以外の女性と恋愛し、性行為をしているという意味では、正真正銘の浮気だ。「恐ろしい妻がいるのに、浮気をする度胸があると思うかい」と言いつつ、私は自分自身に問いかける。よく、そんな度胸があったな？　と。度胸の問題ではなかった。いつの間にか、そうなっていたのだ。現実的な恐ろしさや身の危険に気を配る余裕もないうちに、私は、桜井ゆかりと付き合っていた。愚かだ、と私は、私を笑う。

「よし」男が、妥協案を思いついたような声で言った。「浮気をしていないのなら、なおさら、正直にこの子の名前を言ったらどうだ。そうすりゃとりあえずは、爪は剝がないで済む」

「剝がされないのか」

「今は、な。もし、浮気だと判明したら、そん時は爪どころじゃねえよ。分かってんだろ」

「でも、浮気ではない」浮気だけれど。

「なら相手の情報を言えばいいさ」

私はそこで、桜井ゆかりの説明をすることにした。名前、同じ職場で働いていることから、その写真の現場は同僚の送別会の帰りに過ぎないこと、それらを話した。男の手にはペンチがあったはずなのに、はっと見れば、ＩＣレコーダーになっていて、それで録音がされていた。

「住所は？」

「分からない」

「まあいいか、すぐに調べられるだろうな」

「彼女に乱暴しないでくれ。無関係なんだ」

「でもまあ、人間ってのは嘘をつくし、白も切る。ある程度は脅さないと、思い出さない奴はいるんだよ」

「妻の依頼なのか、それも」

「仕事じゃなかったら、誰が好き好んで、若い女の子を脅すかよ」

私は憎々しい思いで男を睨んだが、一方で、「助かった」と安堵しているところもあった。三日前から、桜井ゆかりはヨーロッパへ旅行に行っているのだ。高校卒業時から今の会社に勤めている彼女は、社内ではなかなかのベテランで、今年に入り、リフレッシュ休暇なるものを取る権利を得ていた。彼女自身は特に、旅行に出かけたいとも思っていなかったようだったが、私が、「行ってきたらどうだ」と後押ししたところ、半月ほどの海外旅行を決めた。「渡辺さんがそう言うのなら、ちょっと旅行行って来ようかな」と出かけた。お土産楽しみにしていてくださいよ、と笑う彼女は眩しかった。

帰国してくるまでは彼女は無事に違いない。猶予はある。助かった。

それにしても、と私は驚いている。あれは、このことを示唆していたのか、と。半月前に届いた、ある占いサイトからのメールにはこうあったのだ。「大事な人に、海外旅行をすすめるべきですよ、絶対」

どうして、あの配信占いメールが、時折、私を救うことになるのか。不思議でならない。が、今回も助かったのは事実だ。

3

占いを信じないのが吉。

占い師に言われた、わけでもないのだが、私は昔からそういった類のものには関心がなかった。星座占いで、「双子座の人はケアレスミスに気をつけてください」と言うのであれば、世の中の双子座である人間すべてが不注意による失敗をするのかと疑いたくなり、「AB型が、今日もっとも幸運な血液型」と宣言するのであれば、AB型全員がそうなのだな、と念を押したくなるタイプだった。だから得意先との雑談で口にする程度ならまだしも、自ら、占いを気にする日が来るとは思ってもいなかった。

きっかけは大石倉之助が、「渡辺さん、この占いサイトに登録してみませんか」と誘ってきたことだった。

「遠慮しておくよ」と返事をすると、彼は、「渡辺さん、この占いサイトのメルマガに登録してくれませんか」と勧誘から懇願に、言い方を変えた。

彼の友人がシステムを構築したホームページらしかった。「画期的なくらいに、細分化されているらしいんですよ、うちの会社も仕様検討や設計に絡んだみたいですけど」

「細分化って何が？」

「星座なら十二分類ですし、血液型だと四パターンですよね。干支も十二。でも、このサイト、何を基準に分類しているのか分からないですけど、字画とかも含めて、尋常じゃないバリエーションの占いを配信しているらしいんですよ」

「それは、その、本当に占ってるのかな」

「しかも、毎日配信してるんです」

「無理じゃないかな」

「だから凄いんですよ」

「何通りかを少し変えているだけじゃなくて？」

「友人が言うには、画期的なくらい、凄いらしいです」

「俺の家の近くの回転寿司は、わさびも回転させるっていうんで、画期的、って謳ってたぞ。画期的というのは、言ったもんがちだ」

「まあ、そうですね」

結局、私はそのサイトを開き、登録情報の入力を行った。興味を持ったのではない。サイト構築に携わった友人というのが女性で、大石倉之助はその女性に好意を抱いており、どんなことでも良いから得点を稼いでおきたいのだ、と聞き、協力したくなったのだ。

氏名、生年月日、血液型はもとより、入力する項目はかなり多かった。げんなりしたが、投げ出したくなるほどではない。

「ネットで一番、難しいことは何だか知ってるか」私は画面を見ながら、大石倉之助に言った。

「女の子のメールアドレスを聞き出すことですか」

「惜しい」

「惜しいんですか」

「正しい情報を得ることなんだ。ネットが身近になるにつれて、いろいろな怪しいことも広まっただろ。ワンクリック詐欺だとか、スパムメールだとか」

「懐かしいですねえ、俺の子供の頃、よくそういうの聞きましたよ」

「インターネットの黎明期だよな。平成の頃だよ。普及するにつれて、ネットに個人情報が流れる怖さを、誰もが学ぶことになった。今じゃあ、ユーザーに個人情報を入力させるのは、とても難しいだろ。どんな簡単な登録内容でも、正直に情報なんて入力しやしない。情報の宝庫となるはずだったインターネットがいまや、玉石混交の怪しい情報の倉庫になってる。そりゃそうだよな、大企業のサイトにだって、住所や名前を一語一句正確に打ち込む覚悟はできない」

「それがどうかしたんですか」

「そういう意味では、占いは強いんだ。占ってもらいたい、と考えている人間は、名前や生年月日を正直に入力する。正しい占い結果を知りたいんだから。偽名を入れたら意味がない。占ってもらえないんだからな」

「確かにそうですね」

言いながら私は画面に偽名を入力していた。正しい占いの結果を、特に知りたくもなかったからだ。隣の席の大石倉之助が、餡ドーナツを食べていることから連想し、「安藤」と名前を思いつく。名前のほうは本名のまま、「拓海」と打った。

「占いサイトは、いいところを突いてるんだ」

翌朝からさっそく、占いの内容がメールで届くようになった。朝の六時になると、携帯電話に、「○月○日　安藤拓海さんの今日はこんな感じ」と表示がある。こんな感じ、とは馴れ馴れしく、しかも、曖昧にすぎるじゃないか、と呆れた。

本文を読むと、一日の運勢の総評とも言うべき、短文がある。たとえば、「目上の人から褒められるかも」であるとか、「予想外の出費に気をつけて」などというメッセージだ。それだけだった。私は少し拍子抜けした。

おや、と思った一番最初は、傘だ。

九月だというのに熱帯夜が続く時だった。ベッドで横になる妻の佳代子が、裸に近い恰好で、「残暑、残暑って、これは残りすぎでしょ。暑さ、残りすぎ」と言いながら、手で扇ぎながら足をばたばたさせる、そんな鬱陶しい日が続いていた頃だ。

朝、配信されてきた占いメールを見ると、「今日は傘を持っていくべきですよ、絶対」とあった。「絶対」という断定が、占いとしては新鮮に感じられ、いつもであれば特に気にもかけないはずなのに、占いのアドバイスに従ってみようと思い立った。それ以上の理由はなかった。

「こんな天気がいい日に、傘を持っていくなんて、馬鹿だと思われるよ」佳代子は、玄関まで見送りにくると、私の手にある傘を指差した。下着姿で、旦那の出勤を見送る女に言われたくない、と喉まで出かかったが、やめた。その姿はそれなりに色気があり、実のところ嫌いではなかったせいでもあるが、それよりも、生意気な言葉を発しようものなら、すぐさまその口を封じられてしまうからだ。頬から顎にかけてを片手でつかむようにし、強い力をこめてくる。一度は、頬の内側に歯が食い込み、血が大量に出たこともあった。

「一応、持って行くよ。置き傘にしてもいい」

「置き傘、って小学生じゃないんだし。天気予報も降水確率ゼロパーだって、言ってたけど」

「ゼロパー」その音の響きが心地良く、自分でも繰り返してみた。

雨は降った。

気象庁も、降水確率が0％と発表する際にはそれなりの自信を伴っているに違いないが、日中は雲ひとつなかったはずの空が、夕方を迎えて暗くなり、どこから掻き集めたのか黒々とした雲を敷きつめたと思うと、夜八時過ぎには雨を撒き散らした。

「渡辺さん、傘、持ってきて大正解じゃないですか」大石倉之助は、私が傘を持ってきたのを朝から不思議がっていたので、すぐにそう言った。

「渡辺さん、凄いですね」と言ったのは、その時はまだ不倫関係になかった桜井ゆかりだ。備品整理に手間がかかり、残業をしていたらしい。「わたしなんて、天気予報を信じちゃったから、傘なんて持ってこなかったですよ」

「天気予報を信じるのは正しいと思う」私は正直に答えた。

「でも、自分の直感を信じるなんて、恰好いいじゃないですか」桜井ゆかりは、うんうん、と自分の言葉に自分で同意するように、言った。

思えば、彼女との距離はそのあたりを境に近づいた気もするから、元を正せば、傘のおかげ、つまりは占いメールのおかげ、ということになる。

その日、私は、コンビニエンスストアでビニール傘を買っている者を尻目に、優越感を覚えながら、帰宅した。

マンションに戻ると、シャワーを浴びて出てきたばかりの佳代子が、下着も着けず、バスタオルで頭を拭いているところで、「どうして、傘持っていけ、って強く言ってくれなかったわけ」と口を尖らせ、非難してきた。

携帯電話のメールを読み返す。「傘を持っていくべきですよ、絶対」という占いの言葉をじっと見つめた。

次に、おや、と感じたのは、漫画週刊誌だった。

傘の占いのほぼ一週間後のことだ。

「漫画週刊誌を持っていくべきですよ、絶対」

そう書かれたメールを読み、呆れつつも笑い飛ばせなかったのは、「絶対」の単語が気になったからかもしれない。「絶対」という言葉はいつもあるわけではなかった。

前回の傘の時には、天気予報の自信すら打ち破ったのであるから、今回の、「絶対」にも何らかの根拠があるのではないか。私は認めたくはなかったが、その占いに、「乗っかってみようか」という気分になった。

朝、駅に向かう前、通りすがりのコンビニエンスストアに寄り、漫画週刊誌を手に取った。果たして、どれを買うべきかも判断がつかなかったのだが、最初に見た瞬間に好感を持った、会社員の絵の載った雑誌に決めた。

駅のホームで、ぺらぺらとめくってみる。あまり興味が惹かれず、仕方がなく、鞄に押し込んだのだが、鞄に荷物が詰まっていたせいか、中途半端に雑誌の背表紙がはみだした。これでは、不真面目な会社員としか見えなかった。遊びに来ているのか、と叱咤されたら、言い訳のしようがない。

会社のビルの前で、先輩社員に呼び止められた。彼は、私が入社した時の指導社員で、ざっくばらんな人当たりと、上司相手にも敬語を使わないふてぶてしさで有名だった。二歳上だ。もちろん、それだけではなく、優秀なシステムエンジニアとして社内で一目《いちもく》置かれ、年を経るにつれ、一目どころか二目三目と置かれるようになり、大企業のシステム構築などの目玉プロジェクトから、小さなシステムのトラブル処理まで、あちこちで必要とされる存在となっていた。

「お、ちょうど良かった、渡辺」とその先輩社員、五反田《ごたんだ》正臣《まさおみ》は声をかけてきた。まさに会社から出てきたところらしかった。

私は挨拶をし、「こんな朝イチに、どこ行くんですか？」と言った。まだ、始業時間前だ。「出張ですか」と訊ねた後で、彼の発した、「ちょうど良かった」の台詞に、嫌な予感を覚えた。

「客先だよ、客先。朝から、謝りに行くんだ。やってられねえよな。昨日、運用開始した途端にサーバが落ちたんだと。そりゃ申し訳ないとは思うけど、俺に言わせりゃ、故障なんてあって当然なんだよ。一生懸命、みんなで作ったシステムでもさ、ミスはあるもんだよ。人間だもの」

「何ですか、最後の」

「知らねえのかよ。相田みつを。二十世紀末の詩人。『にんげんだもの』」

「そんなこと、客先で言わないほうがいいですよ」

「言わないって。客先だもの」五反田正臣はどこまで本気なのか分からない。ただ、そこで、「あのさ、おまえも来いよ」と言ってきたから驚いた。

「何でですか」

「おまえも、あのシステムちょっと手伝っただろ。それに、俺一人より、おまえがいたほうがたぶん、受けがいいんだよ」

呆れて物が言えなかった。そして、呆れて物が言えない人間を、勢いに任せてずんずん引きずっていくのが、五反田正臣の得意とするところだった。

気づけば、客先の打ち合わせ卓に、五反田正臣と並んで、肩をすぼめて座り、「このたびはまことに」と頭を下げていた。

五反田正臣は敬語の使い方こそぎこちなかったが、それでも丁寧に謝罪し、故障原因について説明し、今後の対処について誠実に話した。

それなのに部長は一貫して、無愛想な態度を崩さなかった。腕を組み、眉を絞るようにし、私たちを睨んだ。鬼瓦の模様はこの部長の顔つきをモデルにした、と言われても信じられた。

一時間が経過しても部長は怒りの姿勢を崩さず、かと言って、私たちに、「帰りなさい」とも指示をしないため、このままこの打ち合わせ卓に座った状態で、一生を終えなくてはならないのではないか、と怖くなる。

「おお、君もそれを読んでいるのか」と部長が口を開いたのは、私がポケットティッシュを取り出そうと、鞄を持ち上げた時だ。「はい？」と聞き返すと、彼は、私の鞄からはみ出した漫画週刊誌を顎で指し、「それそれ」と言った。

部長は急に目を細め、子供のような表情になっている。どうやら、部長は大の漫画好きらしく、中でもその雑誌はひどく気に入っているとのことだった。あれ、あなたはあの鬼瓦のモデルだったはずではないですか、と念を押したくなるほどだったが、実際には言えない。

「君も雑誌は紙で読む派か？」と部長が問うてくる。確かに最近は、大半の雑誌がネットで配信され、漫画に至っても電子ファイルでの提供が大半だ。「まあ、紙になってるってことは、クオリティがある程度高いやつだからな。紙の漫画を読んでりゃ間違いないよ」

私も如才なくうなずいた。「そうですね、紙じゃないと物足りないですよ」

部長は急に打ち解けはじめ、システムの故障についても、それなりの無償対応が前提ではあるが、許してくれた。「まあ、しょうがないよ。人間だもの」

五反田正臣は、「渡辺、凄いな。ついてたよ。おまえが、あの雑誌の購読者でラッキーだった」と会社へ帰る道中、しきりに感心した。占いに従ったまでですとは明かせなかった。

今、妻が差し向けてきた暴漢は、椅子に縛られた私を見ながら、「浮気相手のことを白状して、良かったな。正しい判断だったよ」と言い、剝ごうとしていた私の爪を軽く撫でた。

「彼女は関係がない」

「そこをどうするかを決めるのは、あんたの奥さんだからなあ」彼は興味もなさそうに言う。私を椅子から解放すると、「あんたに同情するよ。あんなに恐ろしい女性と結婚してるなんて」と言い残し、去った。
しんとしたマンションの部屋に残った私は、ゆっくりと部屋を片付ける。縛られた場所と殴られた痕、打ち身のひどい箇所に触れつつ、息を吐く。どうしてこうも、占いのメールが役立つのか、と首を捻った。

4

朝、起きると枕元にある目覚まし時計のアラームを消した。設定よりもほんの数分早く起きるのが習性になっていた。昨晩、残業から帰ってきたと思ったら、妻が寄越した謎の髭の男に殴る蹴るの暴力を受け、爪を剝がされそうになり、脅されたのだ。よく眠れたものだと自分でも感心した。ベッドの隣には、妻が横になっていた。爪を剝がされかけた男の隣で、その爪を剝がすように命じた女がこうも穏やかな寝顔で良いのだろうか。カーテンと窓の隙間から射し込んでくる太陽光は平和と希望の象徴にも感じられ、ますます違和感がある。妻の佳代子は掛け布団にくるまり、横を向きながら眠っていた。鼻筋が通り、睫毛が長い。肌は陶器のようで三十歳を目前にしているとは思えないほど全身に張りがあった。彼女の年齢は本当に、私と同い年なのだろうか？　戸籍や住民票など彼女の手にかかればいくらでも細工が可能に思えた。

洗面所で顔を洗い、鏡を見る。昨晩、殴られた頬が少し膨らんでいた。撫でると痛いが、会社に行けないほど目立つ痣でもなかった。頭が重いのは、単に残業続きで疲れが溜まっているからなのか、昨晩受けた暴力による被害のせいなのか。そっと爪の無事を確認する。

「あ、会社行くの？」

顔を手でこすり、タオルで拭いていると、唐突に声がした。眠っていたはずの佳代子がいつの間にか背後に立っている。

「そりゃ、行くよ」私は質問の意味が分からず、うろたえる。「いつも行くように」

「彼女を守るためにでしょ」佳代子は端正な顔に、優しい笑みを浮かべた。

「彼女？」最初は意味が分からなかったが、すぐに察する。私の浮気相手である、桜井ゆかりのことを言っているのだろう。「勘違いだよ」と否定した。「四年前と同じだ。俺が浮気するわけがないだろう」

四年前は本当に、妻の思い違いだった。おかげで私は、見ず知らずの男たちに待ち伏せされ、いたぶられ、骨を折られた。濡れ衣であったにもかかわらず、そんな目に遭った。これが本当の浮気であったりしたら、どんなことが為されるのか、見当もつかない。

「職場に行って、彼女が危険な目に遭わないかどうか、見守るつもりなんでしょ」佳代子の表情は変わらず、穏やかな微笑みを湛えている。「安心して。わたしは今日、昼は家にいるから」

君が手を下さなくとも、君に雇われた別の人間が物騒なことをするパターンも可能性としてはある。というよりも、その可能性のほうがずっと高いではないか、と喉まで出かけた。

「平日は会社に出勤する。いつものことだろ」浮気相手である桜井ゆかりは海外に旅行中だったから、少し、私にも余裕があった。

「いつまで白を切れるんだろうね」彼女は、私を洗面台から押しのけ、顔を洗いはじめる。背中から腰までの柔らかくも優雅な体の線を横目に、私はぶるっと体を震う。

「わたし、今日の夜から泊まりで仕事だから。明後日まで帰ってこないから」

君のほうこそ浮気じゃないのか、と言いたいが、絶対に言えない。

「渡辺さん、昨日は電話しちゃって、すみませんでした」会社に行くと、後輩の大石倉之助が眉を下げ、寄ってきた。

「どうだった」

「渡辺さんの言ってた通り、サポートに電話したらすぐに来てくれました。ああいうのもプロですよねえ。午前二時近くだっていうのに、嫌な顔もしないで、ずっとサーバの中、いじって、復旧してくれましたよ」

「大石も結局、そのサポートに、朝まで付き合ったんだろ」彼の口まわりには、髭がぽつぽつと伸びていた。「一回、家に帰ってきたらどうだ」

「大丈夫ですよ。家に帰ったら、寝ちゃいそうですし。次の日に寝ちゃうくらいなら徹夜するなって、昔、五反田さんに怒られたことありますし。それに、ようやく僕の作ったアプリケーションも動きそうで、今日には試験ができそうですよ」大石倉之助は充血した目をこする。「納期に向けて、目処が立ってきました」

「うっすらと遠くにゴールが見えてきた、という感じだけどな」私は顔をゆがめた。

「蜃気楼と紙一重ですよね」と大石倉之助が冗談を言ったが、私には笑えない。

笑えないまま、トイレに立った。

出入り口に座る事務職員に、「そういえば、桜井さんはいつまで、海外?」と訊ねる。

「えっと、あと十日くらいですね。もしかして、渡辺さん、ゆかりちゃんがいなくて、さびしいとか?」と事務職員の女性が茶化してきた。

「まあね」と私はいったんは同意した後で、「そんなんじゃないよ」と濁す。はなから否定するよりはそのほうが説得力があると考えた。「あ、そういえば」と思いつついたように続ける。「彼女のこと、誰かから問い合わせなかった？」

「え」事務職員の彼女は眉をひそめたが、すぐに、「そういえば、朝に電話があって、ゆかりちゃんがいるかどうか訊いてきた人、いましたね」と顎に指を当てた。可愛らしい仕草だった。

「どういう人？」

「最初が、きびきびした女の人で」

「最初、ということは何件もあったのか」

「二件です。二件目が、声の低い男の人でした。二人とも、『桜井は今、長期休暇中です』と答えたら、無愛想に電話切っちゃいました。あれ、何なんですか」

「きっと、最初のは、旦那の浮気を疑う奥さんで、次のは、その奥さんに雇われた物騒な男だよ」私は自分の推測を正直に話したが、事務職員の彼女は、「何ですかそれ、ぜんぜん面白くないんですけど」と下唇を出した。

加藤課長に呼ばれたのは、午前の九時半過ぎだった。いつものように酒の残った赤ら顔で、いつものように遅れて出勤してきて、そして、いつものように、「渡辺と大石、こっち来て」と乱暴な呼び方をした。将棋の駒を、「えい、桂馬。そら、香車」と盤に打つかのような乱暴さだ。もたもたしていると、机に埋め込まれたモニターにメッセージが表示される。「こっち来て」と加藤課長から送られてきた。

「加藤課長」とは、どこか早口言葉のようでもある可愛らしい呼び名だが、実物の加藤課長は学生時代はラグビーで鳴らした、大柄の中年男だった。カマキリに似た顔つきは、可愛げといえなくもなかったが、全体としてはやはり、可愛らしさとはほど遠い。

「今のプロジェクト、どう？　順調？」加藤課長は、前に立つ私をちらっと見下ろし、曖昧な質問をぶつけてきた。

建設業界から、ソフトウェア業界に転職してきた加藤課長は、「商品が目に見えない」という点からしてプログラムの世界が気に入らないらしい。建物が組み立てられていくのは、見た目でも分かりやすく、「あそこがまだできていない」「あの柱は曲がっている」と確認もできるが、ソフトウェアに関しては、「どこまでが完成していて、どこが出来上がっていないのか」さっぱり分からない上、納品時に至っても、まだできそこないの箇所がある可能性は否定できないのだから、「こんな、胡散臭い仕事は考えられない」とよく嘆いた。

では、加藤課長は、何に関心があるのか？

仕事を取ること、受注、だ。

客先や得意先に顔を出し、時折、酒を飲み、大きいプロジェクトから小さい仕事まで、できるだけ多くの契約を取る。それが彼にとっては、もっとも分かりやすい仕事のようだった。

ソフトウェアの製造は胡散臭いが、営業結果は把握しやすいと思っている節がある。営業部そっちのけで、加藤課長は営業部隊の先頭を切ることも多い。当然ながら、後先考えずに仕事を受ければ、作業をする部隊は混乱する。恐ろしいほどに、混乱する。が、加藤課長は構わない。進軍にためらいはない。となれば、当然の帰結として、納期が重なり、人員が不足し、プログラマーたちは残業に追われることになる。すると、残業に残業が重なり、職場の空気はどんどん重くなる。重くなったその空気に、プログラマーたちは呻き、憤り、貧乏ゆすりをはじめる。

加藤課長ももちろん、長年、サラリーマンをやってきた人間であるから、その様子には気づく。職場の気配が少し、穏やかならざる気配を醸し出してきたなと察知はする。

が、まったく気にかけない。

気にかけないどころか、不満げな部下たちを、広い肩の上に載った大きな顔で見下ろし、次のような台詞を吐く。

「納期に間に合わないのは、要領が悪いんだ」

ある時、加藤課長によほど腹が立ったのか、もしくは、残業続きの寝不足で我慢する気力を失ってしまったのか、「このスケジュールで、この仕事量で、いったいどうすれば間に合うって言うんですか」と叫んだ人間がいた。二十代の前半で、結婚したばかりの青年だった。

絶叫が響き、室内はしんと静まり返った。私は、他のプロジェクトチームに属していたから、離れた机で作業をしていたのだけれど、声を上げた彼の気持ちは十分に理解できた。よくぞ言った、と応援する気分だった。そこにいた誰もがそうだったに違いない。

心なしか、全員のキーを叩く音が止んだ。

新婚社員の怒りの槍を突きつけられ、果たして加藤課長はなんと応じるのか、と誰もが耳をそばだてた。

加藤課長は、「そりゃあ」とのんびりとした、けれど大きな声で、こう答えた。「そりゃあ、工夫で乗り切れよ」

その場にいた人間、私をはじめ、正社員、派遣社員、契約の事務職員問わず全員が、そこで精神的に崩れ落ちたに違いなかった。心が転倒するほど啞然としたはずだ。

何人かはあからさまに、肩を落とした。

事態は改善されずとも、加藤課長の口から、反省や謝罪が飛び出せば、私たちも溜飲を下げたかもしれないが、この期に及んで、「今そこにある納期」を前にして誰もが緊迫し、朦朧としている時に、「工夫をしろ」なる抽象的な指示が飛び出してくるとは予想もしていなかった。

絶叫した新婚社員はといえば、しばらく鯉さながらに口をぱくぱくとしたが、空気以外の何かを発することはなく、そのまま着席し、またキーボードを叩きはじめた。

加藤課長とは、そういう上司なのだ。

「実はな、渡辺たちには別のチームの助っ人をお願いしたいと思っているんだよ」加藤課長は、私と大石倉之助にさわやかに言った。

言われたことの意味がはじめは理解できず、私はぽかんとした。リーダーとして取りまとめてきた、プロジェクトの目処がようやく立ってきたところだったからだ。さっき、その話を大石倉之助としたばかりではないか。

「目処が立ったんだろ。いいじゃないか」

「立ったんじゃなくて、立ってきたところなんです。うっすらと、遠くの地平線にゴールが見えてきたような状態で」

「なら、後は、ゴール目指して、歩いていけばいいんだろ」

「蜃気楼かもしれません」

加藤課長は、「いいんだよ、蜃気楼だって」と信じがたい発言を口にした。彼にとっては、得体の知れないシステム開発自体が蜃気楼のようなもので、その進行具合などもともと現実のものとは思っていないのだ。「いいか、今、抱えているプロジェクトはどうでもいい。これは命令なんだ。お願いじゃない」

お願いしたい、と今数十秒前に、おまえの口が言ったばかりではないか、と私は内心で罵倒せずにはいられない。

隣の大石倉之助は、生来の気弱さが顔を出し、黙ったままだ。目は泳いでいる。徹夜をし、どうにか作業を進めたというのに、「それはどうでもいいから、別の仕事に取り掛かれ」と言われたのだから、混乱するのも仕方があるまい。

「あのなあ」加藤課長は鼻の穴を広げる。「おまえたちは、平成の人間かよ」と唐突に、昔の元号を持ち出す。「戦争も徴兵制もなかった、軟弱な平成時代の人間じゃねえだろうが。渡辺も大石も、軍隊生活を経験してんだろ? 根性入れてもらったんだろうが」

加藤課長は十代の頃も今と同様、豪快で独善的、つまりはた迷惑な性格だったらしく、兵役の時の逸話もたくさん持っている。軍隊でのいじめに屈するどころか、上官たちから、「早く、出ていってほしい」と望まれる存在だったようだ。

青年訓練制度は、あくまでも国家防衛と愛国心の育成が目的で、根性を入れるためのものではないですよ、と喉まで出かかったが、我慢した。かわりに、「いったい、何の仕事ですか」と訊ねた。

「五反田のやっていた仕事だ」加藤課長が言う。五反田正臣は、敬語の使い方を知らない生意気な社員であるが、厄介な仕事を難なくこなす切り札、駒でいえば、「飛車」でもあるため、加藤課長も信頼を置いている。「桂馬」もしくは「香車」どまりの私や大石倉之助の場合とは期待度も異なる。

「五反田さん、そういえば最近、見ないですね」大石倉之助がぼそりと言った。

「確かに見ない」私も認める。自分たちのプロジェクトでいっぱいいっぱいで、他のチームのことなど気が回っていなかった。「客先で、作業してるんですか」

「まあ、そうなんだけどな。ただ、そこから逃げたんだよ。五反田は」加藤課長はむすっと言った。

「逃げた？」私と大石倉之助の声が重なる。「まさか」と続けるのも同時だった。

五反田正臣は変わった先輩で、仕事のやり方も乱暴、常識はずれな手法を取ることが多かったが、結果は確実に出すエンジニアだった。発注元の人間ともすぐに親しくなり、信用を勝ち得るタイプだった。

誰もが逃げ出したがる崖っぷちのプロジェクトを、彼が飛び入りし、救ったという武勇伝ならいくつも耳にしたが、彼が、仕事を投げ出し、逃げたなどという話は聞いたことがない。

「大変な仕事だったんですか」

「すでにあるシステムの改良で、要件もたいしたものじゃなかった。五反田だって、見積もりのときは、二人で一ヵ月の仕事だと余裕で言ってたしな」

「二人で一ヵ月」プログラム設計からテストまでも含めて、言ってるのだとすれば確かにそう難しいものではない。余裕を含めての、工数計算のはずだ。

「五反田さん、家にいるんですか」

「電話しても出ない」

「何で、逃げたんですか」

「知るか」

気づくと、私と大石倉之助の手元には、資料が渡されていた。仕様書と、プロジェクトの進捗状況を表す一覧だったが、どちらも薄っぺらいものだった。

ぽかんとしている私たちをよそに、加藤課長は、「藤沢金剛町の、生命保険ビル知ってるだろ」と仕事場の住所を述べはじめている。

「もう一人というのは、誰ですか」

「よその会社のプログラマーだ。五反田がいないんで、その男一人で、できることだけやってもらってる。ただ、いかんせん、客先との折衝は、うちの社員じゃないとまずいだろ。で、渡辺に頼みたいんだ」加藤課長は、私たちの前だというのに鼻をほじくり出す。

私と大石倉之助は重い気分で、机に戻る。自分たちのプロジェクトに携わっているメンバーになんと説明をしたものか、と考えると憂鬱だった。ようやく見えてきた、遠い地平線のゴールも、二人も担当者が減れば、一気に消える。

私は一度、自分の机に仕様書を置くと、携帯電話を持って、部屋の外に出た。まずは、五反田正臣に連絡を取りたかった。

事情を、事の真相を確認せずにはいられない。

加藤課長は、電話をしても出ない、と言っていたが、それはおそらく本当なのだろうが、自分がかければ出てくれるのではないかと期待した。

エレベーター脇から階段を降り、踊り場から、五反田正臣の携帯電話の番号にかける。

コール音を聞きながら、確かに最近、五反田さんとは顔を合わせていなかったなあ、と思い、そこで、「渡辺か」と声が聞こえた。

「五反田さん」

「久々に人と喋るよ」と余裕のある発言をしながらも、彼の声は震えていて、らしくないな、とまず感じた。

私は、加藤課長から聞いた内容を、そのまま彼にぶつけた。「本当ですか？」

「よりによって、渡辺が俺の後釜かよ」と彼は言った。考え事をしながらなのか細い声で、やはり五反田さんらしくない、と私はまた思う。

「よりによって、って。というより、凄く単純な仕事みたいじゃないですか」

「画面に入力項目足すだけだからな」

頭の中で、画面項目追加に付随する作業を思い浮かべる。大したものではあるまい。

「なのに、逃げたんですか。気まぐれですか」

「細かいことは気にせずに、ちゃっちゃっと終わらせれば良かったんだけどな」

「今、何をやってるんですか」私は口を挟む。

「パソコンの勉強だよ。それと、生活の勉強だ」

「何ですかそれは」

「何にも見えなくなっちまったから、赤ん坊の頃に戻って、やり直してるんだ。落ち込んでる暇はねえからな。渡辺、知ってるか？　目が見えないと結構、不便だぞ」

意味が分からない話に私はうんざりした。

「渡辺、おまえは賢いし、優秀なシステムエンジニアだ」と五反田正臣が言う。

「何ですか、それは」

「だけどな、おまえが思っている以上に、世の中は怖いぜ。おまえも俺も見張られているんだ」

「見張られているって、加藤課長にですか？」

五反田正臣がそこで、爆笑した。「面白いことを言うな。違うよ。もっと、でけえもんにだよ」

「画面に項目を足すだけなのに」

「面白そうなプログラムだったら、解析したくなるだろ？」と五反田正臣は珍しく、システムエンジニアらしいことを言った。「それで、はまったんだよ。あの仕事はやばい」

「悪いことを見つけちゃったんですか？」

「俺はな、まんまとはまっちまったんだ」

はまった、というその言葉で私が思い出したのは、数年前、五反田正臣が作った、シンプルで破壊的なソフトウェアのことだった。簡単に言ってしまえば、「コンピュータ上で実行すると、ハードディスクの中身を全部削除してしまう」というもので、別に目新しくはなかったが、彼はそれを黙々と改良し、「どんな、システムでも壊せるぜ。今はこれにはまってるんだ」と嬉しそうにしていた。

「そんなものを何に使うんですか」と私が訊ねると、「納期に間に合わなくなった時、最悪の場合は、そいつを実行して、逃げるんだよ」などと言った。

「解決になっていないですよ」

「まあ、そうなんだけどな。でもよ、今の世の中で何が一番貴重かって言えば、思い出や人との絆なんかじゃなくてな」

「何なんですか」

「パソコンのデータなんだよ」

「そんなことはないですよ」

「だから、パソコンのデータを消してやる、ってのはそれなりに有効な脅しだ。そのうち、誘拐事件ってのは子供じゃなくて、パソコンに対して行われるぜ」五反田正臣は言った。その削除ツールを嬉々として、作った。「こういうのは、一度、はまるとやめられないよな。どうやったら効率的な、使いやすいツールができるか、いろいろ考えちまう。システムエンジニアの性《さが》だな」

確かに、どれだけ短く、どれだけ汎用的に、分かりやすい仕組みを作るか、ということに私たち、SEはこだわる傾向がある。特に、プログラミングもやるSEはそうだ。いわゆる、「美しさ」をプログラムに求めてしまうのだ。

　五反田正臣は結局、そのシステム削除のツールに、「お陀仏君」と命名したところまでは盛り上がっていたが、私の知る限りでは使わなかった。度胸がなかった、というわけでも、使う機会がなかった、というわけでもなく、単に、「システムを壊したかったら、マシンを蹴飛ばすか、甘いコーヒー牛乳でもかければいいよな。そっちのほうが手っ取り早い」と気づいたからのようだった。美しいプログラムどころか、物理的な破壊のほうに興味が移っていた。

「はまったって何にです」電話の向こうの、五反田正臣に訊ねる。「また、お陀仏君みたいなやつですか」

お陀仏君？　ああ、懐かしいな、と彼はのんびりと言った。「いいか、渡辺、見て見ぬふりも勇気だぞ」

「勇気は実家に忘れてきました」

　私の反応がつまらなかったせいか、五反田正臣は一瞬黙った。そして電話を切る直前、「危険思想って何のことか分かるか？」と言った。

「危険思想？　物騒なことを考えることじゃないですか？」

「まあ、そうなんだけどな。龍之介ちゃんが面白いこと言ってたんだ」

「どこの龍之介ですか」

「芥川の龍之介ちゃん」

芥川の龍之介ちゃんの言葉を口にした後で、五反田正臣は乱暴に電話を終えた。ため息をつき、私はうんざりする。けれど、もちろん、そのうんざりは、なんだか面倒臭いな、というくらいのうんざりであったから、まさか、この仕事がきっかけで、自分自身を取り巻く、情報や社会そのものと対決する羽目になるとは想像もしていなかった。

5

幻魔大戦を知っているだろ？

翌朝、加藤課長はそう言った。「はい？」と思わず、彼のおにぎりにも似た顔を、がっしりとした肩の上に載るその顔を、見返した。隣に立つ後輩、大石倉之助も、「え」という表情をした。私たちは、朝から新しく命じられたプロジェクトの客先へ向かわなくてはならなかったのだが、その前に一応、課長に挨拶をしようとわざわざ会社に寄ったところだった。

課長は、佳境に入っていたプロジェクトから無理やり私と大石倉之助を引き剝がしたことに対し、謝罪か労いの言葉をかけてくれるのではないかと期待したのだが、出てきたのは、「幻魔大戦を知っているだろ？」という言葉だった。一般的な心、を課長に期待した私が馬鹿だったのだ。

調べるまでもなく、どの国の言葉でも、「幻魔大戦」には謝罪や労いの意味はないはずだ。

「あの、平井和正の小説の？」大石倉之助は遠慮がちに言った。

「石ノ森章太郎の漫画ですか」私も記憶を辿って、訊ね返した。

「りんたろうの映画だろうが」と加藤課長が呆れ、口を開いた。

加藤課長がアニメ好き、漫画好きとは聞いたことがなかったので、それがいったいどうしたのかと戸惑うほかない。ただ、百年以上昔の二十世紀につくられたその作品が、つい最近、リバイバルでブームが起き、再評価されており、課長もその流れで、その映画を気に入ったらしいのは想像できた。「幻魔大戦のはじまり、知ってるか？主人公の東丈《あずまじょう》が、サイボーグみてえなベガってのに殺されそうになるんだよ」

「小説でもそうですよ」

「漫画も確かそうです」

「うるせえな。俺の言ってるのは、映画なんだよ。で、どうしてそんなことをするのかと言えばだな、東丈は超能力者なんだよ。秘めた能力を持ってるわけだ。で、その能力を覚醒させるために、東丈を窮地に追い込むわけだ。殺される、と思う瞬間、超能力がばーっと」

「小説でもそうですよ」

「漫画も確かそうです」

大石倉之助と私の指摘に、若干、表情を曇らせたものの加藤課長は比較的、嬉しそうだった。「それと同じだよ」と言った。「俺が、おまえたちに無茶な仕事のやり方を指示するのは、それと同じなんだ。おまえたちを窮地に追い込んで、能力が覚醒するのを待ってるわけだ」

その時、私は二つのことに驚いた。一つは、課長自身が、自分の指示が無茶苦茶だ、と認識していること。もう一つは、その無茶な手法が、私たち自身のためになると確信していることだった。これは手の施しようがない。

「あのな、上の人間が部下に何か教える時には少々、厳しいくらいがちょうどいいんだよ」

加藤課長の言葉の一つ一つに私は引っかかる。教える？　加藤課長が何を教えてくれたことがあるのだ。少々？　あの厳しさは、少々という程度だったのか。

「学校の教師だって、優しいだけだと舐められる。そうだろうが。生徒を殴るくらいのことはしてもいい」

「殴り返してくる生徒もいるかもしれませんよ」と嫌味まじりに言うと、「それなら、教師に武器を持たせればいいだろうが教師を強い立場にしないことには教育は成り立たない。当たり前だ」とあっけらかんと返してきた。「昔、そういうことを言っていた政治家がいただろうが」

「そんな政治家がいましたか」教師を武装させろ、などと物騒な発言をした政治家がその後、どうなったのかは興味があった。それから私は、「これから、二人でその仕事場所、行きますけど、そっちがさほど大変じゃないと分かったら、大石はこちらに戻してもいいですか」と打診した。

「構わんよ」と加藤課長は鼻をほじる。もしかすると、鼻をほじる仕草はどこかの国で、もしくはどこかの地方で、相手を労うボディランゲージの一つなのだろうか？　そうあってほしい、と心から思いながら、何とも言えない暗い気分で、その場を立ち去った。

下りエレベーターを待っていると、大石倉之助は、「さっきの課長の話ですけど」と力なく、溢す。「超能力の覚醒と一緒にされたら、たまらないですよね」

「労働基準法に、幻魔大戦を参考にしてはいけません、って書くべきだよな」私はうなだれる。

短い髪の女性が後ろから近づき、「渡辺さん」と言ってきた。

「ああ」と答えた私に狼狽があったのは、彼女が、私が昨日まで取りまとめていたプロジェクトのメンバーだったからだ。「こんな形で抜けて、申し訳ないね」と頭を下げた。

五歳下の彼女は、睡眠不足のためか肌の艶も良くなかったが、笑みを浮かべた。

「どうにか頑張りますよ。それより、渡辺さんたちも気をつけてください」

「どんな仕事かも分からないいんだ。客先が、作業場らしくて。仕様書を見るとものすごく、単純な開発にしか思えないんだけど」

「その仕事って、五反田さんのプロジェクトですよね。実はわたし、先週、五反田さんに会ったんですよ。駅前で」

私は、昨日、電話で交わした五反田正臣との会話を思い出した。「あの仕事はやばい」と彼は警告をしてきた。

「わたしが声をかけただけで死ぬほど驚いて、きょろきょろして、変でしたよ。サングラスをして、挙動不審でしたし。わたしだと分かったら、少しほっとしてましたけど」

「何か言ってた？」

「危険思想って何のことか知ってるか、って」

「ああ」私は苦笑しつつ、うなずく。「昨日、電話でも言ってたな。芥川龍之介が言ってた、ってやつだ」

「そうです、そうです」

「『危険思想とは常識を実行に移そうとする思想である』」私はそれを口にした。

「可笑しいですけど、それ、結構、当たってるかもって思いました」髪の短い彼女は言った。「常識って結構、怖いですし」

「五反田さん、何が言いたいんですかね」大石倉之助が首を捻る。

さあ、と私も答えるほかない。

「とにかく、今日行くほうのプロジェクトがもし、簡単に済むようだったら、そっちも手伝うから」と私は、彼女に約束した。これは本心であったし、社交辞令ではなかった。「実際、俺と大石の二人も行く必要があるとは思えない」

「でも、簡単に済まない気がしますよね」

「いや、仕様書を見る限りは、馬鹿みたいに単純な」

「だって、あの、五反田さんが逃げ出したんですよ」

その通りだった。簡単に済む仕事であるのならば、五反田正臣が途中で投げ出すはずがなかったし、私たちが交代要員で派遣される必要もない。

「とにかく、頑張ってくださいね」彼女は微笑んだ。そして、渡辺さんの携帯電話の着メロ、君が代に変えて正解ですよ、なんか趣があります、などと言って、立ち去る。エレベーターが到着した。中で携帯電話を確認した。朝に配信されてきた、占いサイトのメールを改めて、読み直す。

「恥ずかしがらずに、疑問は人に尋ねましょう」と書いてある。


作業場所は立派な建物だった。生命保険会社の所有する二十階建てビルの五階、その南西にある一室だ。システムの発注元が提供してくれた場所だという。

ドアをノックし、中に入ると、その清潔感溢れる白い壁が私を囲んだ。窓はあるもののカーテンで塞がれ、天井の蛍光灯が煌々と光っている。広めの会議室という印象だ。壁の脇にサーバが並び、四人分の机が部屋の中央にある。

右側手前に、青白い顔をした、眼鏡の青年が座り、キーボードを叩き、モニターを睨みつけていた。肥満体型で、背丈は私よりも低かったが、横幅でいえば、私や大石倉之助の二倍はありそうだった。塾で、居残り学習でもさせられているかのような様子だ。

「ああ、どうもです」と彼は立ち上がると、ぺこりと頭を下げた。眼鏡がずり落ちそうになる。

「君が工藤君？」渡されていた職歴カードで見た名前を呼ぶと、彼は、こくっと顎を引いた。別のソフトウェア会社から派遣されてきたプログラマーだった。私は自分と大石倉之助のことを簡単に説明し、五反田の代理役です、と言った。

早速、三人で打ち合わせを行う。

「まず、この発注元の会社だけど」私は、仕様書の承認欄を指差した。会社名がある。造語と思しきアルファベットが並んでいたが読み方は定かでない。「グッシュ？でいいのかな」

「ゴッシュって、五反田さんは言ってましたよ」工藤は豊かな頰のふくらみを、もごもごとさせ、言う。何を喋っても不平を洩らしているように見える。

「ゴッシュ」私は言ってみる。

「ゴッシュ」大石倉之助も口にした。

発音してみると心地良さが口内に残る単語で、私と大石倉之助は思わず、顔を見合わせ、微笑んだ。一方で、発注元の社名すら読めない状態から仕事をするなんてはじめてだな、とも思った。

「仕様書を見る限りでは、ユーザーの使用する登録画面に項目を五つ増やすだけに見えたんだけど」

資料に目を落とす。インターネットサイトの登録画面だった。登録内容に入力項目を増やす。画面レイアウトを変更し、データベースに項目を追加する。登録、照会におけるデータ呼び出し、データ更新プログラムに手を加え、あとは、確認試験を行えばそれでおしまいのようにも思えた。

「楽勝っぽいですよね」大石倉之助も、どうしてこんな仕事から五反田正臣が逃げ出したのか不思議なようで、首を捻っている。

「そうなんですよねー」工藤もあっさり、言った。「今度、国産ブラウザのバージョンが新しくなるじゃないですか。大幅なバージョンアップで、互換性がほとんどなくなるし」

「あれって何で急に、変更になるんですかね。スクリプトで動かなくなるのがあるから、大騒ぎになるのは明らかなのに」

「わざと、という話もあるよな」私は言った。

「わざと？」

「お金でも、新硬貨を作ると、その対応で自動販売機の機能を変更しないといけないだろ。逆に考えれば、その業種では仕事が増えて、景気が良くなる」

「仕事を増やすためにわざわざ、面倒を起こしてるってことですか？　おかしくないですか」

「おかしくはない。政治家が一番苦労していることは何か分かるか」私は、大石倉之助の前に立つ家庭教師にでもなった気分だった。

大石倉之助はしばし考え込み、「友達を見つけること、とか」とぼそぼそ答えた。

確かにそうかもしれぬ、と私は認めたうえで、「仕事を作ることだよ。公共事業もそうだけれど、仕事がなければ経済は回らない」と言った。

「そのために、ブラウザの仕様変更をしたんですか？」

「と考えることもできる」

「あの、話を戻していいですか」工藤が口を挟んできた。「その、今、渡辺さんが言ったのが本当だとして、政府のおかげで、僕たちはこのプログラムを直すことになったわけです。このシステムは最初のリリース時からほとんど手が入っていないですからね、久しぶりの修正ですよ」

「これ、何のシステムの画面なの？　どこのウェブサイト？」私は知ったふりをしているのも面倒臭く、まっすぐに訊ねた。「この資料じゃ、ぜんぜん、分からなくて。こんなに大雑把な仕様書、久しぶりに見たよ」

昔、広告の裏紙のようなものに、手書きで画面のデザインが書き殴られ、「だいたいこんな感じで。あとは、よきにはからえ」と添えられた仕様書をもらったことがあったが、それ以来だ。

「あー」工藤はあまり興味もないのか、表情も変えず、「たぶん、あれですよ、出会い系サイトですよ」と言った。

「出会い系サイト」私は鸚鵡返しにした。それから、反射的に背筋に冷たいものを感じる。出会い系サイトとは、私の認識が誤っていなければ、異性との出会いを目的とした交流用の場所のはずだ。そんなところに自分が関わったら、あの妻が黙っているはずはなく、仮に黙っていたとしても、恐ろしい暴力が飛んでくるはずだった。「怖くて、近づけないよ」

「ああいうサイトって、何十年経っても、あんまり進化しないんですよね」大石倉之助が言った。「昔の出会い系サイトって、平成の頃にできたものとかを見たことありますけど、今のとあんまり変わらないんですよ」

「よく知ってるな」

「ネットで前に特集組んでたので、読んだんです。インターネットサービスやら業者の歴史、というのを。やっぱり、SE体質というのか、サイトのデザインの話とかになると気になっちゃうんですよね。とにかく、ああいう出会い系のサイトでは、大人を誘惑したり、誘導したりする手法ってのは昔から確立されてるってことなんですかね」

「あ、そういうものですよ」工藤が饒舌になった。「たとえば、自動車にしたところで、いくら年月が経っても、たとえば、ハンドルの形やワイパーの動きとか、ミラーの位置ってあんまり変わってないじゃないですか。中の制御するコンピューターとかは進化してても、大きいところって、やっぱり不動なんですよ。昔のものには、大事な部分がたいがい揃っているんですって」

「なるほどなあ」私は素直に納得する。

「五反田さんが言ってたんですよ。あの人、シンプルな物が好きらしくて、骨董品というか古いスタイルにこだわっていたし。いつも、音楽聴いてたのも、データ配信されたやつじゃなくて、ＣＤとかカセットテープですよ。いまどき、カセットってどこで買えるんですか」

「カセットテープか、一度だけ見たことがあるけど、確かに、珍しいな」五反田正臣にそんなこだわりがあるとは知らなかった。「で、この仕事は、出会い系サイトの開発なのか」

「まあ、最初は、何の画面か分からなかったんですけど、プログラムを解析していくうちに、そうだと分かりました」工藤が言った。

「ちょっと待ってくれ」私は、彼の言葉に引っかかりを覚える。「プログラムを解析しないと、何のシステムか分からない、なんて、そんな仕事があるのか？」

「ここにありましたよ」工藤が平然とうなずく。

「ネットで検索すれば、その、ゴッシュの出会い系サイトが見られるのか？」

「たぶん、ゴッシュというのはシステムを提供する会社で、それを各サイト運営者たちに販売しているんだと思います」

たぶん、であるとか、思います、であるとか憶測ばかりなので、私は心配になる。

心配になり、不審に思わざるを得ない。同じことを感じたのか、大石倉之助は、起動している工藤のパソコンに近づくと、ブラウザを起動し、キーを叩いた。おそらく、「ゴッシュ」という会社名で検索しているのだろう。「どうだ？」と訊ねると、彼は首を横に振った。

「そんな会社、ないか？」

「逆です。ゴッシュなんて、結構、変わった固有名詞だと思うんですけど、それでも二万件ですよ。二万件、検索で出てきました。出会い系、というのを検索語に加えても、あんまり変わらないですよ」

「そのゴッシュの担当者って、僕、会ったこともないんですけど、五反田さんも会ったことがないらしくて」と工藤が言う。

「五反田さんも？　それでどうやって」

「開発内容がメールで送られてきて、その後も全部、メールでやり取りしていたらしいんです。だいたい、プログラムの全体像も教えてもらってないんで、手探り状態で、そのたびに、五反田さん、問い合わせてましたけど」

「それで嫌になったんですかね」大石倉之助が、私の顔を窺ってくる。

「全体像が分からないから、五反田さんがプログラムの解析をどうにか自力でやってたんですよ。で、僕に指示してくれて。項目増やすのは難しくないんで、すぐにやったんですが、どういうわけか、コンパイルでエラーが出るんですよ」

「何の言語用のコンパイラ？」

「ここのシステム、独自のコンパイラを使ってるんです。で、エラーの理由がよく分かんなくて、そこから先に進まないんですよ」

「独自のコンパイラか」

一般的に言う「プログラム」とは、あくまでも人間が読むことのできる原稿のようなもので、パソコンが理解する原始的な文章に直すことをコンパイルと呼び、それを実行するソフトウェアがコンパイラだった。プログラムが完成した後には、コンパイルをし、サーバに配置する必要がある。

「プログラムの一部が暗号化されてて、よく読めない部分があるらしいんですけど、そこの暗号部分の翻訳とかやるために、独自のコンパイラを使ってるみたいで」

「暗号化？」

「いや、まあ、僕たちの今回いじくってるところはその暗号化部分とは関係がないんで、気にしなくていいんですけどね」工藤がぼそぼそと言った。

「でも、五反田さんは気にしたのか」私はそこで、じっと工藤を見つめた。前日の電話で五反田正臣が、「見て見ぬふりも勇気だ」と言っていたのを思い出す。

工藤が、こくり、とうなずいた。

悠長に検討しているわけにもいかない。私たちはすぐに作業に入った。工藤には引き続き、今までやっていたことを続行してもらい、同時に、分かる範囲で良いから、大石倉之助にシステム概要を説明してもらう。私はといえば、ゴッシュなる発注元に連絡をつけることにした。

とはいえ、どこを調べても連絡先は分からず、仕方がなく、五反田正臣の使っていた机の中をひっくり返し、そこから出てきたメモ書きを頼りに電話をかけることにした。

「こんな仕事のやり方があるのか」

ソフトウェアの開発に、曖昧な仕様との戦い、という要素があるのは間違いないのだが、それにしても、客先と会わず、部分的な仕様を見て、手探りで、作業を行うとは無謀にもほどがあった。

五反田正臣の机の抽斗をひっくり返した。ペンやクリップが山のように出てくる。

「何だろこれ」と私は目に付いた、プラスチックのケースを手に取った。

「カセットテープじゃないですか」大石倉之助が言ってくる。

「あ、それそれ、五反田さん、そういうのにこだわってるんですよ」工藤が言う。

その隣には少し大きめの箱がいくつもあった。「こっちはビデオテープだ」映像が録画できる媒体のはずだ。

「そういう古い映画も大好きだったんですよね」

「古いなあ」タイトルからすると、ホラー映画なのだろうか。ごろごろ出てくる。これはこれで貴重だ。私はその、今はほとんど見かけない記録媒体を横にどかした。その下に、数字の書かれたメモが出てくる。「これか？」

「たぶん、それですけど」工藤が画面を見ながら、言ってきた。「きっと、無理です」

「きっと無理？」

「五反田さん、そこにかけまくって、苛々してましたから。あまりに苛々して、『もう、夢を見てる気分だ』とか歌ったりしてましたよ」

「何の歌なんだ、それは」

「やけっぱちになってたんですよ、きっと。だから、意味ないですよ。電話をしても」

と言われても、試してみないわけにはいかない。机の上の電話を使い、メモ書きの番号を押した。受話器を耳に当てていると、「こちらは、株式会社ゴッシュ」と声がした。

「あ、もしもし」私は慌てて、喋り出す。小さく感激もした。が、「音声案内に従い、ご用件に応じた番号を押してください」との声が聞こえ、ため息をつく。自動応答のメッセージに過ぎなかった。音声案内は、あなたの用件は、「登録確認ですか？」「退会申請ですか？」「ご意見・ご要望ですか？」「各種情報の変更ですか？」と曖昧な分類を告げ、さらに、「その他の用件ですか？」とも言った。システム開発の確認はおそらく、「その他の用件」に該当するのだろう、とそれを選択すると、そこからさらに質問が発生する。

分岐に次ぐ分岐だ。私は電話のボタンを押しては、メッセージを聞き、またボタンを押し、こちらの番号を入力した。

十五分近くボタンを押し続けた。そこで誤って、選択肢にない数字を押してしまったのだが、そうしたところ、音声メッセージは、「受け付けられない番号が押されました。受付を終了します」と言い、ぷつりと切れた。心なしか、声には喜びが滲んでいた。

「嘘だろ」と私はつぶやき、肩を落とす。仕方がなくもう一度、最初からはじめる。延々と、選択と入力を繰り返していく。二十分が経ち、それでも繋がらない。番号の押し間違いに気を配りつつ、次々と入力していく。

さらに十分が過ぎたところで、「では最後に、十桁の暗証番号を入力してください」と聞こえた。愕然とし、あまりの徒労感にその場に崩れそうになる。踏ん張った自分に誇りすら覚えた。「工藤君、暗証番号って分かる？」と訊ねるが、工藤は頬を膨らませたまま、「いいえ」と首を振った。

「五反田さんに聞けば分かるかな」

「そういえば、五反田さん、暗証番号なんて知らねえって言って、受話器を投げてたことありました」

私も危うく、受話器を投げたくなった。

こんなことが続いたら、本当に何らかの能力が覚醒するのではないか、と思った。

6

公私共に充実してきた気がする。悪い意味で。

私と妻の披露宴で、「佳代子さんという伴侶を得て、きっと公私共に充実した生活が送れることを保証します」とスピーチをした人がいた。確か、妻側の主賓だ。今となってはあの男性が本当に、妻の知り合いだったのかどうかも怪しい。思えば、誰かそれらしい出席者を佳代子がでっち上げ、たとえば金で誰かを雇い、呼んでいたとしても私には分からなかった。とにかく、あのスピーチで言っていた保証はどうなったんだ、と私は地下鉄に揺られながら、思う。確かに充実してきたのかもしれないが、嫌な充実だった。

家へ帰るために地下鉄に乗っている。扉の脇に立ち、窓の外を流れる壁や、すれ違う上り列車を眺める。今日は結局、何も仕事が進展しなかった。一日がかりで問い合わせてみたものの、客先の声すら聞けなかった。電話をかけても音声案内の波状攻撃にはばまれ、メールを送っても音沙汰がない。

「メール、読んでるんですかね？」大石倉之助が言ってきたのは、夕方五時を回ったあたりだった。「使っていないアドレスだったりして。ためしに、酷《ひど》いメール、送ってみたらどうですか？」

「酷いメール？」私は眉をひそめた。

「罵りの言葉とか書くんです。もしかすると、何か言ってくるかもしれないですよ。うちの親父がそうなんですけど、都合の悪いことは聞こえないふりするくせに、悪口言うと反応するんですよ」

「反応があったらあったで、怖いな」

けれど、やってみる価値はあるかもしれない、とは思った。さすがに、罵詈雑言を書くリスクは冒せなかったが、「納期には間に合いそうもありません」と書いてみることにした。さらに、「プログラムの暗号化された部分の解析に戸惑っています。コンパイラの仕様も教えていただかないと、作業ができません」と続けた。

どうせ相手は見てないですよ、と大石倉之助は笑い、スナック菓子を食べながらパソコンを叩いていた工藤も、「あれだけ、問い合わせメールを送って、返事がないんですから、まあ、誰も見ていないんでしょう」と同意した。

私もそう思った。だから、気楽に送信した。

手紙を壜に詰め、川に流し、いつかこれを誰かが拾ってくれるだろうか、と遠い彼方に思いを馳せるような気分だった。が、なんと驚くべきことに、その壜が流れ着いたのは、本社ビルにいた加藤課長のもとだった。

メールを送信し、十五分ほど経った頃だったか、唐突に携帯電話が鳴った。耳に当てると加藤課長の声が、「おい、渡辺、何考えてるんだ」と怒鳴った。彼の発する唾が電波を通じ、こっちに飛び掛かってくるようだ。

「何考えてる、って、いろいろです」連絡のつかない発注元の会社のこと、仕事から逃げた五反田正臣のこと、今日の夕飯をどう済ませるか、妻の佳代子はまだ浮気を疑っているのだろうか、私の浮気相手の桜井ゆかりは海外旅行を満喫しているだろうか、人間とは本当に、いちどきに、さまざまなことを考えるものだと感心したくなる。「人間って凄いですね。課長もそう思いませんか」

「何言ってんだよ、渡辺。客商売を何だと思ってんだ。あのな、今、営業のところにメールが来たんだと」

「誰からですか」

「客先だよ。おまえのやってる仕事の」

「株式会社ゴッシュ？」

「だったかな。それだ」

相手の会社名もうろ覚えだなんて客商売を何だと思ってるんだ、と言ってやりたいのをこらえた。

「その会社が、おまえから変なメールが来たって言ってるらしい。納期に間に合わない、とかな。送ったのか？」

私は呻き、しばらく言葉が出なかった。

「おいおい、送ったのかよ」加藤課長がわざとらしく、息を吐いた。

「返事が来たんですか」

「そりゃ来るだろうよ」

「さっきまでは、音沙汰なかったんですよ」

「知らねえよ、そんなことは」

「いや、まったく連絡がつかなかったので、試しに酷いメールを送って、反応を見ようと思ったんですよ」私は隠す必要も感じず、というよりも、素直に説明した。

「俺が教えたか？」加藤課長の静かな声が聞こえる。

「え」

「困った時には、客先に酷いメールを送れ、って俺が教えたか」

「教わってません」

「だろ。とにかく、納期に間に合わないというのは嘘なんだろ」

「ええ、あ、いえ」私は自分でも滑稽なくらいに、狼狽した。「納期には間に合わせるつもりなんですが、作業の環境で分からないところがあるんですよ。コンパイラの仕様とか」

「はあ？　問い合わせればいいだろうが」

「その問い合わせ先が分からないんです」

「だって、酷いメールを送れたんだろ？」

「他の問い合わせには返事がないんです」

堂々巡りだった。

「あの、課長は今から、納期には間に合いますご安心を、とゴッシュに返事をするんですよね」と訊ねた。

「そりゃそうだろ。言わないでどうすんだよ。俺から、営業に、先方に伝えるよう答えておくよ。弊社の情緒不安定な社員が血迷って、口走っただけです、さっそく希望退職の手続きを取っています、ってな」

加藤課長は嫌味のつもりで、私をダウンさせるためのボディブロウのようなつもりで、そう言ったのだろうが、私には効かなかった。すでにダウンしている人間をダウンさせることは難しいからだ。「お願いがあるんですが、営業には、『ゴッシュの仕様担当者から電話を寄越すように』と言ってくれないですか？　俺の携帯電話にかけてもらっていいです。時間も問いませんから」

電話の向こうが一瞬、無言になり、しばらくしてから、「渡辺、おまえ、何か必死だな」と加藤課長がぼそっとこぼした。

「そりゃそうですよ」

「希望退職が怖いか」

「今朝、課長が言ってたじゃないですか、追い込まれると超能力が覚醒するって」

「幻魔大戦のことだな。おお、言った言った」

「まさにそんな気分です」

「それ、アニメの話だぞ」

「だいたい、課長、これが何のサイトの開発か分かってますか」

「俺が分かってないといけないのか」

いけないと思います。と思いつつ私は、「出会い系サイトですよ。出会い系」と少し投げ遣りに答えた。

加藤課長は、「ほお、そうか」と少し声の調子を変えた。そして、何かを考える間を空けたかと思うと、「おい、渡辺」と声をひそめた。「何かシステムに細工できねえか」と言う。

「細工って何ですか」

「特別なＩＤで会員登録すると、無料になる、とかそういう風に、プログラムに細工だよ」

真剣に受け止める精神力も、冗談で受け流す体力もなかったので、乾いた笑い声で誤魔化すことにした。

「そうだ、それからな」電話の最後、加藤課長が言った。「先方が言うには、今回依頼した以外の箇所には一切、触るな、ということだ。プログラムの必要なところだけを直せ、とな。余計なところはいいから、さっさと仕事を終わらせるように、だと。まあ、当たり前のことだけれどな」

電話を切ると、大石倉之助が心配そうに私を見ていた。

「あれ、工藤君は？」先ほどまでいたはずなのだが、机に姿がない。首を伸ばして眺めるとパソコンのモニターは消えていた。

「帰りましたよ」大石倉之助は壁にかかった時計を指差した。確かに、定時の十八時を五分過ぎていた。「仕事が残ってるのに、定時に、晴れ晴れとした顔で帰っていく、プログラマーを久々に見ました」

「見習おう」私は言った。今日のところは仕事が進むとも思えなかった。大石倉之助も疲れているはずだ。それならば今日はもう開き直り、さっさと帰るべきではないか。大石倉之助は最初はたじろいだが、すぐに目を細め、手で目じりをこすり、「じゃあ、お言葉に甘えて、帰って寝ます」と頭を下げた。

地下鉄の車内に視線を泳がしていると、広告が目に入った。最近は残業続きで、地下鉄の最終列車にも間に合わないことが多かったため、その鬱陶しい広告表示を見るのも久しぶりだった。

昔は紙の広告が貼られていたらしいが、そのほうが煩わしくなかっただろう。いまや、車内の壁という壁、天井にまで液晶画面がつき、次々と広告が表示されていく。どこを見ても広告、という光景は異様だ。

新聞広告やテレビコマーシャルの効果はいまだにあるのだろうか？　不特定多数に向かい、大々的に広告を発信することへの信頼は、インターネットが登場した頃を境に下落した。

確か、友人の井坂好太郎が言っていたのだ。作家という偉そうな仕事に就きながら、好き放題に生きているあの男が、自慢げに述べた。

「新聞広告にどれだけの効果があるかなんて、昔はよく分からなかったんだ。それが、ネットが普及し、検索エンジンが発達すると状況は変わった。『コーヒー』と検索した人間に、コーヒーの広告を表示するようになった。少なくともその人間は、コーヒーという単語に何らかの関心があるのだろうし、まず間違いなく、その彼は画面を見ている。それだけでも、テレビコマーシャルより有効だ」

　井坂好太郎は作家としては比較的年齢が若いらしく、それなりに人気があると本人は自慢するのだが、家庭があるにもかかわらず、夜な夜な繁華街で女性を口説き、「俺はこう見えても、作家なんだよ」と威張っている彼しか知らない私からすれば、尊敬できない男だった。公の場では、「ありがたいことに今はそれなりに応援してくれる読者もいるけれど、俺なんてまだまだだ。日々精進ですね」と殊勝なことを言うくせに、日々精進していることと言えば、女性に声をかけることばかりなのだから、最低だった。

「ネットの功績はでかいんだよ」と井坂好太郎は品なく笑った。「影響力もでかい。だからさ、たとえば、俺の本が発売されるだろ？　で、ネットでたとえば、『あいつの新作は、最低だ』という情報が流れるとするだろ？　な。そうしたら、もう、アウトだよ。ネットの情報は、リアルの世界の合わせ鏡だからな。他の人間が読む前から、あれは駄作、という評価が出来上がるわけだ」

「それなら」とその時、私は言った。「逆も可能じゃないか？　どうにかして、『あの本は面白い』という評価をネット上に流すんだ」

「二十はあるな」

「え？」

「俺が自分で、運営しているサイトだよ。二十近くあるよ。ずいぶん前から、少しずつ増やしてるんだ。もちろん、それぞれのサイトはあくまでも、独立したものだぜ？ドメインもデザインもばらばらだ。でな、俺は新作が出るたびに、そこで、『今度のあいつの新作は傑作だ』と書くわけだ。時期を考えて、嘘臭くならないようにな。そうするとだ、面白いことに、ネットの中で、その本は面白い、という評価がある程度できあがる。しかも、その褒め方もたいがい似通ってくる。いいか、社会的証明の原理、というのを知っているか」

「何だそれは」

「人はな、他人が何を正しいと考えているのか、それをもとに判断をする、ってことだ。今その状況でどうすることが正しいのか、他人の行動を参考にするんだよ。これは別に悪いことじゃない。他人に合わせたほうが、うまく行く場合が多いからな。ただそれを利用すれば、人の判断を、誘導できる」

「そんなものか？」私は呆れた。それではおまえは小説を書いているのではなく、情報を操作しているのではないか、と言ってやった。

「コツはな」と井坂好太郎は平然と続ける。「コツは、少し小難しい小説にしておくことだ。難解なものは、褒めやすくて、貶しにくいんだ。考えてみろよ、『この小説は読みにくい』と批判すれば、『読解力がない』と思われる可能性がある。良いか悪いかの判断が分からなくなれば、人は、他人の判断を参考にするんだ。操作は楽なんだよ」彼は、うふふ、と女のように声を洩らした。

思えば彼は昔から、「俺の本のカバーに、『この本は無着色で、遺伝子組み換え食品は使っていません』って書いておくんだ。そうすりゃ、他の本にはそういうのが入ってそうな気がして、俺の本のほうが良さそうに思うだろ」とそんなことばかり考えている男だった。「大事なのは逆転の発想だ」とよく言い、「何でも逆さにしてみりゃどうにかなる。つまらねえ男のおまえも逆立ちして、通勤してみろよ。途端に話題の中心だ。逆さにすりゃいいんだ」と私に倒立の練習をさせようとさえした。

車内を広告が次々と流れている。ぼうっと読んでいる乗客もいれば、見向きもしない者もいる。そのうち、週刊誌の見出しが表示されはじめた。正直なところ、仕事に追われている私は今の日本で、社会で、どんな事件が起きているのか疎かったが、永嶋丈、という名前が表示されると、「これは知ってる名前だ」とほっとした。国会議員の永嶋丈だ。

『永嶋丈、播磨崎中学校事件についてはじめて、語る』と見出しが流れた。『五年の沈黙を破る』と。

播磨崎中学校事件は記憶に新しいが、そうか、五年も前になるのか。

駅の改札から出ると携帯電話が鳴った。君が代のメロディが流れる。見たことのない番号だったから、私はてっきり株式会社ゴッシュの仕様担当者からのものだと思った。加藤課長に頼んだ言伝《ことづて》が、功を奏したのだ、と。

だからすぐに電話に出て、返事をしたが、相手はその快活さを打ち消すかのような低い声で、「あの、あなた今どこにいますか?」と言ってきた。聞いたことのない男の声だった。

私はそれでも、客商売はお客様あってこそ、と自らに言い聞かせ、今降り立った駅の名前を馬鹿正直に口にした。

「じゃあ、今から行きます」と相手は言って、電話が切れた。

「はい?」今から来るってどういうことなのだ、と私は戸惑う。「来なくても、電話で仕様について確認できればいいんですけど」と告げるが、電話の相手はすでにいない。慌てて、着信番号にかけ直すが、電源が切られています、と応答がある。

するとまた、国歌が流れ出す。電話に着信があった。私は番号も確認せず、素早く耳に当てると、「どういうことですか」と声を荒らげた。

「どういうことも何も」と言ったのは妻の佳代子だった。今どこ？　と訊ねてくるので反射的に駅名を言ってしまう。「あのさ、あなた、浮気相手、どこにやったの？」

「え」またもや不意打ちを食らったため、私はすぐに反応できない。電話を耳に当て、階段を上る。「浮気なんてしていない」

「だって、この間、白状したでしょ」

「そうでもしないと、爪を剝がされてた」君の寄越した怪しい男に、だ。

「なんかさ、その相手の女、家にもいないし、会社に問い合わせても、海外旅行中っていうし、おかしいよね」

「おかしくないんだよ。事実なんだから。だいたい、君は仕事なんだろ」

「仕事の合間にも、夫のことが頭から離れないの。愛よね」どこまで本気なのか、色気のある声を出し、「まあ、いいや。後で驚かないでね」と一方的に電話を切った。

ため息をつく。公私共に充実している今日この頃ですが、みなさまにおかれましてはいかがお過ごしですか、と内心で唱える。

7

友人の井坂好太郎は、「どんなことでも二回やりゃ、慣れるよ」とよく言った。だから自分はしょっちゅう浮気をしているのだ、と。「だいたい人間ってのは慣れるだろ。ウィルスに対して、免疫ができるのも、慣れみたいなもんだ。慣れるから、もっと刺激が欲しくなる。で、進化する。筋トレもそうじゃないか。負荷を与えると、筋肉がつく。慣れると、もっと負荷を与える。女との関係も同じでな、慣れてきた頃には別の女と付き合わないと駄目なんだ」

あれは確か、私が性風俗の店に行ったことがない、と話した際のことだ。井坂好太郎は、「なぜ行かないのだ」と詰め寄り、その際に、「一回やりゃ慣れる」と主張した。慣れるとか慣れないとか、そういう問題ではない、と私は言うのだが聞き入れてもらえず、彼は風俗店の良し悪しを演説した。「いいか、女を派遣してもらう風俗があるがな、その場合、気に入らない女だったらどうすればいいか、知っているか」

「知らない」

「チェンジ、というルールがある。五十年以上前からある、由緒正しい仕組みだ。魔法の言葉、『チェンジ』を口にして、違う女と交代してもらうわけだ」

「来てくれた子に悪いじゃないか」

「渡辺、そういった失礼をなくすための仕組みが、『チェンジ』なんだ。いいか、『チェンジ！　真打ちを出せ』と言えばいい」

「真打ちとはどういう意味だよ」

「もっといいのを寄越せ、ってことだ。まあ、それも二回やれば慣れる」

その時は呆れるだけであったが、今は真っ向からその考えを否定したい。二回やれば慣れる？　馬鹿な。まったく慣れないではないか。

妻の派遣した物騒な男が、マンションで待ち伏せをし、「浮気相手について、吐け」と私をいたぶってきたのが、前々日の夜だ。そして今、私のまわりを三人の男たちが取り囲んでいる。慣れるわけがない。

駅から、原付バイクのとめてある駐輪場へ向かっている時、妻から電話があり、それを終え、歩いているところだった。

地面からふっと、湿気で生えるカビのような自然さで、三人が現われた。背丈は三人三様で、大雑把に言えば左から、百九十センチ、百七十センチ、百六十センチ、という具合だった。最近、若者の間に流行っているらしい、Vネックのセーターに、丈の短いブラックジーンズという出で立ちだった。

身長はばらばらであったが、髪型や顔は三人とも似ていた。髪の毛は全員、黒く、向かって右側の部分から、きっちりと分けられていた。私たちが生まれるよりもずっと前、左右、七対三の割合で分断されているため、「七三分け」と呼ばれ、会社員たちの基本的なスタイルだった、というあの髪型だ。整髪剤でぴったりと撫で付けたスタイルは、私などの目からすれば恰好良くは感じられなかったが、十代にはぴんと来るのだろうか。彼らはいちように鼻が細く、眉が薄く、口は小さかった。兄弟とも見えないから、偶然なのか、もしくは外見の類似性から親しくなったのか。三人とも表情がなく、人形に囲まれた不気味さがある。

「あ、こっちに来てくれますか」一番背の低い男が、私に手を振った。丁寧な言葉遣いではあったが、尖ったドライバーに似たものを握っていた。「飴と鞭」を体現するかのような行動だった。

「アイスピック」私はそれを見て、無意識に呟く。

「正解です」中背の男が無感情に言う。

「でも、これは氷じゃなくて、人を突くから、人ピックですね」と長身が言う。

「肉を刺すから、肉ピック。逆にしたら、ピクニックですよ」とは背の低い男の言葉だ。

当然ながら私は逆らうことができず、そこから逃げ出す手段もタイミングも見つけられなかった。裏道へと入っていくしかない。

閉まった酒屋のシャッターの前に私は立たされた。前の三人は、七三に分けた髪のへりの部分を同時に、人差し指ですっと撫でる。

四年前もこんな具合だった。妻に浮気を疑われ、「浮気しているんだろう。正直に言え」と物騒な男たちに囲まれ、腕を折られた。

つまり、こういう物騒な経験は三度目ということになるが、慣れるわけがない。ましてや、「前回よりも刺激を強くしてね」と言いたくなるわけでもない。井坂好太郎の憎々しい顔を思い出す。あの男はどうしていつも、でたらめを偉そうに語るのか。

「浮気ならしていない」私は無抵抗を示すため、両手を、右手に持った鞄ごと上げた。街路灯や道路標識に付いている防犯アラームを探すが、その街路灯や標識自体が見当たらない。

長身が、中背の男と顔を見合わせ、首を捻った。

「浮気はしていてもしていなくても」と長身が丁寧な口調で言う。アイスピックを揺らした。

「別にそれはあなたの自由ですから」と中背の男が続ける。

「僕たちは、五反田さんの行方を知りたいだけなんです」背の低い男が言う。

私は頭の中が一瞬、空っぽになった。五反田正臣のことを聞かれるとは思わなかった。三人はてっきり、妻の佳代子に指示されたのだと思っていたが、そうではないらしい。

「五反田さんは、俺の先輩だけれど」

「今、どこにいるか教えてください」

「五反田さん、本格的に消えたの？」私は疑問をそのまま口にした。「どこに？」

三人が同時に眉をひそめた。「僕たちが、質問したんですよね」

「昨日、電話はしたけど」

「知ってます。五反田さんの電話にあなたの電話番号の着信が残ってましたからね。それで、さっき、あなたに電話しました。しましたよね？」背の低い男が言う。

私は思い出す。つい先ほど、駅の改札から出た直後、携帯電話に着信があった。名乗らぬ相手はてっきり、仕事の発注元からのものだと思ったが、違ったのか。

「で、こうやって会いに来たんですよ」中背の男がアイスピックで、私を指す。

「五反田さんがどこにいるか、俺も知らないんだ。家じゃ？」

「家にいないから、困ってます」

七三分けの、不気味なほどぺったりとした髪の三人が、ゆっくりと私に一歩を踏み出した。さらにもう一歩、近づく。

左手がにゅっと伸びてきた。背の低い男が、左手を、握手を求めるかのように、差し出したのだ。どうして右手ではないのか、と不審に思いつつも、私は友好の証《あかし》のためにと自分も左手を前に出し、握手を交わした。

そこを他の二人で素早く押さえてきた。私の左腕をぴんと伸ばし、彼らの手がつかんでくる。私は咄嗟のことに反応できなかった。

「五反田さんが今、どこにいるか教えてください」と中背の男が言った。

「知らないんだ」

「ああ、そうですか。では」と中背の男は、私の左手小指をつまんだ。そして、「これ、見てください」と言う。

素直な私は、言われた通りに自分の左手小指を見る。

「見納めですよ」長身の男が言う。私の左腕を、三人の男が取り囲んでいる光景はなかなか、奇妙だった。

「見納め？」

「この指が、ここにあるのを見るのはこれで最後ですよ」

「え」と言った時には、正面にいた背の低い男が、何の説明もなく、小指にかぶせていた。

何を？

見たこともない器具を、だ。

大き目のホッチキスのようなものだった。穴があり、それを私の指にはめ込んでいる。窮屈なほどではないが、指の根元まで覆われたことに少なからず恐怖を覚え、慌てて、手を振ろうとしたが、二人の男につかまれていて、まるで動かない。仕方がなく、右手で、とりあえずは長身の男を振り払おうとしたが、うまくいかない。うまくいかないばかりか、長身の男に右腕をつかまれてしまう。彼は素早く身体を寄せ、自分の腋の下に私の右腕を挟み込んだ。両腕が動かなくなる。身体を揺するが、びくともしない。

「これはね、野菜を切るような器具でしてね」背の低い男が言う。小指を覆う、その器具についての説明らしかった。「この部分をぐいっと挟むと、中の指が切れるんですよ」とその器具の突起を指差している。

「え？」

「あっという間なんですよ。ちょきんとやったら、もう、ぽとり、という感じでして」

「嘘だろ」

「信じてないんですか。ああ、そうか、指の中には骨がありますもんね。骨までは刃物で簡単には切れないだろう、と思いますよね、普通は」

「そうじゃなくて」

「梃子《てこ》の原理ですよ。鋏もそうでしょう？　ちょっと力を入れればいいんです。意外に痛みはないんです。ただ、指は失います。小指がないと不便ですよ。それを考えれば、五反田さんの居場所を教えたほうが、ずいぶん、ましです」

　本当に知らないのだ、と喚きたかったが、言葉が出ない。自由を奪われた左手の指に目が行く。小指が切断されることを想像し、いても立ってもいられなくなる。もう一度、身体を左右に振るが、動かない。「君たちは何なんだ。どうして、五反田さんを探しているんだ」

「いなくなったからですよ」長身が言う。

「いなくなったら、普通、探しますよね」背の低い男が言う。

自分の手が、指が、危機に直面しているというのに何もできない自らの無力さに、私は焦った。足に力が入らない。男がホッチキスをやるように、指をぐいっと動かせば、私の小指がじょきりと切れる。そのあまりに簡単な仕組みに、怖気が走る。落ちた小指がトカゲの尻尾よろしく、蠢くのを想像してしまう。

「では、秒読みをはじめますよ」中背の男が言った。興奮はなく、面倒な仕事をこなすようだった。ちょっと待ってくれ、という私の声は無視される。

「五」と誰かが言い、別の一人が、「四」とカウントした。「三」と来て、「二」と告げられ、私は必死に暴れようとするが身体が動かない。ああ、これはもう小指なしで生きていくしかないのだな、さよならだけが人生だ、と思ったのだが、そこで、「どうせやるなら、背中側で切断すりゃいいのに」と声がした。

三人の七三分けの男たちとは明らかに声の調子が違っていて、誰なのかと視線をやると、前に髭を生やした体格のいい男が立っていた。

私の左腕を押さえ持った中背の男と、右腕を挟んだ長身の男の、その真ん中にたまたま居合わせた野次馬のような表情で、その男はいた。中背の男と長身の男が顔を見合わせ、不思議そうに髭の男を見る。

「惜しいよな。その器具、ちょっと貸してみろよ。指を切るんだろ。拷問としてはいいと思うんだけどよ、どうせやるなら、本人の見えないところに指を持っていったほうが効果的だろ。背中側に捻って、で、指を切るぞ、って脅すんだ。人ってのは見えないとなるとさらに恐怖が増すからさ、絶対、そのほうがいい。どれくらい切れるかを事前に、野菜か何かでやってみせるのもいいと思うぜ」と髭の男は言い、「な、だろ」と七三分けの男たちを見やった。「もしくは、性器を切ってみせるほうが怖い」

誰だこの男は、と私を取り囲む三人が訝り出した。私の腕をつかむ彼らの力が緩んだため、思い切り身体を揺すってみた。外れた。私はなりふり構わず、横に飛びのき、シャッターにぶつかった。空気が破裂したような、騒がしい音がする。

「あなた、何なんですか。割り込んできて」長身の男が、突如現れた招かれざる野次馬、髭の男に向き合った。口調こそ変わらないが、不愉快さは滲んでいて、今すぐにでもアイスピックを、人ピックとして、振り回すところに見えた。

「ちょっと待て」髭の男が言った。「動かないほうがいいぞ、おまえ。これ見ろよ」と自分の右手を少し持ち上げる。そこには黒い器具があり、器具の先には背の低い男の左手中指が繋がっている。私はとっさに、自分の左手を確認するが、そこからは器具が外れていた。いつの間にか、髭の男はそれを取り、目の前の男の指にはめこんでいたのだ。

「これ、がしゃんとやったら、指切れるんだろ。俺、欲しかったんだけどよ、これ。どこで買えるのか分かんなくてさ。どこ？　検索したら出てくる？　いいな、これ。仕事とは言え、疲れることはある。これなら楽だ。梃子の原理だろ」

指に器具をかぶせられた背の低い男は、顔をゆがめていた。髭の男に引っ張られるがままに、手を伸ばし、情けないくらいのへっぴり腰となっていた。私とは違い、抵抗する強さは持っているのか、右手に持ったアイスピックを突き出した。

髭の男はそれを、至近距離からの攻撃だったにもかかわらず、首を振って避けた。「危ねえな」と眉をひそめ、「おまえさ、本当に指切っちゃうぞ。中指がないのは意外に不便だぜ。いいのか？　その勇気はあるか？」と言った。

長身の男と中背の男が同時に動いた。アイスピックを持ったまま、髭の男に殴りかかろうとした。

すると、悲鳴が上がった。踏んづけられた猫が、罵詈雑言の悲鳴を発するのだとすれば、こんな具合ではないか。発したのは、背の低い男だ。彼の絶叫は、シャッターに跳ね、真上の空を突くようだ。

他の二人の七三分けが動きを止めた。

髭の男がそっと器具から手を離す。

背の低い男は自分の左手を庇うように右手を添えたが、器具を外すことはしなかった。周囲は暗いが、彼が顔面蒼白なのは見て取れた。よろよろと歩き出したかと思うと、左手を大事そうに支え、立ち去っていく。他の二人はそれを見ていたが、ほどなく、後に続いた。

「まさか、本当に、指を切った、とか？」私は、その場に残った髭の男に言う。

「内緒だ」と彼は言い、私の肩に腕を回してきた。急に同志となったかのような態度だ。「一番の恐怖は想像力から生まれるんだ。あいつの指に何が起きたのか、想像すればいい」

「助けに来てくれたのか」私は、絶対にそうじゃない、と分かっているにもかかわらず、訊ねていた。妻に依頼され、二日前に、「おまえの浮気相手について白状しろ」と拷問しようとしてきた男が、今日になり味方になるとは思えない。

「そうだ」と案に相違して彼は言った。

「え？」

「あんたを助けたんだよ」

そうなのか、と私が返事に困っていると、彼は続けた。

「俺が拷問するために、だ」

「え、え」

「あいつらが拷問してたら、俺が拷問できないだろ」

どうして私はこうも拷問を受けなくてはいけないのだ。こんなことがどんなに続いても、絶対に慣れない。チェンジ、と頼んだ覚えもない。

「ただ」彼は少し、声を優しくした。「まあ、今日は、あくまでも報告するために来たんだけどな」

「報告？」

「そうだ。さっき、あんたの奥さんから電話があっただろ？」

私はうなずく。確か、今は駅にいると答えた。

「で、あんたの奥さんは、俺に連絡をしてきたんだ。旦那が駅にいるから、ちょっと、報告してきてくれないか、だってよ。同情するよ。俺、あんたにだけはなりたくないよ」

私は無意識のうちに自分の左手を撫でている。そこに指が揃っていることを確かめ、安心したかった。

「あんたの浮気相手いるだろ。あんたがこないだ、裏切って教えてくれた、えっと」

「桜井ゆかり。でも、彼女は関係ない。君が、言わないと爪を剝がすというからやむを得ず」

「まあ、それはおいておくとして。その桜井ゆかりはどうやら、海外に行ってるみたいなんだよ。そうだろ。リフレッシュ休暇で、一人で海外へ」

私はうなずく。唯一の救いでもあった。もし、彼女が今、日本にいたら、私の妻もしくはこの髭の男のような物騒な人間が、すぐに捕らえたはずだ。捕らえ、暴力を振るい、ダメージを与える。私との浮気を後悔させるために、だ。もちろん、いずれ彼女が日本に帰ってきたら、同じ問題は起きるだろうが、それまでに対策を練れば良い。まだ、十日ほどある。私はそう思っていた。

ところが次に男が発したのは、私のその貴重な拠り所、安心の柱をたやすく壊すものだった。

「帰ってきたぜ」

「え？」

「その桜井ゆかりが今朝、日本に帰ってきたんだ」

「え」

「あんたの奥さん、それくらいのことはやるんだよ。女の旅行先を突き止めて、連絡を入れて、彼女が予定を繰り上げて帰国したくなるような嘘を、たぶん、あんたに関することじゃねえかな、それを仄めかしてさ」

「あるはずがない」私は言った。海外旅行の日程をそうそうすぐにキャンセルするのは難しいだろうし、帰りの航空チケットの手配だって簡単ではない。

「帰りの飛行機チケットの世話くらいなら、あんたの奥さんやるんじゃねえの？　やるだろ。実際、やったんだよ。で、桜井ゆかりは今朝、戻ってきた」

私は目を見開き、髭の男をまじまじと眺める。嘘をついているようには見えなかった。妻が電話で言った、「後で驚かないでね」の言葉を思い出した。実際、驚いた。

「彼女は、今、どこに？」

目の前が光った。何事かと思ったが、髭の男がいつの間にか取り出した携帯電話で、私の顔を写真に撮ったのだ。人を小馬鹿にしたかのような、軽薄な音が鳴る。

「あんたの奥さん、あんたが俺の報告を聞いて、どんな顔するのか知りたかったらしいんだ。写真送ってくれ、だと。そのために、わざわざ来たんだ。あんたもあんな奥さんがいて、退屈しないよな」

刺激が進化に繋がる、と述べた井坂好太郎の言葉を思い出す。「すみません、みんなを置いて、俺だけがどんどん進化していくかもしれません」と投げ遣りに言った。

8

「あんたさ、もっと楽観的に構えたほうがいいよ」髭の男は、私よりは年下の二十代のようではあったが、私よりも数倍は貫禄があった。

街路灯に虫がたかり、ばちばちと音を鳴らしている。

「楽観的に？　この状況でどうやったら」私は乱暴に返事をした。桜井ゆかりに電話をかけたが、彼女の携帯電話を呼び出す音はするものの誰かが出ることもなく、そのうちに留守番電話サービスに繋がった。「出ない」

「だろ。でも、あんたの浮気相手は海外から帰ってきてるんだよ。海外にいるうちは安全だと思ってたんだろうけど、残念だな」

「今はどこにいるんだ？」私は動揺し、興奮していた。つい先ほど、見ず知らずの三人の七三分けの若者に拷問を受けるところだったから、その恐怖で感情が高ぶっていることもあったが、それ以上に、桜井ゆかりの身に何があったのか心配だった。

頭に浮かぶのは、薄汚れた廃ビルの一室で、もしくは騒がしいカラオケボックスの防犯カメラの死角で、手足を縛られた桜井ゆかりが、指を折られ、足の腱か何かを切断され、のたうちまわっている光景だった。その脇には、私の妻である佳代子がいて、涼しい顔で、「わたしの夫に手を出して、ただで済むと思う人。しーん。いませーん」などと言っている想像が過ぎる。

私以外の人間からすれば、「妄想がすぎる」と批判したくなるだろうが、私からしてみれば、「ありえなくもない」のだ。自分の携帯電話で妻に電話をかける。髭の男はそのことを咎めはしなかった。ただ、同情するように片眉を上げた。

「あらら、どうしたの」妻は予想外に早く、電話に出た。わざとらしく、驚いた口ぶりだった。

「今、どこなんだ？」

「仕事が忙しいから、今日は家に帰らないけど。言わなかったっけ」

「そうじゃなくて、今、どこなんだ」

「質問が違うんじゃない？」妻の佳代子は見透かしたようで、確かに彼女はいつだって私の心理を見透かすところがあるのだが、「浮気相手の彼女の居場所を訊きたいんじゃないの」と的中させてくるので恐ろしい。

「一緒にいるのか？」

「あれ、浮気を否定しなくていいわけ？」とからかうように言う。「そこにわたしが仕事を頼んだ、がっちりした子が行ってると思うけど。電話、代わって」

私は前にいる、髭の、がっちりした子に電話を渡した。髭の男は携帯電話を耳に当て、「ええ、ええ」と相槌を打ち、「ええ、旦那さん、真っ青な顔してますよ。宇宙から見た地球ってのは、こんな青色なんだろうな、と思えるくらいの」と言った。「桜井ゆかりが帰国してると知って、衝撃を受けたみたいです。その驚きの表情を携帯で撮影したんで、後で送ります」

携帯電話を取り返し、私は、「桜井ゆかりは今、どこなんだ」と訊ねた。

「知らないよ。どっかにいるんじゃない？」妻は能天気な物言いで、私の神経を逆撫でする。「わたしが知ってるって決め付けないでよ」

静かに鼻で息を吸い、呼吸を整える。「いいか」と言い聞かせるようにした。「君が以前、結婚してた男は原因不明の交通事故で死んでいる。その前の旦那は行方不明だ」

「そうだっけ？」

「そうなんだよ。前に君に訊いたら、『浮気したからそうなった』って言ったじゃないか」

「言ったっけ」彼女が微笑む。姿は見えないが、分かる。その息には豊かな色香があって、こんな事態であるのに私は、耳にぞくぞくとした震えを覚えた。

「ちなみにまだ教えてもらっていなかったんだけど、その旦那さんたちの、浮気相手はどうなったんだい？」

「わたしが何かしたかのような言い方しないでよ」

「そうじゃなくて」私は宥めるように、言う。「君は何もしていない。そうだ、ただ、単に事実が知りたいんだ」

「あ、そう」妻はあっさりと納得した。「噂だと、その女の一人はね、どっかのカラオケボックスでね、酷い姿で発見されたらしいよ。命に別状はなかったみたいだけど」

「酷い姿って」

「カラオケ歌って、アキレス腱が切れるなんて、信じられる？　世の中って本当に驚きに満ちてるよね。怖いのよ」妻は何ひとつ怖がっていない様子で、一方の私はこの世のすべてが怖くなった。「天網恢恢《てんもうかいかい》疎《そ》にして漏らさずって本当ね。浮気相手にはアキレス腱よ」

「桜井ゆかりは無関係だ。何かしたら、大変なことになる」と叫んでいた。

「あのね、その桜井なんとかって女とわたしが一緒にいるって決め付けないでよ。せいぜい、焦ってれば？」妻はそこで一方的に電話を切った。

取り残された私は肩を落とし、携帯電話を持ったまま、しばし立ち尽くした。街路灯にぶつかる虫の羽音が頭の裏にこびりついてくる。

「あんたも大変だな」髭の男が言った。

「桜井ゆかりはどこに？」

「さあ」と彼は口を尖らせた。「本当に俺は知らねえんだよ。まあ、あんたの奥さんからそのうち、連絡があるかもしれないけど。『どこそこに行って、女を痛めつけて』とか」

「アキレス腱を切ってくれ、とか？ やめてくれ」私は胸の中が焼けるような気分だった。「彼女は関係ない。浮気は濡れ衣なんだ。何度も言ってる」

「アキレス腱って何だよ、怖えな」髭の男は眉をひそめ、またしても、私を哀れむ顔つきになる。「そういえば、シャクルトンって知ってるか？」

「シャクル？」

「探検家だよ。イギリスの。知らねえのかよ、サー・アーネスト・シャクルトン」男は歯を見せ、首を横に振る。「一九一四年、シャクルトンは二十八人で、南極大陸横断に挑んだんだけどな、流氷に挟まって、遭難するんだよ。で、そこから一年半、一年半だぜ？　全員を取りまとめて、一人も死なさずに、生還したんだよ」

そんな百五十年近くも前の話がどうしたのだ、と私は訝った。

「シャクルトンはおそらくな、その一年半、必死に自分の恐怖を抑え付けていたんだ。自分の勇気を振り絞っていたわけだ」

この男は、先日、私を拷問しようとした時、「勇気はあるか？」と何度も訊ねてきた。あれはもしかすると、そのシャクルトンへの憧憬《しょうけい》または思慕からなのだろうか。

彼は勇気に関心があるのかもしれない。「それが？」

「そのシャクルトンはこう言った。『楽観とは、真の精神的勇気だ』」

私は夜の暗闇の中、まっすぐ彼の言葉を聞くしかない。

「いいか、世の中には不安が満ちている。体には悪いものばっかりだしな、それこそ、発がん性物質じゃないものを見つけるほうが大変なくらいじゃないか。そんな中を生きていくにはある程度、楽観的になるのが一番なんだよ。あんたもあんまり、くよくよせずにもっと、楽観的に構えたほうがいいぜ。まあ、その桜井ゆかりの行方は気になるだろうけど、俺の勘だと、いくら探しても見つからねえよ。考えてもどうしようもないことにエネルギーを費やすくらいなら、やるべきことをやったほうがいい。自分の人生を楽しめよ。とりあえず、マンションに帰って、風呂入って、寝て、起きて、仕事行きな」

「それどころじゃない」

それどころじゃない、とは言ったものの、結局、私はマンションに帰り、風呂に入り、寝て、起きて、仕事に行った。もちろん、桜井ゆかりと連絡をつけようと必死だったが、必死だったのは気持ちだけで、できることと言えば、彼女の携帯電話と家の電話を鳴らし続けることくらいだった。妻とはすでに連絡がつかず、深夜の三時近くに腹をくくった。あの髭の「勇気の男」が言うように、考えてもどうしようもないことにエネルギーを費やすくらいなら、やるべきことをやったほうがいい、と思い、だから、寝た。

朝になると新聞を開き、女性の死亡記事が載っていないか、隈なく調べた。携帯電話に桜井ゆかりからの着信はなかった。メールは届いていたが、毎朝恒例で送られてくる、占いサイトからの配信メールだけだった。身支度を整え、部屋を出て、マンションのエレベーターに乗った後で確認すると、占いのコメントには、「問題に行き詰った時は、想像力を働かせてごらん、絶対」とあった。こんな抽象的なアドバイスはあるまい、と苦笑し、文法としてもおかしいのではないか、と思ったが、「絶対」の文言が目から離れなかった。

駅に降り、昨日から仕事場となった生命保険会社ビルの一室に向かう。始業時間の九時、ちょうどぎりぎりに到着すると、大石倉之助と工藤の二人はすでにパソコンの前にいた。キーを叩く音が部屋に反響している。

工藤の画面を覗くと彼はブラウザを起動し、どこかのサイトを眺めていた。精巧なプラモデルの写真が並んでいることからすると、おそらくは仕事とは無関係だ。その後で、ぐるっとまわり、大石倉之助のそばにいく。彼は相変わらず目を充血させ、肌と髪の艶はなく、睡眠不足の状態が改善されているようには見えなかった。昨日は早くに帰ったはずなのに、眠らなかったのか、と言おうとしたがそれより先に彼が、「渡辺さん、昨日、家で、プログラムソースを眺めていたんですけどね」と喋りはじめた。

「眠らなかったのか」

「気になって、眠れなかったんですよ。だって、プログラムの中に、暗号化された箇所があるなんて言われたら、気になりませんか。暗号のアルゴリズムとか、解析したくなるじゃないですか。SE魂がうずきますよ」

私はその台詞にはっとする。先日、この仕事から逃げた五反田正臣がまさに、「面白そうなプログラムだったら、解析したくなるだろ？」と電話で言っていたことを思い出したからだ。つまり、五反田正臣はその解析に乗り出したのだろう。

で、どうなった？

五反田正臣は姿を消した。

怪しげな者たちが、彼の行方を捜している。

そして、その怪しげな者たちが、私を拷問しようとした。

「加藤課長が、客先から、余計なことに首を突っ込むなと念を押されたらしいんだ」と私は伝えた。だからあまり、深入りしないほうがいい、と。まさか、「君が解析に乗り出すと、回りまわって、また、怪しげな者たちが私を拷問するかもしれないんだ」とは言えない。

大石倉之助は聞いていなかった。目の前の画面上で、テキストエディタで開いたソースを見せてくれる。

「暗号化されているのはどのあたりだったんだ？」と私は脇の椅子に座り、画面を眺める。

「SE魂がうずきはじめました？」

「どうだろうな」

「実はですね、最初、どこが暗号化されているのかなんて分からなかったんですよ」

「どういうこと？」SE魂は実のところさっぱりうずかず、どちらかといえば、「不倫相手の無事を心配する魂」ばかりがぐつぐつと煮立っている状態であったのだが、私は少し、興味を持った。プログラムソースの中に、仮に暗号化された部分があるのであれば、そこの箇所は、「暗号」であるのだから、見た目でもすぐに判断がつくのだろう、と思っていた。

「ざっと見た感じですと、どこも普通のプログラムに見えるんですよ。確かに、めちゃくちゃ凝ってるんで、機能を全て理解するにはもう少し時間がいるんですけど、明らかに暗号っぽいところはどこにもなくて」

「五反田さんの考えすぎだったってわけか？」

「僕も最初はそう思ったんです。ただ、途中で妙に思ったところがあって。コメント文ってありますよね」

「まあ、あってもおかしくないな」

プログラムソースは基本的に、コンピューターが実行するための文章だが、プログラマーの名前であったり、作成日時、もしくは故障修理した際の履歴であったりを記すために、コメントを書く必要もある。その箇所については、実行プログラムとしては効力を持たないように特定の印を付け、コンパイル時に無視させる。画面上のプログラムにもそれがところどころに見えた。

「でも、ここ変なんですよ」と大石倉之助がスクロールを止めた。

最初、私はどこが変なのか分からなかった。日付と修正履歴がかなりの量、並んでいるが特段奇妙な点は見られない。

「ほら、未来の日付が入ってますよね」と大石倉之助が指差した。「ここ、今から三年後の日付なんですよ。で、一応、日本語でコメントらしきものは書いてありますけど、あまり意味がないですよね。天気まで書いてあるし。『てにをは』が間違っている部分もありますし」

「コメント文が暗号ということなのか？」

「ええ。プログラムを暗号化すると、コメント文に化けてしまう、とか」

「そんなことができるのか？」プログラム言語は英数であり、それをどうやったら、日本語の文章に変換できるのだ。

私はじっと画面を見る。コメントの日本語がプログラムになるとは、思いにくかった。枯れ葉によく似た虫に目を近づけながらも、「虫っぽくないな」と唸る気分だ。

「擬態しているみたいですよね」と大石倉之助もちょうど言った。

「擬態ってあれです？　虫が葉っぱのふりするやつ？」向かい側に座る工藤が間延びした言い方をする。こちらの話もそれなりに聞いてはいるようだった。

「工藤君、暗号のことについて、五反田さんは何か言っていなかった？　解き方について。コメントのこととか」

「余計なことに首を突っ込んでいいんですか？」工藤は悪気はないのだろうが、皮肉めいたことを言う。

「工藤君もSE魂がうずうずかないか」私は少々、自暴自棄な気持ちで言った。

「うずかないですね」と工藤は淡々と答えた。「あんまり、五反田さんと話をしなかったんですよ。いつも、一人で黙って、ソース見てたし。もしくは、ラジカセとか持ち込んで、ヘッドフォンで音楽かけてましたし」

ラジカセ、という言葉に私は、「骨董品だ」と感心した。

「需要がないから、売ることもできないらしいですね。カセットって。まあ、そういう古臭い仕組みが好きなんですよね、五反田さん」

「五反田先輩って、どういう音楽聴くんでしょうね」大石倉之助がぼそりと言った。

確かにそうだな、と私も思ったところ、工藤が、「ジョン・レノンって誰ですか」と突然、質問してきた。

私は、彼の意図が分からず、しばし黙る。

「何か、五反田さん、そのジョン・レノンって人の命日が、自分の誕生日、とか言ってたんですよ。で、その人の音楽ばっかり聴いてたみたいです」

「命日って、いつだろう」大石倉之助が、それを調べるつもりなのか、キーボードを叩きはじめる。

私はそこでふと、頭に閃くものがあり、口元に手をやり、頭を回転させた。

「どうしたんですか？」敏感に私の状態を察し、大石倉之助が訊ねてきた。

「いや」

思い出していたのは、今朝、届いていた占いメールだった。「問題に行き詰った時は、想像力を働かせてごらん、絶対」と書いてあった。「想像力を働かせてごらん」のフレーズは、ジョン・レノンの、「イマジン」の歌詞と重なる。ように思えた。というよりも、重なるようにしか思えず、気づけば、「ジョン・レノンがヒント？」と口走っていた。

聞き間違えた大石倉之助は、「渡辺さん、そりゃあ、ジョン・レノンは人に決まってますよ」と申し訳なさそうに指摘してきた。

9

徳川埋蔵金というのは聞きますけど、その、ジョン・レノン埋蔵金なんて聞いたことないですよね。

有名人かどうかは、埋蔵金や秘宝の有無でだいたい分かるんですよ、と工藤は言った。だから僕は当然、ジョン・レノンなんて人知らないですよ、と胸を張った。本当に有名人なんですか？

「だいたい、それ、いつの人ですか。検索して出てきます？」と目の前の端末に手を伸ばす。「そんな大昔の人、知ってるほうがおかしいですよ」

工藤は自分が知らないことを責められている、と思ったのか少しむきになっていた。むきになって抗弁するのが似合う男、というランキングがあれば、丸いむくれ顔の工藤は確実に上位だ。「ビヨンド・レオンなら知ってますよ。一昨年、恐竜の剝製をオークションに出して、有名になった」

「それとは違うよ。ビヨンド・レオンじゃなくて、ジョン・レノンだ。まあ、そりゃ、百年も前のミュージシャンだけど、ジョン・レノンくらいは知ってても罪にはならない」私は控えめに主張した。二十世紀の音楽は、今となってはよほどのマニアか古典好きしか聴かなくなっているが、それでも、ジャンルの王道、スタンダードとも言えるものについては、たとえば、ビートルズやジョン・レノンであれば今も賞味期限が切れていないと思っていた。

「でも、工藤君、徳川家康は知ってるんだろ？」大石倉之助のほうが、工藤よりも若干ながら年上で、だから、少し砕けた口調だった。

「常識ですよ」

「徳川家康のほうが大昔じゃないか」私は指摘したものの、彼はあまり気にかけない。

「だから、徳川埋蔵金ってあるじゃないですか。ナポレオンだって、ヒトラーだって、僕は知ってますよ。有名人だから」

そういえば、ナポレオンもヒトラーもその財産がどこかに眠っているという伝説がつき物だな、と思い出す。

「あと、ほら、昔のOS作った人ですよ。あの、何とかって会社の」工藤は記憶を引っ張り出すのに、少し苛立った。

「ビル・ゲイツ？」大石倉之助が助け舟を出す。ああ、そういえば、高校時代の歴史の試験で出た名だ、と私も気づいた。

「そうそう。それそれ。その彼も埋蔵金の噂がありますよね。OSのレジストリの中にその地図の暗号があったとか、前に噂になったじゃないですか。そういうのが真の有名人ですよ。ジョン・レノン埋蔵金なんて、ないですよ。有名人じゃないからです」

私と大石倉之助は顔を見合わせ、眉を上げた。ジョン・レノンの名声や功績について、これ以上、工藤に理解してもらうのは難しそうだった。

「でも渡辺さん、ジョン・レノンがヒントってどういうことですか」大石倉之助が、私に言ってくる。「プログラムの暗号化部分を解くのに、ジョン・レノンが関係してるんですか？」

「まったくの思いつきだから、自信はないんだが」

「渡辺さんは謙虚だから、単なる思いつきってことはないですよ。何か理由があるんですよね」性格の真面目な大石倉之助は、人を買い被る時もとても真剣だ。

「今日、俺の携帯に配信された占いメールに、『想像力を働かせてごらん、絶対』とあったんだ。しかも、想像してごらん、といえば、イマジンを思い出すだろ。ジョン・レノンの曲だ。想像してごらん、工藤君が言うには、五反田さんはジョン・レノンをよく聴いていたという。だから、何か関係があると思ったんだ」

大石倉之助は首を傾げ、目をしばたたき、「え、それだけ、ですか」と顔を引き攣らせた。「占いメールですか？」

「前に、大石が勧めてくれた占いサイトだよ」

「それ、単なる思いつきじゃないですか」

「だから、そう言ったじゃないか」

「でも、そのジョンさんがヒントだとしても、いったいどういうことなんでしょうね」工藤は関心があるのかないのか分からない言い方をした。

「たとえば、五反田さんのこのパソコンにパスワードがかかっていて、それがレノンに関係する言葉だったりして」大石倉之助が指を鳴らし、五反田正臣の机だった場所に歩み寄る。

私はすぐに首を振る。「昨日、使った時はパスワードなんてかかっていなかった」

「じゃあ、ハードディスク内のどこかのファイルにパスワードがかかっているとか」

「ファイル名も拡張子も分からない状態で、それを探し出すこと自体、難易度が高い」

そうですよね、と大石倉之助は言いつつも、自分の推察を確かめたいのか、五反田正臣の椅子に腰掛け、寝不足でやつれた顔を引き締めたかと思うとパソコンをいじくりだした。「怪しいファイルがないか、探ってみますよ。レノンの命日がファイル名についてるとか、そういうことはないですかね」

なるほど、と私は言った。さすがいろいろと頭が働くものだなあ、頼りがいがある、と感心したが、そのキーワードたる「ジョン・レノン」自体が、私の思いつきに過ぎないのが非常に心もとない。

やがて、工藤もキーボードに載せた指をせわしなく動かしはじめた。彼は彼なりにアイディアがあり、調べ物をしているのだろうか、と思ったが、少しすると、「徳川家康のほうが検索ヒット数が少ない！」と妙なことに驚いていた。「有名なんですか、このジョンさん」

プログラムの暗号化されている部分は今回の仕事には関係ない。だから、そのことに時間や労力をかける必要はなかった。課長からも釘を刺されていたし、私自身も当然そのつもりだった。

五反田正臣の失踪についてはあまり深入りせず、目先の仕事に専念する予定だった。

けれど、昨晩は、急に男たちに囲まれ、「五反田はどこだ」と脅された。脅された上に、指まで切られそうになった。俺は関係ないです、と訴えても信じてもらえず、正直に言わないと容赦しないぞ、と繰り返された。

ふと二十年近く前、自分が小学生の時の同級生のことを思い出した。彼は、隣の席の女子を泣かした、スカートをめくった、とクラス中から批判されたが、首尾一貫、

「俺は何もしてないんだ。勝手にこいつが泣いたんだ」と言い続けていた。「俺の品性を信じてくれ」

ただ残念ながら、誰もその言葉を、彼の品性を信じなかった。そのため彼は最終的に、「本当のことを話しても信じてもらえないなら、もういいよ」と宣言し、隣の女子に筆箱を投げ、スカートをめくり、さらに激しく泣かしてしまった。「どうせ、やったと言われるなら、やっておいたほうがいい」と支離滅裂な台詞を吐き、クラスの同級生を呆然とさせた。

今の私は、彼の気持ちが少し、分かる。

五反田正臣の失踪に関係がない、といくら説明しても、「白を切るな」と決め付けられるのであれば、いっそのこと、五反田正臣の失踪に首を突っ込もうじゃないか、とそんな気分だった。混乱と疲労で捨鉢だったのだ。

「工藤君、五反田さんは、ジョン・レノンのこと以外で何か、変わったことを言ってなかった？」私は机に座り、起動したパソコンのメールソフトを眺めながら言う。

「変わったことと言えば、五反田さんってたいがい変わってましたからねえ」工藤はむすっと言い、やはり画面を見つめ、「あ、徳川家康より徳川家光のほうが件数が多い」と謎めいた独り言を口走っていた。

私は、五反田正臣のパソコンからコピーしてきたメール送受信情報を一つずつ確かめることにした。量は少なく、簡単に目を通すことができた。通信販売の確認メールや怪しげな動画配信サイトへの登録完了メールがあることには苦笑したが、それ以外は、会社への報告や発注元の株式会社ゴッシュへの問い合わせが主だった。

他に何かないか、と自分の机の抽斗《ひきだし》を引っ張る。中にカセットテープがあるのを見つける。先ほど、五反田正臣の机から取り出したものだった。

「このいまどき珍しいテープに何か、大事な情報が入っていたりしないか？」私はそのテープを持ち上げ、翳すようにした。ラベルには何も書かれていない。

「それなら、その中にぼろい機械ありますよ。再生できるやつが」工藤が入り口脇のスチール製のロッカーを指差した。「五反田さん、よくそれ使って、パソコンに音楽、取り込んでました。カセットでしか残ってない曲とか、あるらしいんですよ」

私はさっそく、ロッカーを覗く。今現在、売られているステレオと似てはいるが、どことなく古臭いデザインの製品がある。接続されていたコードが何本か引き摺られてきた。コンセントコードの先にはアダプターが繋がっていることから、コンセント規格が変わる以前の製品だと分かる。そもそも、コードレスアダプターが普及している今、この長く煩わしいコード自体が新鮮だ。

机の上にそれを置くと、テープを再生させた。カセットテープを入れる際、その上下、表裏に戸惑ったが、さほど混乱はない。

小さな雑音まじりで音が聞こえてくる。唾を飲み込み、耳を澄ませた。大事なメッセージが飛び出してくるのではないか、と緊張した。他の二人も同様だったのか、キーボードを叩く音が止まる。

聞こえてきたのは、不気味な音だった。声のようでもあるが、何を喋っているのかはまったく分からず、奇妙な声質の人間が不可解な外国語を話しているのかとも思った。

「何ですか、これ」大石倉之助が言う。

「宇宙人の声とか」工藤が鼻で笑った。

「録音の失敗かな」と私も首を傾げる。

五反田さんが何かくだらないことをやろうとして妙な録音をしたんですかね、と大石倉之助は言い、私も、「きっとそうだな」と再生を停止した。

ほどなく私も、さすがにこのことばかりにかまけているわけにもいかない、と正気を取り戻した。五反田正臣の件はいったん脇に置き、まずは、行き詰っているコンパイルエラーの解決に専念しようと思った。なぜなら、それが私たちの仕事だからだ。それをやらずして時間を費やすのは根本的に、会社員として誤っている。

「五反田さんって、変な人ですけど、集中力とか凄いですからね」と大石倉之助が言った。「優秀だし。尊敬してますよ」

「大石だって優秀じゃないか」別段、おだてるつもりでもなく、真実を述べたつもりだ。

「いえ、ぜんぜん違いますよ。僕は、道筋を作ってもらったり、きっかけをもらえればいろいろ頑張れるんですけど、最初の閃きみたいなのはできないんですよ。よく言うじゃないですか、ゼロから一を生み出す能力って。僕は、一を二にして、三にして、百にして、というのならできるんですけど、ゼロからは無理です」

「五反田さんは、ゼロから一を生み出して、あとは知らない、ってタイプだけど」私が言うと、大石倉之助も笑った。「優秀な五反田さんも、埋蔵金は残してないでしょうけどね」

「でも、五反田さんも、この仕事には音を上げてましたからねえ」工藤の言い方はどこか他人事で、冷笑が浮かんでいる。「最後のほうは開き直って、パソコンに、ほら、さっき机の中にあったテープから映画を入れて、観てましたよ。怖いやつばっかり」

「映画を観るのは仕事じゃない。会社員として誤っている」と私は一応、指摘した。

「五反田さん、怖い映画好きだったんでしたっけ」大石倉之助が訊ねてくる。

「『地獄の警備員』って知ってます？」工藤がぼそっと言う。「やっぱり、二十世紀の映画らしいんですけどね、五反田さん、それをやけに気に入っていたんですよ。元力士の警備員が人を殺し回る話みたいですけど。その怖い警備員が言うらしくて」

「『おまえを殺す』とか？」

「『それを知るには勇気がいるぞ』とか言うんですって。『俺を理解するには勇気がいるぞ』とか」

「また勇気か」私は反射的に呟いてしまう。そして、「俺を理解するには勇気がいるぞ」なんて台詞を発する殺人鬼ほど怖いものはないな、とぞっとした。「見て見ぬふりも勇気だ」と五反田正臣が言っていたのを思い出す。何かを知る勇気がない場合、その次善の策として彼は、「見て見ぬふり」という選択肢を選んだのだろうか。「見て見ぬふりをするために、映画を観てたのかな」

「何だかこのゴッシュの仕事、変ですよね。五反田さんが、夢を見てる、って歌いたくなる気持ちも分かるような気がします」大石倉之助がパソコンと向き合いながら、嘆く。

「正確には、夢を見てる気分だ、ですけどね。英語で歌って、自分で訳してましたよ。たぶん、匙を投げてたんじゃないですかねえ。現実逃避というか」

「夢を見てる気分かあ」私は頭に光るものを感じた。「そんな曲が最近、なかったか？　夢見る何とか、って曲名の」

「『夢見る悪霊祓い』でしたっけ」大石倉之助がすぐに答えてくれた。「だいぶ前ですよ。五年くらい前ですかね」

「あ、その曲のこと、五反田さん、喋ってましたよ。『あれは昔の曲のパクりだ』って。曲の途中で、演奏を逆回転にして録音してるところがあるらしいんですけど、それが昔のバンドの真似だ、って怒ってました」

「昔のバンド」

「それがジョン・レノンの曲だったりしないですよね?」大石倉之助が、まさか、と疑うような声色で、言った。手はキーボードを叩きはじめている。

「でも、録音の逆回転なんて別に、珍しくないですよね。昔の悪霊祓いの映画でも、悪魔が逆回転の英語を喋ってたらしいですし」工藤はぶつぶつ、不平を洩らす。

「あ、『I'M ONLY SLEEPING』って曲がありますよ。ジョン・レノンので」大石倉之助がモニターを見ながら、声を上げた。「夢を見てる気分だ、ってまさにそんな歌詞です」

私は、大石倉之助の作業の早さに驚きつつも、当惑した。このことをどういう意味合いで受け止めればいいのか、判断がつかないでいる。

「今、この曲名で検索していろいろ見てるんですけど」大石倉之助の声がさらに飛んでくる。それを聞きながら私は、インターネットが存在しない時代は、いったい知識や情報をどうやって手に入れたのだろうか、と気になった。検索できないとすれば、あとは、ありとあらゆる文献を総当りで漁っていくほかなく、その労力を考えるとぞっとした。それならばいっそのこと、調べないででっち上げたほうがいい。インターネット以前の歴史は誰かのでっち上げではないか、とすら感じる。「何か目新しい情報、あったか」

「これは偶然なんですかね。この曲って、ジョン・レノンさんがいろんな録音で実験してた頃の曲らしくて、ギターのフレーズを一度録音したのを、逆回転で再生させて、挿入してるらしいです」

「あ、じゃあ、そのことを五反田さんは言ってたんですね。例の、『夢見る悪霊祓い』が真似してるってのは、その曲のことじゃないですか？」工藤が大きく、首を振った。

そうかもしれない。「でも、五反田さん、意外に細かいことにこだわるんだな。似ててもいいじゃないか。もっと大雑把な人かと思ってた」

「そんなにむきになることでもないでしょうにね」大石倉之助が言い、それきり、私たちは黙り、室内がしんとなった。部屋の空気がぎゅっと凝縮されたような、ひんやりとした静けさが充満する。

面白いことに私が、「あ」と言ったのとほぼ同時に、他の二人も声を発した。

「もしかして渡辺さん、そのテープ」と大石倉之助が顔を上げた。

「逆回転させて、再生させるとか？」工藤もそのことに気づいた。

私は慌ててラジカセのコードをパソコンに接続する。

10

二十世紀の半ば過ぎ、ジョン・レノンは人気絶頂の最中だった。

二十一世紀の半ば過ぎ、つまり今、五反田正臣は失踪中だった。

ジョン・レノンがギターの音を逆再生させ、録音したのにはさほど重要な意味があるとは思えなかった。もしかすると、「逆再生させて録音したら、面白そうじゃん」という程度の理由からだったのではないだろうか。きっとそうだ。

一方の五反田正臣はそのやり方をなぞるように、逆に録音したテープを残した。こちらにはおそらく、「どうにか情報を残したい」というのっぴきならない理由があったはずだ。

「本当に、これを逆に再生すると何か出てくるんですかね」工藤がマウスをいじっている。

私たちは古臭いラジカセを動かし、コードでパソコンにつなぎ、ハードディスク内に取り込んだ。ラジカセで逆再生させる方法が分からなかったからだ。音楽編集用のソフトはネットから簡単に手に入れ、それを使い、取り込んだ音声データを逆に再生させることにした。

「呪いのメッセージとか聞こえてきたら、嫌ですね」大石倉之助が唾を飲み込んだ。

「新手のウィルスとかだったら、もっと嫌ですけど」と工藤はそんなことも言った。

こんなに面倒な手順を踏まないと感染しないようなウィルスには意味がない、と私は思ったが、ハードディスクの中身を破壊するソフト「お陀仏君」をわざわざ作った五反田正臣であれば、やりかねない。ほどなく、逆回転した音、声が、流れてきた。

それが五反田正臣の声だとはすぐには分からなかった。

録音されたものだというのも理由の一つだったが、それ以上に、その声がただ記号を読み上げるだけだったので、台詞や会話とは異なり、個性が消えていたのだ。

アルファベットを一文字ずつ、発音している。

不気味な声に思え、私は鳥肌が立った。

これはいったい何なのか？　ただ、さすが、大石倉之助の反応は早かった。いつの間にか手にサインペンをつかみ、メモ用紙にそのアルファベットを書き付けている。工藤は、その大石倉之助の動作に一瞥をくれ、なるほどね、僕もメモを取ろうと思っていたところだよ、とでも言いたげな表情を浮かべた。

大石倉之助によって書き留められていく文字を見ているうちに、それが何であるのかは見当がついた。今度は、不気味だから、という理由ではなく、何かを発見した感激で、鳥肌が立った。

「これ、URLですよね」最初に言ったのは工藤だ。口をやや尖らせ気味に、愚痴を洩らすようだった。

「URLだね」

五反田正臣がぽつぽつと喋っていたのは、インターネット上のアドレスに他ならなかった。「ドット」「スラッシュ」と記号も読み上げていた。

「でも、この時代に、LZHって凄いですよね」工藤がメモの文字を指差した。確かに、URLの最後、ファイル名の部分には、「.LZH」とファイルの種類を表す文字列がついている。LZHとはネットが普及した頃から使われている圧縮ファイルの種類だったが、二十年ほど前から、別の、さらに画像や動画ファイルの容量も大幅に少なくできる圧縮技法が一般的になったため、今ではほとんど過去の遺産という扱いだった。

「古い音楽が好きで、カセットテープ使ってる五反田さんにはお似合いですけど」と工藤が言う。彼が発言すると、どんな内容でも皮肉めいて聞こえるから不思議だ。

「打ってみますね」大石倉之助はすばやく、そのメモを持ち、先ほどの五反田正臣のパソコンに移動し、キーを叩き始めた。「何のファイルなんですかね」

私と工藤ももちろん、彼に続き、彼の後ろに立ち、その画面を見つめた。

ブラウザを経由し、ファイルがダウンロードされる。あまり大きいものではないのか、あっという間に終了した。

『勇気はあるか？』

そこで室内に大きな声がして、私たち三人は三人とも、身体をびくんと動かした。

誰の声だ、と思えばそれは先ほど、URLを読み上げていた五反田正臣の声に他ならず、なるほど、工藤のパソコンから聞こえてきている。音声ファイルがまだ、再生されたままだったのだ。無音だったので、てっきりそれで終わりだと思っていた。

『これを聴いてるってことは、URLは分かったんだな。よく分かったな、逆回転』

五反田正臣の声は、私のよく知る彼のそれだった。

『どこの誰だか分からないが、いろいろ、面倒かけて、悪いな』と喋っている。『ただ、そのファイルを使う勇気はあるか？』

「五反田さん、何か、悦に入ってる声ですね」と大石倉之助が苦笑気味に言った。

「スパイの指令メッセージじゃないんだから」工藤も少々面食らった様子だった。

「喋っているうちに興奮しちゃったんだろう」と私もさすがに、彼らに同調した。

一方で、「勇気はあるか」の台詞は、つい先日から私の前に姿を見せる髭の男の台詞と同じで、そのことにも驚いていた。偶然であるのか、それともその符合に何か意味があるのか。

『さあ、勇気はあるか！』五反田正臣の声はいよいよ最高潮の高揚を見せ、『まだ見ぬ君にいつか会える日を楽しみにしてる。しばしのお別れだ』と続き、終わった。

私たち三人はそれぞれ顔を見合わせ、「まだ見ぬ君って」と眉をひそめ合った。「めちゃくちゃ顔見知りなのに」

ダウンロードされたファイルを専用ソフトで解凍すると、あるプログラムが出てきた。説明も特になかったが、私たちはおそらくそれが、「プログラムソースの暗号化部分を解読する」ツールであると分かった。五反田正臣の自作だろう。彼が失踪したのは、その暗号を解読したことに端を発しているはずで、その彼がここまで手の込んだことをして残した物であるのだから、それに関係するのは間違いない。

「じゃあ、これで僕が、暗号化部分を調べてみますよ」大石倉之助は例によって、真面目な口調で言った。「工藤君は今までの作業を続けてないといけないだろうし、渡辺さんも客先と連絡つけたほうがいいですもんね」

あ、そう、と工藤は短く、返事をした。納得したようにも聞こえるし、自分だけ楽しそうな仕事でずるいね、と子供じみた不満を抱えているようにも聞こえる。

「こういうのは得意なんですよ。ゼロから一は作れないけど、何かヒントをもらって、そこから作業を続けるのが」

私は同意し、彼にこの暗号化部分解読の作業を任せることにした。そして、「ちょっと、本社に顔を出してくるよ」と背広を持ち、立ち上がった。「営業部に行って、ゴッシュとの連絡の取り方について訊ねてくる」

電話では埒が明かない。

「ゴッシュと？　普通にメールで連絡を取ってるよ」と営業担当の先輩社員はとても面倒臭そうに言った。部長はほとんど在席していないため、彼がこの部屋の実質的な取りまとめ役でもあり、その実績と態度の大きさから、「ミスター営業」と称されていた。私からすれば、蔑称にしか思えないが、彼はまんざらでもないらしい。彼は立ち上がり、私の前に首を近づけてくる。三十代の半ばのはずだが、髪先を尖らせ、ブランドの背広を着ている彼はファッションに敏感な大学生の雰囲気もあった。

彼は、私がいちゃもんをつけにきたのだと思ったらしく、確かにどちらかといえば私がやってきたのはいちゃもんをつけるためだったため、彼の直感はあながち誤りでもなかったのだが、「あの、先輩、ゴッシュに連絡をつけたいんですけど、どうすればいいんですか」という穏やかな私の一言に対し、がばっと席を立ち、顔を、ぐぐっと寄せてきた。

若く見えるミスター営業も、間近で見ると、肌は汚く、鼻の脇の皺も深く、年齢を感じずにはいられなかった。

「渡辺、おまえさ、今、俺のこと、肌は汚いし、皺も目立つし、おっさんだな、とか思っただろ」彼が急に、鋭い目を向けてくる。

「思わないですよ」と嘘をついた。どういう察しの良さなのだ。光を察知した途端、洞に姿を隠す甲虫のような敏感さだ。「ゴッシュと連絡が取れないんです。メールも送っているんですけど、返信が来なくて」

「喧嘩した恋人にメールしてんじゃないんだ。ちょっとばかり連絡が来なくて、大騒ぎすんなよ」

「喧嘩した恋人なら分かりますけど、こっちは仕事ですよ。急ぎの。というより、電話番号は分かります?」

「駄目だよ、あそこは。メール専門。最近、増えてきたよな、そういう企業も。表面上はやり取りの記録が残るほうが好ましいから、と言ってるけど、実際は、生で苦情とか言われたくないんだろうな。直接、人間同士がやり取りするのをなるべく避けてんだよ」とぶつぶつと小言を述べる。「メールの文章を書くのにどれだけ手間がかかるか、分かってるのかよ、あいつらは」

「あ、でも、ゴッシュから仕事を受注するのに、まさかメールのやり取りだけだった、というわけでもないですよね。会ったことのある向こうの担当者の名前とか教えてください」

私の口調がいつの間にか強くなっていた。ミスター営業は明らかにむっとした。

「おまえさ、営業部にケチつけたいのか」

室内がどうもひんやりするな、と思い、周囲に目を向け、はっとした。私が訪れた営業部の部屋は、小学校の教室くらいの広さがあり、机がいくつも並んでいるのだが、そこにいた営業社員たちが全員、立ち上がり、私を見て、腕を組んでいたのだ。全員が険しい表情で、虎子を得ようと虎穴に入ってきた男を、視線で握り潰すような迫力だった。虎の尾をまさに踏んでいる最中の私に、警告を放っている。

同じ社内にありながら、エンジニアの部署と営業部は衝突が多い。営業部が受注してきた仕事の条件は、エンジニアを苦しめるし、エンジニアが出したバグで、営業部は謝罪対応をする。利益と品質、納期と睡眠時間という相対《あいたい》する難しい問題をいつも抱え、永遠に分かり合えない種族と呼んでも、遠くない。ただ、ここまであからさまに敵意を剥き出しにされると、私も動揺するし、動揺以上に腹も立った。

「おまえたちSEは、営業部に頼るんじゃなくて、自力で解決しろよ、たまには」

たまには、という言葉一つで、さも今までのすべてが他力本願であったかのように断定するのが憎らしかった。「五反田だって、逃げちゃったんだろ。小学生かよ」

「まあ、逃げたくなる時もありますよ」私は、多勢に無勢の状態ではあったが、不思議と恐怖はなかった。思えばこの数日で、物騒な男たちの攻撃を何度か受けており、それに比べれば、営業部の人間が立って腕を組んで睨んでくることくらい、大したことには思えなかった。友人の井坂好太郎のあの言葉、「人間ってのは慣れる」もあながち偽りとは言い切れないのかもしれない。

「ゴッシュの担当者が誰か教えてください。自分が後はやりますから」私は息を吐き、部屋をぐるっと見て、「五反田さんが担当していた案件の、ゴッシュって会社の営業担当、誰ですか？」と腕組みしている営業社員を見渡した。

誰も手を上げなかった。

誰も声を発しなかった。

ミスター営業は勝ち誇った顔をしている。

「小学生の喧嘩じゃないんですから。情報教えない、ってどういうことですか。協力してくださいよ」と言ってから私は、「たまには」と付け加える。

「そうじゃねえって」と彼は窓際の席を指差した。「そのゴッシュってのは、吉岡さんが取ってきた仕事だよ」

指先の机は無人だった。

吉岡益三《ますぞう》は、私も知っている、営業部の古株だ。目立たない外見で、昔はそれなりに活躍していた営業部員だったらしいが、私が入社した時には、やる気というやる気があらかた干上がったかのような状態で、新規の案件獲得はもちろん、既存のプロジェクトの継続すら失敗し、営業部内では邪魔もの扱いされていた。「ただ、ああ見えて、ヨッシーはさ」と数年前、五反田正臣が居酒屋で言っていたことがある。「ヨッシーは、加藤課長の秘事について何か知ってるっぽいんだよ」

「秘事って」

「分かんねえけど、おおかた、変な性癖とかじゃないのか？　ああ見えて、すごいマゾだとか」

「マゾってあの、サドの王様みたいな課長が？」

「だからこその秘事だろうが」

だが、加藤課長であればそのような秘密ですら、ばれたところで平然としているのではないか。傍若無人、泰然自若、蛙の面に小便を地で行く人間だ。

「とにかく、そういう絡みもあって、ヨッシーは首にはならないらしいぜ」

眉に唾をつけずには聞けない話ではあったが、そういう話を信じたくなるほど、吉岡益三が首にならない事実は世の法則に反しているように思えた。どうして重力があるのに、あのリンゴは地面に落ちないの？　どうして、ヨッシーは会社にいられるの？

「吉岡さんはいないんですか」

「この一ヵ月、休みまくり」とミスター営業は言った。「病欠、有休、使って、ずっと休み。連絡もつかない」

「営業部は小学校ですか」私が言うと、声にならない圧迫感が私に押し寄せた。が、さほど怖くなかった。営業部の人間がどれほど躍起になろうと、怒ろうと、さすがに爪を剝いだり、指を切断することまではしてこないだろう。

室内は居心地の悪い、息苦しい空気で満たされる。その時にドアが開いた。姿を現わしたのは、総務部の女性事務社員だった。短めのさっぱりとした髪で、「あれー、みなさん、真面目な顔してどうしちゃったんですかー」と入ってきた。「明るい」という意味でも、「軽い」という意味でも、とにかく、「ライト」な口調が彼女の持ち味だったが、すたすたと近づき、私の前にいる先輩社員に箱を差し出し、「あ、これ、今朝、ゆかりちゃんが持ってきてくれたパラオ土産です。営業部用なので、みなさんで分けちゃってくださーい」と言ったのには、驚いた。

「ゆかりちゃん？　ああ、桜井さんな。帰ってきたのか」先輩社員が箱を受け取ると、それが合図だったかのように室内のほかの営業社員たちがいっせいに、ざばっと席に座った。張り詰めていた空気が、緩む。

私はすでに、ゴッシュの連絡先についても、吉岡益三についても頭から吹き飛んでいた。え、ゆかり？　と言いそうになる。「え、桜井さん、来たの？」

反射的に自分の携帯電話を見る。来たのであれば、自分に連絡があるはずだ。が、着信の痕跡はない。

「今朝、来たんですよ。帰国早めたらしいんです。あ、その顔は渡辺さん、ゆかりちゃんに会いたかったんでしょ」

「いや、そういう」内心では、会いたかったとも！　と叫んでいた。彼女が無事かどうか気が気ではなかったのだ。「生きてたのか」と思わず、声に出したほどだった。

「でも、残念ながら、ゆかりちゃん会社辞めちゃうらしいですよ」ライトな彼女がさらに続けた軽やかな言葉が、私の息を詰まらせる。

「え？」

「もう、辞めて、結婚するんだってー。しかも、パラオで会った人と。電撃すぎますよね」

彼女はさすがと言うべきか、私の浮気相手が結婚するという驚愕の情報を、とても軽薄な口調で言い放った。

「わたし、運命とか運命的な出会いとか、そういうのってぜんぜん信じていないんですよ」

11

「奇遇だな！　実は俺もそうなんだよ。運命なんて糞食らえだ」

「本当ですか！　なんか運命的ですね」

というように、とかく女性というものは運命という言葉に弱いから、何でもかんでも運命的だと結論付けていけば、どうにかなるんだよ、と私の友人であり、作家であり、女好きでもある井坂好太郎は言ったことがある。半年ほど前だ。「特に、現状に不満がある女性なら、いちころだね。運命的なものにやられちゃうんだよ。デスティニーでいちころってわけだ」と「運命」をわざわざ英語にした。そういう寒々しい気障な部分が、私には気色悪く、彼の小説のファンが世の中に多いことが不思議でならない。

　彼の高尚な持論についてはいつも聞き流すことにしているのだが、ただその、「運命」の話の際には、「いや」と訂正を入れた。「運命という言葉に弱いのは、女性に限らない」と。

少なくとも男の私が、職場の桜井ゆかりと親しくなり、不倫の関係となったのは、私が運命的な出会いに浮き足立ってしまったからにほかならない。最初はもちろん、会社の同僚に過ぎなかった。穏やかで繊細そうで、喋っていると安心できる女性だな、と親しみを覚えていたが、もちろん男女の付き合いをしたいと考えるほどではなかった。

結婚とは、一に我慢、二に辛抱、三、四がなくて五にサバイバル、である。極端に猜疑心の強い妻と暮らす私からすれば、妻以外の女性と親密になることはサバイバルの失敗、死を意味した。比喩ではなく、文字通りの死だ。だから、桜井ゆかりに好感を抱いたとはいえ、彼女のことを職場で特別に意識したり、必要以上に親しくなったり、ましてやホテルでいちゃつくことなど、正気なら絶対にできない。しかも、私は正気を維持するのは比較的、得意だった。

けれど、背後からそっと近づき、隙のある横腹を突き、あっさりと私から正気を奪ったものがいる。「運命的」という、曖昧で、胡散臭い言葉だ。

「たとえば」と私は、デスティニーでいちころだ、と断定した井坂好太郎に言った。「ある映画が上映されているとするだろ」

「ある映画ねえ」

「超人気なんだよ。単館上映で、連日、行列ができてる。ネットで指定席を取るにしてもすぐに売り切れだ。配給会社の戦略でもあるんだろうな、わざと飢餓感を煽っている」

井坂好太郎は自分の作品以外には興味がなく、映画に対してもどこか見下した態度を取るが、それは創作を仕事とする人間としてはいかがなものか、と私はいつも呆れた。

「だけどな、ある日、その劇場にたまたま、空いている時があったんだ。ある上映時間、まるで客がいなかった。そこに、ある男がたまたま、観客として入った」

「渡辺、おまえの話は、ある、って言葉ばかりだ。架空の話でも、それなりに具体的な内容をでっち上げるほうが真実味が増すというのに。逆転の発想のつもりか？」

「逆転の発想というのとはまた違う気がするけれど、とにかく、いいから、聞けって。で、そうしたところ、その劇場に偶然、知っている女性がいたんだよ。観客で。どうだ、これは運命を感じないか？」

「感じないねえ。どの辺に、感じりゃいいんだよ」彼は投げ遣り口調で、耳を掻きはじめる。「でもまあ、口説くつもりなら、その女に、運命ですね、と言うのは鉄則だけどな。そしたら、いちころだよ。それがどうかしたのかよ」

それが実際、私自身に起きたことなのだ、とは言えなかった。

その頃、私は珍しく、順調に進んでいるプロジェクトに参加しており、気分が良かった。発注元の予算が潤沢で、スケジュールにも十分すぎる余裕があり、関わっているエンジニアは毎日、顔に笑みを湛え、「こんな幸福な仕事が世の中に存在しているなんて、まだまだこの世も捨てたものではないな」と実感していた。

残業がなくていいのかしら。

残業ってなんですか。有史以前にはそういうものもあったらしいですね。と詠《うた》いたくなるような、太平楽な状況でもあった。

その幸福なプロジェクトの定例品質会議の際、客先の担当課長が唐突に、「渡辺君、これでも観てきたらどうだい」と映画のチケットを、私に一枚くれた。

昆虫の大群と日本人兵士が戦い合うという内容の映画で、粗筋から想像するくだらなさとは無縁の感動的な作品らしく、驚異的な大ヒットを記録していた。

昆虫の動きがおぞましく、そのおぞましさが後半になり、涙なくしては観ていられない、という触れ込みで、渋谷の上映館は、連日、観客の列が途絶えなかった。

チケットをくれた客先の担当課長は、「今はすごく混んでて、観にいくのも大変かもしれないが、ただ、こういうのもタイミングだからね、ある時、ひょっと寄ってみたら意外に空いていた、なんてこともあるかもしれない」と笑った。

半ば儀礼的に私はそのチケットをありがたく受け取り、財布にしまったが、まさか、その夜に観にいくことになるとは思いもしなかった。

一度、本社に戻ったところで加藤課長が、「渡辺、おまえ、これから、渋谷で作業している五反田のチームにこれを届けてやってくれ」と円盤型の記憶媒体を寄越してきた。どうして自分が、と思わないでもなかったが、届けた後は直帰してもよい、と言われ、引き受けた。

そして、渋谷で荷物を渡し終え、駅へ向かう途中で、見知らぬ老人から声をかけられたのだった。「この映画館はどこですか？」

彼の手にあるチラシを見ればそれは、昼間、チケットをもらったばかりの映画の広告で、私はそこに載っている地図を眺めながら、映画館の場所を老人に伝えた。

百メートルも離れていなかったが、彼が、「できれば、案内してもらってもいいですか」と言ってくるので、了承した。老人は話し方が丁寧で、腰も低く、好感が持てたし、おまけに私は、幸福なプロジェクトのおかげで心には余裕が満ち溢れていたので、道案内を買って出る。

劇場の前まで来ると、老人の携帯電話が鳴った。彼はその電話に出た後で、「急に孫を預らなくてはいけなくなった。映画は観られない。わざわざ、案内してもらって申し訳なかった」と謝罪した。

「気にしないでください。でも、映画が観られず残念ですね」

「そうですね。気のせいか、空いていそうなのに」老人は恨めしそうに劇場を見やり、立ち去った。

実際、劇場は空いていた。行列がどこにも見えない。私はこれはいい機会かもしれないな、とチケットを取り出し、中に入ることにした。

足を踏み入れ、呆然とする。客が誰もいないのだ。がらんとしている。

休館日なのか、と心配になり、見つけた劇場のスタッフに確認をしたが、するとその彼女も首をしきりに傾げていた。「わたしも不思議で仕方がないんですよ。初日から今日まで、朝から深夜まで毎回、満席だったのに、今だけ、誰もいないんです」

「今だけ？」

「今だけです」

「誰も？」本当に誰もいない劇場を見渡す。

「誰も、です。エアポケットみたいに」

「小学校のクラスで、ある日、全員がそれぞれ別々の理由で、欠席した、とかそういう感じなのかな」私は思いつくがままに喋った。

「かもしれないですね」

狐に化かされた思いで、誰もいない座席に腰を下ろし、スクリーンと向かい合った。無人の劇場は当然ながら、しんとし、一人で真ん中の座席にいると、このまま永遠に上映ははじまらないのではないかと不安にもなったが、やがて電気が落ち、幕が開く。

映画の予告編が次々と、こちらを洗脳するかの如く執拗に流れ、その途中で右後方の扉から観客が一人で入ってきた。いつもであれば、暗くなってから出入りする観客のマナーの悪さに舌打ちでもしたくなるところだったが、さすがに、劇場にひとりぼっちの状態には寂しさを覚えていたため、安堵するところもあり、その途中入場の観客に仲間意識を感じた。

本編がはじまり、私は映画に集中する。昆虫がおぞましく動くのに見入り、噂通り、最後のエンディングロールでは滂沱の涙を流していた。

そしてその時、その場にいた唯一の観客が、桜井ゆかりだったのだ。

上映が終わり、明るくなった館内で席から立ったところ、「あ、渡辺さん」と声をかけられ、後ろを見れば、会社で見た服装そのままの桜井ゆかりがいて、微笑んでいる。

偶然に驚きつつ、その時はまだ自覚していなかったが、おそらくは心の中は小さく浮き立っていたのだろう。彼女に近づき、「奇遇だ」と言った。

「何か、この映画、凄く混んでるって聞いてたんですけど」

「俺もだよ。びっくりした」

言いながら二人で劇場を出たのだが、そうすると次の上映を待つ観客の行列が見え、また驚いた。スタッフが小型の拡声器を使い、行列を誘導している。まさに今の回だけが、ぽかんと空いていたのだ。こんなこともあるのか、と私は何度も何度もその行列を振り返った。

「ラッキーだったんですね」と桜井ゆかりもぼんやりと言った。

その後、駅前のファストフード店に二人で入ったのには、特に理由はなかった。「せっかくだから、少し喋っていこうか」と私は提案をしていた。井坂好太郎が言うところの、「運命的なものにやられちゃった」状態だったのだ。

彼女は今、観たばかりの映画の感想を嬉しそうに喋り、予告に出てきた、「播磨崎中学校事件のドキュメンタリー」が面白そうだ、と語った。

「あの永嶋丈の事件のだよね？」

平凡に生きていた、学校用務員の永嶋丈は、播磨崎中学校の事件で一躍ヒーローとなり、いまや、有能な政治家として活躍している。あの事件のことはさまざまなメディアが取り上げ、私もよく知っているとはいえ、やはり本格的なドキュメンタリーとして仕上げたと聞くと、興味が湧いた。

「わたし、あの永嶋って人、結構好きなんですよ。彫りが深いし、ちょっと童顔っぽいのに体格はいいし」桜井ゆかりが笑いながら話してくるのを聞き、私は少しだけ、胸と胃の間あたりに空洞ができたような、痛みともつかない痛みを感じた。もし、それが、軽い嫉妬のもたらす症状だったのだとすれば、そのあたりからすでに、彼女を意識していたことになる。正気を失う兆しが、サバイバル失敗への兆候が、すでにあったわけだ。

一週間が経った頃、次の、「運命的なもの」に私はぶつかる。会社帰りに立ち寄ったミュージックストアで、桜井ゆかりと鉢合わせをしたのだ。私はちょうど、数年前まで活動していたロックバンドの古いアルバムを買ったところだったが、背後で、店員に、そのアルバムの名前を伝え、「売ってないですか?」と訊ねている女性がいると思ったところ、彼女だった。まずもって今時、ネット配信ではなく、店舗でケース付きのアルバムを買うこと自体が珍しいのだから、これはもう、何らかの運命と思わずにはいられなかった。私は心底驚き、彼女に声をかけ、最終的には別媒体にそのアルバムを録音し、プレゼントすることになった。

さらに言えばそれ以降も、たまたま立ち寄ったコンビニエンスストアで出会ったり、もしくは、昼休みに眺めていた通販サイトが同じであったり、と不思議な縁を感じる機会は多く、私はその積み重ねに、運命のボディブロウを受けるように、正気を失っていった。

　ただそれは私のほうだけだった。桜井ゆかりは後に、「わたしはそういうのって、あんまり信じないんですよ」と言った。つまり、井坂好太郎の持論、「女性は運命的なものに弱い」を否定した。

「渡辺さんとあの映画館で二人きりで、偶然会った時も、こういうこともあるんだな、とは思いましたけど、別に特別なことって考えないんですよね。なんか、そういう劇的な要素に騙されちゃいけない、って余計に身構えちゃうんです」

　彼女は、私と泊まったシティホテルのベッドで、そう打ち明けた。人気爆発昆虫映画を観た時の「運命的な」出来事からずいぶんと経っていた。

「少しずつ、だんだんとその人を知っていく感じじゃないと好きになったり、親しくなったりってできないですよ。渡辺さんもそうじゃないですか」

「そうだね」私は即答した。もちろん嘘だ。実際には、劇的な運命に正気を吹き飛ばされたからこそ、彼女と付き合うようになったのだ。少しずつ、だんだんと、などと段階を踏んでいたら、私は、自分の恐ろしい妻の存在を否が応でも意識せざるを得ず、深い仲になろうとは到底、思えなかっただろう。

　とにかく、私と桜井ゆかりはそれなりに、「運命的な」出会いによって、距離を近づけたのだが、私の知っている桜井ゆかりは、運命的で劇的なことには慎重な性格のはずで、だから今、営業部の部屋にやってきた女性事務社員が、「ゆかりちゃんったら、旅行先のパラオで出会った男の人と意気投合して、それで結婚することに決めちゃったんですって！」などと言ったことには耳を疑った。

そんな馬鹿な。頭の中ではさまざまな思いが氾濫する。桜井ゆかりは、旅先で出会った男に簡単に惹かれるような女ではないのだ、と声を張り上げたかった。

もちろん、人の性格とは絶対的なものではないし、ポリシーや方針などはいつ変わってもおかしくはない。

けれど、桜井ゆかりが軽々しく、男を好きになり、しかも、そんなにもたやすく結婚を決め、会社を辞めるとは作り話にしても説得力がない。

「パラオ？」てっきり彼女は、ヨーロッパへ旅行に行っているのだと思っていた。彼女自身からそう聞いたはずだ。

「ですよ。パラオ。いいですよねえ。なんか、昔の零戦とかも沈んでるらしいですよ、海に。ロマンチックですよねえ」と女性事務社員の彼女が目を輝かせる。沈んだ零戦とロマンチックの関連性が理解できないが、特に問いただす気にもなれない。

おそらく、私の妻が何かをしたのだ。

妻が、桜井ゆかりを日本に呼び戻した。桜井ゆかりの突然の行動は、それが関係しているのだろうか。妻に脅され、私の妻の脅しはまさに通常の精神力で耐えられるものではないから、その脅しによって桜井ゆかりに変化が起き、その変化の結果が、唐突な結婚に結びついたのか？

「彼女、元気そうだった？」平静を装い、訊ねる。

「ええ、とっても。目をきらきらさせて、辞表を持って、課長に渡しに行きました」

事務社員の彼女は答える。

その時、携帯電話が鳴った。すでに頭が混乱し、そもそも何のために営業部にやってきたのか目的も失念しつつあった私は、君が代の優雅とも荘厳ともつかないメロディを聞きながら、その場で電話に出た。かけてきたのは大石倉之助だった。

「渡辺さん、プログラムの暗号、ちょっと分かりました」

12

人は知らないものにぶつかった時、まず何をするか。

「検索するんだよ」

会社に入り、システムエンジニアとしての研修をはじめて受けた時、ネットの仕組みについて教えてくれた五反田正臣は、私たちに問いかけ、自分で答えた。ああ、そりゃそうですね、と新入社員の私たちはぼんやりと反応したものだった。

電話をかけてきた大石倉之助が、「このプログラム、検索語を調べてるんですよ」と伝えてきた時、まっさきにその言葉を思い出した。

「検索語？」

「何の言葉で検索して、このサイトに辿り着いたかを調べてるみたいで」

「それは、ただのアクセス解析じゃないか」プログラムに暗号部分が含まれていることから、もっと想像もつかない処理が行われていると思っていた。アクセス解析とは、そのホームページを訪れた人間の、ＯＳやリンク元、ブラウザの種類などを取得するプログラムのことだ。百年も昔からある、ごく普通の仕組みだ。検索エンジンを使い、そのページに辿り着いた場合には、その検索キーワードが何であったのかも分かる。さほど複雑な手続きもいらない。「拍子抜けだな」

「でも変なんですよ。出会い系サイトにはぜんぜん関係なさそうなキーワードばっかり、引っ掛けているんです」

「引っ掛けている？」判定し、分類しているという意味合いか。

「ちょっと異常な気がします」

私はそこで、自分が今いるのが本社の営業部だということを思い出した。携帯電話を耳に当てている私を、部屋にいる営業社員たち全員が睨んでいる。正面にいるミスター営業と、その脇にいる女性事務社員が揃って、壁を指差す。壁の貼り紙には、「携帯電話のマナーがなっていない奴に、鉄槌を！」と社長直筆の言葉があった。社長が、携帯電話や喫煙のマナーにうるさいことは有名で、そのような貼り紙は社内のあちこちにあった。

「詳しくはそっちに戻ってから聞くよ」と私は電話に囁き、通話を終えた。

私はそこで、ミスター営業と向き合ったが、正直なところ頭の中は、桜井ゆかりの突然の結婚と退社のこと、大石倉之助が解読した、プログラムの暗号部分のことでいっぱいになり、仕事の発注元ゴッシュと連絡を取ることなどどうでも良くなっていた。「出直してきます」と言い残し、営業部を後にした。

そうしろそうしろ、とミスター営業が笑った。

大石倉之助の待つ生命保険ビルへと向かう間、私は何度も電話をかけた。桜井ゆかりと、妻の佳代子に、だ。呼び出し音は鳴るが、二人とも出ない。

脇の公園で集会が行われている。マイクを使い誰かが声を荒らげ、それに賛同する者たちの威勢の良い応答が続いていた。平日の昼間からあれだけの人数が集まっていることに驚くが、歩道を進んでいると突然、脇から人の手がぬっと出てきて、「お願いします。読んでください」とビラが渡されたのにはもっと、ぎょっとした。髪が長く、色黒で痩せ、骨ばった彼を見た瞬間、「根野菜《こんやさい》」という単語が浮かんだ。ごぼうや土にまみれた人参を思わせる体つきだった。ビラは、集会の趣旨をまとめたもののようで、簡単に要約してしまえば、「徴兵制を改善しましょう」という内容だ。

「今のままの徴兵制で、国が守れますか？」と根野菜風の男が言ってくる。

私は立ち去りたかったが、彼が前に立ち塞がった。

「徴兵制度が男だけっていうのも変ですよね」とも言う。「徴兵期間は、勉強も就職活動もできませんし、ある意味で性別差別ですよ。女性も徴兵制に参加しないと」

私はなんと答えたものか分からず、だいたいが、男と女を全く同じものにしなくてはならない、とどうでもいいことにまで目くじらを立てる人間が好きではなかったため、曖昧に返事をした。

「あなたは今の徴兵制について、どう思いますか。ご自分の徴兵期間の時を思い出し、どう思います」

「どう、って」

「愛国心が強くなりました？　使命感を持ちました？　他国との武力衝突が起きたら、今こそ自分の出番だ、と思っていましたか？」

「それなりに」議論をする気にもなれず、少しむきになりつつ答える。実際のところ、自分が軍隊に配属された時には、特別な気持ちはなかった。愛国心といわれても、学校で習う道徳じみていて、少し白けてしまったし、日々の訓練も、部活動の厳しい練習をこなすのに近かった。ただ、十代の終わりに、厳しい規律と規則正しい生活、理不尽な上下関係を体験したのは、悪いこととも思えなかった。むしろ、徴兵制がなかった時代には、生意気盛りの十代の若者をどうやって矯正していたのか、そのことのほうが気になったのも事実だ。自分の国の平和を維持するためには、自らの時間や労力をある程度まで捧げなくてはならない。そのことを実感させるためにも、意味のある制度には感じた。

「でも、徴兵制がないよりはあったほうがいいよね」私がそう言ってみると、長髪の根野菜君は、「そりゃそうですけど、もっとちゃんと考えるべきなんですよ。何も考えず、言われたことをこなすだけなら、意味がないですよ」と唾を飛ばした。「昔の犬養首相が言ってたじゃないですか。『考えろ。責任と使命を持たない人間は、もっと恥ずかしそうにしろ』って」

彼の口にした犬養首相とは、昭和の初期、五・一五事件のテロにより亡くなった犬養毅ではなく、二十一世紀、小さな党の代表から成り上がり、首相になって国民から人気を集めたほうの犬養のことだろう。

私が習った、学校の歴史の授業では、日本での初めての憲法改正、国民投票、その後の徴兵制導入について学ぶ際、決まってこの、犬養首相の魅力について語られた。

二十一世紀のはじめ、平和憲法を大事にし、軍隊を持たずにいた時代、彼は突如として現われ、「自分たちの国に、自分たちの足で立て」と訴えた。選挙の際、「五年で景気が回復しなければ、文字通り、俺の首をはねろ」と主張し、喝采を浴びた。宮沢賢治を好み、演説の際に音吐朗々《おんとろうろう》と引用し、国民を惹きつけ、多くの愛人を持っていたにもかかわらず女性から好かれ、数々の暗殺事件に巻き込まれながらも、そのたびに生き長らえた。犬養の演説を聞き、興奮のあまり、死亡した若者もいた。

真偽は不明であるが興味深いエピソードも多かった。

そもそも、憲法改正が実現できたのは、犬養の力によるところが大きい、と今でも言われている。国民投票の条件、国会議員の三分の二の賛成は予想以上にハードルが高く、犬養が野党議員に自らの信念を訴え、心を動かさなければ、とうてい無理だったらしい。

目の前の根野菜君も同じことを言い、「だからほら、それ以降、良くも悪くも国民投票なんてないじゃないか」とうなずいた。

「徴兵制に問題なんてないじゃないか」釣られて、同じ口調で言い返した。

「違うんだ。犬養首相がいなくなって以降、おかしくなってきてるんですよ」

「犬養首相ってもう死んだんだっけ？」

「まさか」彼は鼻の穴を広げ、顔を赤くした。「馬鹿な。現役じゃないか」

「え、まだ政治家だったっけ」

「政治家ではないが、人間として現役ってことです。いいですか、もっと別のことで活躍しているんです。さまざまな分野で」

「さまざまな分野ってどういう」

「たとえば」と口ごもった時点で、彼も本当のことは分かっていないのではないか、と感じた。「たとえば、エネルギーじゃないか。ほら、メタンハイドレートって知ってますか」

「ゲームか何かかい」

「違いますよ。日本近海にあるメタンガスですよ。新しいエネルギー資源として何十年も前からずっと注目されていましたけれど、あれの開発事業を推し進めたりして、そういう方面で活躍しているんですよ」

「そういう方面ねえ」私はまったく知らなかったから、相槌を打つしかない。「というより、もう百歳くらいになるんじゃないのか」

するとと彼は少し、顔を引き攣らせる。そこは指摘されたくないなと思ったのかもしれない。

「年齢も、エネルギー資源でどうにかできるのかい」私は少し意地悪に言うが、彼は、「とにかく」と無理やり話を戻した。「とにかく、今や徴兵制なんて、ただの受験とか修学旅行とか、面倒臭い労働義務と同じになっちゃってるじゃないか。先輩に、どうすれば徴兵期間を楽に過ごせるかアドバイスをもらったり、母親たちが、徴兵期間の注意点、なんてガイダンスを開くなんて、どこか変じゃないか」

「徴兵期間中のしごきだとかいじめは問題だと思うけど」私自身も経験したが、訓練や意識向上を理由に、度を越した体罰が黙認されている。

「それもさ、最近では問題視されて、上官からの体罰も禁止されかねなくなっているんだ。そうなったら、いったいどうやって規律を守らせる？　学校教育が袋小路に入ったのと同じじゃないか」

「学校教育は袋小路に入ったのかい」

「今は少しはマシになってきているけれど、少し前までは、厳格な教育はことごとく問題視されたからね。袋小路に入るに決まっていたんだ。生徒を甘やかして、規律を守れるわけがない。ましてや、国を守るための軍隊を、どうやって統制できるのか。本末転倒もいいところ、形骸化もいいところ、だ。使命感や愛国心なんて、消えている。おまけに、軍隊の銃器が社会に流出する始末だ」

「まあ、それは変かもしれないけど」変なのは君の長い髪形のほうじゃないか、と言いたかった。

作業場所に戻ると、五反田正臣の机の前で、大石倉之助と工藤がじっと画面を見ていた。

私に気づくと、「これ、やっぱり、変ですよ」と大石倉之助が顔を上げた。

「変なことばっかりだ」私は、桜井ゆかりのことや先ほどの徴兵制のビラを配っていた長髪の男のことを考えていた。

大石倉之助たちは画面にプログラムのソースを開いている。「五反田さんのツールを使って、プログラムソースのコメント文を変換すると、こんなプログラムが出てきたんです」

見れば、さほど長くもない、判定処理がずらずらと続いている。「これが、アクセス解析を？」

「かなり複雑な構造になっているんです」大石倉之助が説明をする。「このプログラムで、このサイトにアクセスしてきた時の、検索キーワードを分析しているんですね。それで、別のデータベースにあるキーワードと照合して、それに該当するかどうか判定していて」

「別のデータベース？」

「そうなんですよ。いろいろな単語が登録されているだけなんですけど、そのデータベースにもまた、別に暗号化がかかっていて」

「やけに手が込んでる」

「凝りすぎなんですよ」

「いったい、何を調べようとしているんだ、そのプログラム」

「これがまた、しつこいんですよ」大石倉之助が首をかしげた。

「しつこい？」

「その検索キーワードでアクセスしてきた人間のＩＰアドレスはもちろんですけど、情報を全部、別の場所へ送信して、しかも、もしかすると相手のパソコンにワームを送りつけることまでやってるっぽいですよ」画面を睨みつけていた工藤が口を尖らせている。「まだまだ、解読できない部分が多くて何とも言えないですけど」

「ワーム？　なんでまた」私は自分が扱っているのが、単なる出会い系サイトのプログラムだということを忘れそうになる。これはいったい、何のプロジェクトの話なのだ？

「よく分からないんですけど」工藤の後ろに立つ大石倉之助は首を捻っていた。確信を持てない様子で、こう言った。「ある特定の言葉で検索した人間を、調べようとしているようにしか思えないんですよ」

「昔、検索エンジンで有名な会社がありましたよね」工藤がキーボードをいじくりつつ、口を開いた。「ほらあの、ぐぐる、って言葉の語源になった」

「それが」

「あの会社の求人広告って有名だったんですよ。たとえば、街中に、『自然対数の底eの値の中の最初の連続する10桁の素数.com』とか看板があるわけですよ。もちろんそれが求人広告とは分からないし、その会社が関係しているとも分からない」

「自然対数って何だ？」大石倉之助が眉間に皺を寄せる。

「僕も分からないですけどね、ようするに、答えが解ける人なら、そのURLが分かるわけですよ。確か、『7427466391だったかな」

「何で覚えてるんだよ」

「僕、そういう無駄なことはすらすら出てくるんですよ。で、7427466391.comってアドレスにアクセスすると、今度は、別の難しい数学の問題が表示されるんです。そうやっていくと最終的に、求人情報が手に入るわけで」

「面倒臭いことをやったもんだ」私は感心しつつも、その気取ったやり方に不快感を覚えもした。人を見下したエリート意識が見え隠れする。

「この、出会い系サイトも同じような気がするんですよ。このサイトのプログラムも、ある答えを知っている人だけが、ここに辿りつけるってことですよね。検索して、やってくる。そういう人だけを見つけようとしているんじゃないですかね」

そこでまた、新入社員時代に聞いた、「人は知らないことに出会うと、検索する」という言葉を思い出した。腕を組み、画面に目をやる。「それで、この出会い系サイトは何ていう単語を調べているんだ?」

大石倉之助は、「実は、データベースの暗号化が手ごわくて、少しずつしか分かんないんですけど」と生真面目に弱々しい顔を見せた。データ毎に、暗号のルールがずれていく仕組みで、ひどく凝ってるんです、とも言う。「分かっている範囲だと」

「播磨崎中学校」と工藤が言った。

「え?」私は聞き返す。「中学校?」

どうして中学校が、出会い系サイトと関係しているのか。

「播磨崎ってあの、事件があった学校ですよね」大石倉之助が言ってくる。「突然、侵入してきた男たちに子供が何人も殺されたっていう」

「ただ、播磨崎中学校だけで検索しても、この判定では引っかからないんですよ。確かに、あの事件は有名だから、いろんな人が検索するでしょうし、引っかかるページも無数にありそうですからね。だから、他の言葉との組み合わせでチェックをしているんですけど」工藤がすでに解読し終えたと思しき単語を言い始めた。「播磨崎中学校と合わせて、『個別カウンセリング』とかそういう言葉と組み合わせて検索するとチェックしてくるんです」

「個別カウンセリング？」

「まだ、他にも対象の検索キーワードはありそうです」工藤が画面をこつこつと指差す。「妙に暗号化されてるんですよね、あちこち。面倒で面倒で」

「播磨崎中学校がどうしたって言うんだろう。このプログラムと何の関係が」

「あの事件はすごく話題でしたけど」大石倉之助も腕を組む。二人で同じ仕草をするのも照れくさくて、私のほうは腕を解いた。

「ちょうど今、あの事件のドキュメンタリー映画を公開中ですよね」工藤がぽつりと言った。

私は特に深い考えがあったわけではないが、そこで、「今日、その映画を観に行かないか」と言っていた。「あの事件がこのサイトに関係しているのなら、観ておくべきかもしれない」

首を突っ込むのか？　内なる自分が警告してくる。勇気はあるか？　誰かが問いかけてくる。俺の勇気の量はどれくらいあるのか、とふとそんなことが気にかかる。

新入社員の研修の時のことを思い出し、いっそのこと、インターネットで、「私の勇気の量」と検索したくなる。二リットルくらいです、と答えが表示されたらそれを鵜呑みにしてしまいそうで、怖かった。

13

ピース。平和。

映画館のスクリーンに映る永嶋丈は、彫りが深くも、あどけなさの残る、二枚目俳優としても通用しそうな顔つきで、右手の、人差し指と中指を立てたまま、「ピース」と静かに言った。「平和」

劇場の観客席に座りそれを眺める私は、いい言葉だな、と思った。ピー、と伸びた後に続く、ス、の心地良い風が抜けるような爽やかさが、まさに平和な世界を思わせた。

「昔は、こうやって指を二本出すのを、ピースサインって言ってたらしいけど」永嶋丈が言う。「いつの間にか、誰もやらなくなった。俺が子供の頃はすでに、誰もやらなくて、親指を立てるのはやっていたけど」と俯き気味に独白する姿は、どこからどう見ても、英雄か人気俳優が自分の半生を語るようだった。

永嶋丈は画面に映えた。肩幅があり、胸板の厚い体は逞しく、その割に、顔は青年じみていた。饒舌ではない。低い声でゆっくりと話す口調は、大事な思いを優しく千切るようだった。現役の衆議院議員とは思えないたたずまいだ。

「あの時の俺は、犯人に近づきながら、ずっとそう思っていた。ピース。平和。ここに平和を取り戻さないと、って。使命感とかじゃなかったよ。ただ」と永嶋丈は言葉を切り、照れ臭そうに画面から目を逸らした後で、「ただ、必死だったんだ」と言った。

その後でスクリーンには、「播磨崎にて」とシンプルな題字が出た。

五年前の秋、東京都内にある私立播磨崎中学校はいつもと変わらぬ朝を迎えた。新設されたばかりであるため、全校生徒はすべて一年生、クラスも二つのみで、校舎の大半が未使用という初々しい状態だった。

個性を伸ばし、各生徒の得意科目に重点を置く、という方針のもと作られた学校だけあり、校風は自由、校則は緩く、通学時の学生服の着用自体が強制ではなかった。「自分で考え、自分で自分を律する。それが我が校の、当時の考え方だったんですが、あの時は裏目に出たのかもしれませんね」と皺の多い、瓜実顔の男性がぼそぼそと喋る。「事件当時、一年生の学年主任」とキャプションがついていた。

制服が決まっていないため、生徒たちは時折、変わった恰好でやってくる。わざとピエロの服装をする者もいれば、金髪を逆立て、革のつなぎを着て、どこかの中年男に買ってもらったというリッケンバッカーを担いでやってくる女生徒もいた。

「だから、あの朝も、覆面被った人たちが来たというのに、誰かがふざけてるんだと思ったんですよ。ちょうど保護者に授業を開放している日だったから、生徒の親もちらほら来ていて、そういう大人を、覆面で脅かすイベントでもしているのかな、って」と若い女性がコメントをする。十代の後半くらいの年齢だろう。「一年二組の生存者」と字幕がある。

それから別の若い男が映る。「その数日前に、北陸で中学生が通り魔に遭った事件が起きていたんですよね。その前には、九州で中学校に変質者が侵入して、取り押さえられたりしていたし、全国で物騒な事件は起きていたから、覆面の男たちを怪しんでも良かったのかもしれないですよね。あとから幾人かに、そう言われました。ただ、それはもう結果論で、その時はまったく気にしていなかったんです」

覆面を被って校舎内に入ってきたのは、九人だった。男が六人に、女が三人。連射できるライフル銃を持っている者が五人、刃物を持っている者が八人、つまり両方を持っている者が四人で、全員がベルトに、小さな爆弾をくりつけていた。

各クラスに三人ずつが押し入り、残りの三人が職員室を占拠した。彼らはそれぞれの部屋で、正面に一人、窓際の一番後ろに一人、廊下側の一番後ろに一人、と三角形の頂点を作るかのように立った。朝のホームルーム直後のため、生徒たちは全員教室にいて、いったいどうしたのか、とのんびりと侵入者たちを見た。

「授業を見に来ていた保護者たちも、余興だと思っていたんじゃないですかね」誰かの声が重なる。

覆面の侵入者たちは三角形の配置につくと同時に、行動した。窓際に立った一人が銃を取り出し、すぐに撃ったのだ。一年一組、二組、職員室、同時に、同じ場所の人間が撃たれた。冷酷で、事務的な、あっという間のことだ。

「こうなりたくなければ、言うことを聞け」とこれも各クラス、職員室、いずれでも叫ばれた台詞だ。悲鳴が響き、勘の良い生徒や教師は早速泣いていたらしいが、侵入者たちに命じられるがまま、机を脇にどかした。空いたスペース、中央に集められ、座らされる。侵入者集団は外から中が見えないように、と厚手のカーテンを引いた。

「携帯電話を出せと、指示されました」スクリーンに映る、眼鏡の若者が証言した。やはり、当時の生徒、生存者だった。

校内放送がほどなく、流れる。職員室にいた侵入者の一人が放送室へ移動し、マイクを使ったのだ。

「私たちはこの学校を一時的に支配しています。この時点で、三名が亡くなっていますが、みなさんの協力の度合いによっては、これがさらに増える可能性もあります」とても甲高い声で、きんきん響くので、今でも時々あの声を思い出します、と証言者は言う。「もう怖くて、急にまわりの世界の色が変わっちゃって、頭は混乱するし、現実とは思えませんでした」

放送室の甲高い声の男はさらに、マイクで主張した。

「私たちは、環境破壊の進行を抑制するために、行動を起こしました」

二十世紀から散々、警告されたにもかかわらず、温暖化は進む一方で、すでに抑制のしようがない。絶滅したホッキョクグマや、有害なバクテリアの大量発生、危険な熱病の蔓延など嘆くべき事柄はたくさんあるにもかかわらず、人々はエアコンを切ろうともせず、ゴミの分別にすら興味がない。

「私たちは、知っています。人間を動かすのは、正論や正義感ではなく、恐怖や損得である、と。だから、私たちは、あなたたちをまず人質に取り、国と交渉に入ります」放送室の男は言い、いったん、喋るのをやめた。

「むちゃくちゃな理屈ですよ」とスクリーンに再び映る、学年主任だった男が眉を傾けた。「環境を守るなんて聞こえはいいし、偉そうだけど、結局、中学生を射殺してるわけだし」

「頭がおかしかったんですよ、あの人たち。温暖化なんて嘘っぱちだって、とっくに分かっているのに」当時、学校にいた保護者の一人、大柄な若い女性が映る。眉をひそめた。「だいたい、正義とか良識って、ちょっと怖いですよね」

私はそれを観ながら、五反田正臣が言い残した芥川龍之介の言葉を思い出していた。「危険思想とは常識を実行に移そうとする思想である」という、あれだ。

まさにそれそのものにも思えた。環境を守れ、自然を守れ、という主張は正しくても闇雲に実行するのはどこか恐ろしさを伴う。ただ、一方で、「良識や正義」を揶揄する人間のほうが正しい、というのも奇妙に感じられる。

侵入者集団の計画は、綿密に思えつつも、実はずいぶん乱暴なものだった。中学生と教師を人質に、当時の内閣総理大臣、海老沢克男に自分たちの主張を訴える。ただ、それだけだった。マスコミには緘口令が敷かれたが、校舎の周囲を警察が包囲する事態になれば、落ちた角砂糖に蟻が群がるが如く、野次馬とテレビカメラが集まってくるのは当然のことで、すぐに全国に、播磨崎中学校の様子が中継された。

私もその日、仕事に忙殺されながらも、客先のテレビでこの事件の報道がずっと流れていたのを見た記憶がある。暇な上司がテレビにかぶりつきで、「凄いことになったよ」「今、撃たれたらしいぞ」と騒いでいた。恐ろしいね、と言いつつ彼は、好奇心を剝き出しにしていた。その頃、中学生に関連した事件が続いていたため、「今はほんと中学生危ねえなあ」とみんながしみじみ言い合った。

「何で、うちの中学校が狙われたのかさっぱり分からないですよ」とでっぷりと顎に肉を余らせた、白髪の男が言う。当時、学校にいた教師だ。事件後、心労が祟り、入院をした上、腫瘍も見つかり手術を行ったらしいが、今は少しずつ体調も回復しているらしい。「環境破壊が、うちの中学校と生徒たちに何の関連があるのか。まったくもって、論理的じゃないですよ」

侵入者たちは確かに、常軌を逸していた。警察との応対でも、海老沢首相と喋る際にも、意味不明の主張を繰り返したという。彼らが中学校に侵入して二時間が経ったところで、恐ろしい事態が起きる。

スクリーンに出てくる証言者たちは、身体に残る傷口に顔をゆがめるように、語る。

「隣のクラスだったから、詳しいことは分からないんだけど」

「男子生徒たちが、雄叫びみたいなのを上げるのが聞こえて」

「女子の悲鳴がしたんですよ。その後、誰かが怒鳴っていた」

「職員室からも聞こえましたよ。銃声が永遠に続くみたいで」

そこでスクリーンには、サッカーボールを蹴る男子生徒の映像が映る。他校との練習試合を収めたホームビデオだ。

「サッカー部の生徒って、一組に偏っていたんですよね。まあ、一年生だけだから、もともとから少ないんですけど。ただ、中でも、佐藤君とか真面目で、人望もあったたから」と若い女性の証言が続く。

実際、その一年一組で何が起きたのか、詳細は定かではない。なぜなら、そこにいた人間は全員、死亡したからだ。二十人の生徒の命がその日、そこで終わった。騒ぎが起き、三分もしないうちに死んだのだ。二十人の人生が、暴力によって潰された事実は、あまりに絶望的で、途方に暮れるほどの恐怖だ。

「サッカー部の数人と何人かの親が犯人に飛び掛り、それを発端に、銃が発砲された。興奮した犯人は持っていたライフルを連射し、結果、その場にいた生徒全員を撃ち殺した」と警察は後に発表した。

「犯人はもとから、全員殺すつもりだったんですよ」生存者、つまり一年二組にいた生徒が、当時の恐怖を語る。「わたしたちのところにいた犯人たちも、一組で凄い音が鳴っても、ぜんぜん、驚いていなかったし。覆面の下で笑っているのも見えたんですよ」

「もうおしまいかと思いました」

次々と、何人かのインタビュー画面が続く。一言ずつ、テンポ良く、発言が流れた。

「ああ全員、死ぬんだと思ったら泣けてきて」

「職員室でも、教師の大半は諦めてましたよ」

「正直なところ用務員室なんて忘れてました」

「昔のダイハードって映画を思い出したけど」

「映画なら誰か助けにきてくれるのに、って」

「本当に驚いた。何が何だか分からなくてさ」

「気づくと、教室の天井からやってきたんだ」

「天井にエアコンの配管があって、そこから」

そこで満を持したかのように、台詞が続いた。

「助けに来てくれたんですよ」

「用務員室の」

「誰が？　そりゃあ」

映画はほんのわずか、焦らすかのような間を空け、その後で、証言者たちの声が重なる。

「彼だよ」「永嶋さん」「永嶋丈」「ジョーだよ」「永嶋丈さん」「永嶋」「命の恩人」

永嶋丈は事件が起きた時、用務員室で荷物を片付けていた。不要な荷物や段ボールが集まっていたため、それを整理し、掃除機をかけ、そうしていると今度は掃除機の動きが不良であることに気づき、中を開け、埃の除去に精を出していた。「業務用の掃除機をつけたり、消したりで、実は外の音がほとんど聞こえなかったんだ」と悔恨まじりに語る。

侵入者たちが用務員室を警戒しなかったのには理由がある。侵入者たちの入手していた学校の図面には、業者の不手際により、用務員室であるべき場所がただの壁として描かれていたのだ。

「彼らは準備をしたつもりだったんだろうが、資料を信じて、現地取材を怠った。そういうことなんだろうな」永嶋丈は言う。

「掃除機のスイッチを止めた時にちょうど、悲鳴が聞こえたんだ。用務員室は一階で、一年のクラスは三階にあった。あとは、銃声だ。鈍い私でも、何かあったんだとは気づいたよ」永嶋丈は肩をすくめ、心痛あらわに顔をゆがめた。

そこで映画は、永嶋丈の半生を描きはじめる。栃木県宇都宮市、商店街の時計屋、そこの次男として生まれる。子供の頃から体格は良く、小中学校ではサッカー、高校ではラグビー、大学ではアメフト、と運動選手として優秀な実績を残した。チームメイト、もしくは当時の教師たちの弁によれば、永嶋丈は、部の練習は当然ながら、それ以上に、驚くほどの読書量を誇っていたらしい。時間があれば文庫本を開き、海外古典文学から二十世紀の日本文学、さらには十年ほど前に世界を席巻したソロモン諸島の文学まで、次から次へと読み漁り、それが終わると、政治学や社会問題にも興味を示し、大学では国際政治学のゼミに属し、積極的に活動をしていた。

「プロスポーツ選手にならなかったら、政治家か弁護士になるんだと思っていたよ」

とは複数の友人たちの証言だ。

けれど永嶋丈はその予想を裏切り、フリーのアルバイトで日々を暮らし、親戚の紹介もあって、播磨崎中学校の用務員となった。

「理由？　特にないよ。人にとって大事なのは、企業名や肩書きじゃない。その人の生きている時間だよ。本が読めて、何かを考えることができるなら、それで十分だ。用務員になって？　悪くなかったよ。生徒たちと接するのは新鮮で、だけど懐かしかったし、やはり勉強になった」

掃除機を置いた永嶋丈は、三階で事件が起きていると知り、まず窓の外を見た。校庭にひしめくマスコミの人間や野次馬を確認すると、すぐに、用務員室のテレビをつけた。流れてくる実況を観た。そして、決断する。

「自分以外に、動ける人間はいないと分かったよ。だから、行動したんだ。頭に浮かんだのは、ピース、平和、それだけだった」

永嶋丈は天井裏の配管スペースを最初から狙っていた。三階まで非常階段を使い、その階段脇から天井に上り、中に入り、這いながら目的の教室を目指した。「武器は廊下に置かれていた消火器と、自分の身体と」と永嶋丈が苦笑する。「それから、勇気だよ」

勇気はあるか？　私は最近、立て続けに自分に投げられるその問いを思い出す。

永嶋丈は一年二組の天井、換気口をずらして飛び降りた。「覆面をかぶっていたんだから、犯人は見つけやすかった」と永嶋丈が振り返る。「あれで、生徒に一人でも混ざっていたら、私は区別がつかず、やられていただろうな」

教壇の男の後頭部に消火器を投げつけると、その手からライフルを奪った。そして、教室の端に立つ男と女にその銃を発砲した。

「銃は徴兵の時に、嫌というほど練習したからね。それに、ためらう余裕もなかった」

怯える生徒たちの興奮を静め、永嶋丈は隣の教室へと向かう。すると、生徒全員を撃ち殺した侵入者たちが、こちらの教室の様子を窺いに、廊下に出てきたところだった。

永嶋丈は慌てることなく、二人を銃で殺害し、もう一人にいたっては揉み合った末に、割った窓ガラスに頭を突っ込ませ、その割れた破片で首を切り、殺害した。

「教室の中を見て、愕然とした。生徒が折り重なって死んでいるんだ。悲しさと怒りで、一瞬、何がなんだか分からなくなった」

永嶋丈は、生徒たちを外に解放すると職員室へと向かった。そこにいる三人を銃で殺害し、教師たちを救った。

「どんな理由があるとはいえ、私が人を殺害した事実に間違いはない。だから、しばらくは立ち直れなかったよ」永嶋丈は俯き気味に、カメラのこちら側にいると思しき、インタビュアーを窺った。「そんな自分が、まさか議員になるとはね。人を死なせた男が議員になるなんて。でも、それも意味があるのかもしれない」

映画は、死んだ侵入者たちの経歴や警察が発表した彼らの集会場所などを映す。

ドキュメンタリーの後半、永嶋丈がこう言う。「私は英雄でも何でもない。生徒の大半が死んだ。無力だよ」と。「ただ、無力であることを自覚したからこそ、真剣に、国のために力を尽くす覚悟ができた。どうかな、言い訳がましいかな」

そしてラスト、ドキュメンタリースタッフたちは、事件の現場にカメラを持って、向かう。そこには校舎は残っておらず、ただの更地があるだけだ。

事件後すぐに、学校関係者の希望により、校舎は壊された。恐ろしい事件を記憶から抹消したい一心だったのだろう。事故が起きた直後に解体工事がはじまるような、そのあまりに早い対応が、事件の異様さをさらに象徴しており、何もない土地は事件の理不尽さをいっそう際立たせる。ナレーションがそう語りながら、エンディングとなる。

劇場に明かりが点き、観客たちが伸びをし、首を回し、友人たちと言葉を交わし、と思い思いに立ち上がる。

「そんなに目新しい話はなかったですね」隣の席にいた大石倉之助が言ってくる。

「そうだな」と私も返事をする。自分たちがそもそも、どうしてここにやってきたのか、その目的すら忘れそうになっていた。「わざわざ連れてきて悪かった」と左隣の工藤に声をかけようとしたが、そこで彼が頰を涙で濡らし、必死にハンカチを探していることに気づいた。

「いやあ、感動しました」と工藤が嗚咽する。

「え、どこに？」私は思わず訊ねていた。

「え、どこが？」と大石倉之助も言った。

「どこって、全部ですよ。感動的じゃないですか」

感性とは人それぞれだ、としか言いようがない。

劇場を出ようと通路に出て、後ろの扉に歩みを進めたところで、突然、「あなた」と言われ、私ははっとした。足を止め、横を向く。

「あなたも観に来ていたのね」と手を振っているのは、明らかに佳代子だった。レザーのジャケットを着て、細身のパンツを穿いていた。

急に出現した妻に、私はしばらく立ち尽くし、なんと言ったものか分からなくなった。頭が空っぽになる。少し経ってからどうにか、指を二本出し、「ピース」とだけ言えた。ピース。平和。いい言葉だな、と思った。

14

店内や電車内で会話をするのは問題ないのに、携帯電話で喋ってると煙たがられるでしょ？　どうしてなのか、分かる？

佳代子がファミリーレストランのテーブルで、私と、私の同僚である大石倉之助、工藤の三人にとうとうと喋りはじめた。

十分ほど前、劇場で遭遇した彼女は、「あなたも観に来ていたのね」と笑みを浮かべ、ぼうっとしている私をよそに、「これはもう、運命よね。やっぱりわたしたち繋がっているのよ」と続けた。

「偶然だよ」私は反射的に答える。

「運命だね」妻は語調を強くした。

「偶然だよ」

「運命だね」

その、静かでありつつも緊張感に満ちた言葉の応酬を、大石倉之助と工藤は首を振りつつ見ていたが、さすがに彼らも、夫婦の挨拶にしては不穏な迫力があることに気づいたのか、困った表情になった。

「運命とは、偶然の積み重ねである、とかよく言いますし、たぶん、どちらも同じことですよ」大石倉之助が見るに見かねたのか、横から口を挟んできた。

妻の佳代子はそこではたと表情を緩め、大石倉之助にまなざしを向けると、「あら、そう」と微笑んだ。「で、あなた誰？」

私は慌てて、二人のことを、同じ仕事をしているエンジニアとプログラマーだと説明した。ふうん、と興味なさそうに彼女は言い、「じゃあ、みんなで夕食でも食べに行こうか」と提案をしてきた。ここで断るとまた新たな疑念を抱かれる気がしたので、私はしぶしぶ承諾する。大石倉之助と工藤はさほど嫌がらなかった。

有機農法、無農薬の野菜を使った、有名なチェーン店に入った。注文を終え、四人でぎこちないながらも、先ほどの映画の話をする。どうしてあの映画を観に来たのだ、と訊ねると佳代子は、「だって、あの中学校の事件って話題だったし、わたし好きなんだよね」と答えた。

「あの永嶋丈が、ですね？　僕もファンなんですよ」工藤が少し身を乗り出す。

「違う違う」佳代子が否定した。「たくさん人が死んじゃったりとか、そういう物騒なのが好きなのよ」

大石倉之助は顔を引き攣らせ、私は下を向く。工藤は笑いながら、「渡辺さんの奥さん、美人な上に面白いですね」と言った。

「そうだろ」と反射的に答えたのは、美人な上に恐ろしい、と聞こえたからだ。


料理を食べ終えたあたりで、どこかの席で携帯電話が鳴り、それに出た中年男の大きな声が響いた。うるさいな、迷惑だな、と私は顔をしかめた。自分の会社の社長が自ら書いた、「携帯電話のマナーがなっていない奴に、鉄槌を！」という、社訓とも格言ともつかない言葉を思い出した。

そこで妻の佳代子が、「店内や電車内で会話をするのは問題ないのに、携帯電話で喋ってると煙たがられるでしょ？　どうしてなのか、分かる？」と言った。

どうしても何も、と私は即座に思った。

「昔はペースメーカーが誤作動する、とか言われてましたよね」大石倉之助が生真面目に返事をする。

「やっぱり、携帯で喋っていると、自然に声が大きくなるからじゃないか？」私は言った。

「今じゃもう、携帯電話はペースメーカーに影響を与えないようになっているでしょ。でも、それでもまだみんな不快に思ってるわよ。それから、普通の会話程度の声の大きさで喋っていたとしても、まわりは苛々するのよ、きっと」佳代子は艶かしい唇をうねうねさせる。「あのね、普通の会話と、携帯電話の会話の違いはなんだか分かる？」

「違い？」

「携帯電話はね、喋っている二人の、片方の声しか、まわりには聞こえないのよ」佳代子は手元のストローを口にし、ふーふーと息を吹きはじめる。

その、ふーふー、に私は気を取られながら、「そりゃ電話なんだから、電話の向こうの声は分からないだろ」と答える。

「なんだかんだ言って、人って、まわりで聞こえる会話に耳をそばだてちゃってるわけ。意識しないでも。で、それが自分にとって関係ある話なのか、面白い話なのか、自分の悪口ではないか、判断をしてるの。ただね、携帯電話だと片方しか聞こえない。こっちで喋ってる人の声しか聞こえなくて、電話の相手の発言は分からない。会話の全貌が分からない。そうすると、自分が蚊帳の外に置かれている気分になるわけ。疎外感よ。それがね、人を苛立たせるの。なまじ、片方だけ聞こえるだけに余計に気になる」

「そういうものですか」大石倉之助は生来の真面目さゆえか、納得した顔だった。

「わたしたちって意識していない時もね、まわりを気にしてるわけ」佳代子は意味ありげに言う。色気が絡まる声音は、隣にいる、配偶者たる私の首筋をもくすぐるような、魅惑的なものだった。「つまり」

「つまり？」私は聞き返す。

「誰もが自分のまわりを気にしてる。警戒して、監視してるのよ」

監視、の言葉が私をぎゅっと取り囲んでくるようで、寒気がした。店内を見渡す。視線を移動すると、大石倉之助と目が合った。はっとした様子だったのは、おそらく彼の頭に、出会い系サイトに組み込まれた謎のプログラムのことがあったのだろう。ホームページを見つける際に使った検索キーワードを調べ、情報を手に入れようとしているあの仕組みは、監視という言葉が合うようにも思えた。

少しすると携帯電話の音が鳴った。優雅ながら力強いメロディは、「威風堂々」で、その「威風堂々」が妻の携帯電話の着信音だと気づくまで、時間がかかった。

彼女はその場で電話に出ると、「ああ、はいはい。わたしわたし」と快活に喋った。先ほど自分が唱えた理論を実践しようとでもいうのか、会話の内容が把握できない曖昧な返事を繰り返し、私たちに疎外感を与えた。落ち着かない、苛立ちを覚え、「携帯電話の使用反対！」と訴えたくなる。

「じゃあ、わたしちょっと先に行くから」電話を切った彼女は素早かった。「お金はあなた、払っておいてね」とバッグを肩にかけ、立ち上がる。

「どこに行くんだ？」

「あなたの浮気相手に危害を加えに行くのよ」佳代子は瞳を輝かせ、私を青褪めさせ、大石倉之助と工藤を凍りつかせた。

「嘘に決まってるでしょ。仕事」と彼女は軽やかに言い、立ち去る。

ファミリーレストランに取り残された私たちは、佳代子がいなくなった後、なかなか言葉を発することができなかった。それぞれの食器が下げられ、コーヒーが運ばれてきたあたりでようやく、「渡辺さんの奥さん、なんだか面白いですね」と大石倉之助が口にした。

「怖いよ」私は正直に答えた。

「でも、映画館でばったり会うなんて、凄いですよね。それこそ運命じゃないですか」工藤は膨れ面で言った。「夫婦愛ですか」

「どうだろうな」実際、これが本当に偶然なのか、それすら私は疑っていた。監視、と彼女が言ったのも気になった。私の不倫を病的に警戒している彼女は、もしかすると常に私の行動を監視しているのではないか、と思え、そうであるなら、映画館も、単に私の後をつけてきただけなのかもしれない。

そこで記憶が甦った。どこか、ホテルの一室、真っ白のカーテンに真っ白のベッド、真っ白の壁に囲まれた優雅な場所にいるところだ。あまりにあたりが白色で埋め尽くされているため、それは眩しい光の輝きに包まれている光景に感じられた。私はトイレに入り、便座に腰掛けていた。目の前の扉は開き、向かい合う形で、佳代子がしゃがんでいる。

「ドアを閉めてくれよ」私は下着を下ろし、間の抜けた恰好で、さすがに恥ずかしかった。

「いいじゃない。見ていたいのよ」佳代子は膝を抱え、コーチの指示を待つ生徒のような座り方のまま、微笑んだ。

「俺のトイレまで監視するのか」

新婚旅行の時のことだ。あの頃はまだ私は、妻の正体に疑問など抱かず、そういったところが可愛らしいと感じていた。もしかすると、トイレにまでついてくる彼女に愛情を感じ、用を足す姿を観察されて幸せすら感じていたかもしれない。

「ねえ、どう？」と佳代子は艶かしく、言う。

「どう、って」

「出た？」

そう言われた私のほうが赤面してしまう。そして、そのタイミングでちょうど、廊下に通じるドアがノックされた。「ルームサービスです」とホテルマンの声が聞こえた。あ、と立ち上がった佳代子はドアへと向かい、ワゴンを運んできたホテルマンを招き入れた。トイレのドアは開いたままで、私と目が合った、白人のホテルマンは、白い歯を見せ、にっと笑い、出て行った。

さすがに、「トイレのドアを閉めてくれても良かったじゃないか」と私は言ったが、彼女は気にもかけず、「あ、ほら」と目を輝かせた。

「ほら、って何？」

「映画とかでさ、ルームサービスのフリをした人が、部屋に入ってくる場面とかあるじゃない。殺し屋とかがさ、料理の下に銃を隠して」

「ああ、観たことがあるような気がする」

「あれいいよね。一度やってみたい」彼女は言い、扉をノックする真似をした後で、「ルームサービスです」と発声した。

可笑しなことを言うもんだな、子供のようだな、と当時の私は好意的にその台詞を受け取った。妻はその後も、「ルームサービスです」と言っては、意味ありげに咳払いをする、そういった場面の練習を何度もやった。「あなたもやってみたら」と勧められ、役柄を交代したこともある。ノックをすると、彼女が、「誰だ」と訊ねる。僕は、「ルームサービスです」と応じるのだが、少し馬鹿馬鹿しく感じ、笑ってしまう。すると彼女は、「あなたは嘘をつくのが苦手だからね」としたり顔になった。「ルームサービス、っていう名前だと思えばいいのよ」

「名前？　どういうこと」

「『誰だ？』『フランクリン・ルームサービスです』という感じで答えればいいじゃない。フランクリン・ルーズベルトみたいでしょ。早口で言ったら、大統領と間違えて、慌てて、扉を開けてくれるかもしれない」

「いや、それも嘘じゃないか」私の指摘など気にもかけず彼女はそれが気に入ったのか、「こんにちは、フランクリン・ルームサービスです」「大統領だ。開けろ」と言う練習を繰り返し、何が何だか分からなくなった。

「でも、さっき大石が言っていた、運命とは、偶然の積み重ねである、とかいうのは誰の言葉なんだ？」

ああ、と彼はばつの悪い顔になった。「あれ、適当に言っただけです。でも、実際、運命とか偶然とかって、解釈次第ですからね。占いと同じですよ。その人の捉え方でどうともなります」

「占いか」私はつぶやく。

「そうですよ。当たったかどうかなんて、いくらでも解釈できますし、予言とかもだいたい、曖昧なことしか言わないじゃないですか。ほら、渡辺さんが、『想像力を働かせてごらん』っていう占いから勝手にいろんなことを考えたのと同じです」

「あれは、うまくいった。あれのおかげで、暗号が解けた」

「たまたまですよ。占いのおかげじゃないですよ」

「そういうものか」と答えながら、浮気相手の桜井ゆかりと映画館で出会った時のことを思い返した。あの時は、運命的だと感じた。あれも、解釈次第なのだろうか。

「人って、偶然の出来事にも意味合いを見つけちゃうんですよ。さっきの、播磨崎中学校の事件でも言ってたじゃないですか」

「言ってたか？」

「あの頃、中学校とか中学生が関係する事件がやたら続いていたんですよ。中学生が通り魔に遭ったり、校庭に変質者が侵入したり。あとはほら、教師から体罰を受けていた生徒たちが怒って、暴れたり」

「ああ、そうだったよな。俺もちょうど思い出していたよ。逆のパターンもあっただろ。生徒に舐められていた教師が、我慢の限界を越えて、刃物で刺した、というのが」

「あれも中学校でしたっけ」大石倉之助が眉を傾ける。「でも、体罰も駄目だし、優しくしても駄目だなんて、教育って難しいですよね」

そのようなことを考えたことがなかった私は、「ああ」と生返事をした。ただ、そういった教育方針のバランスについては昔から、議論があることだろうとは想像できた。

「とにかく、事件が続いていたんですよね。『今、中学生が危ない』という特集記事もあちこちであって、そんな中で播磨崎中学校の事件が起きたから、余計に話題になって」

「ああ、そうだったかも」工藤がうなずいた。「当時、弟が中学生だったから、親が心配してましたよ」

「でもほら、そういうのって、マスコミがたまたま報道したから、ってことありますよね。中学生の小さな事件なんて、いつだってちょこちょこ起きているんですよ。でも、マスコミがそれを取り上げると、そういうのばっかりクローズアップされて、頻発しているように見えるだけで」

「そうそう」工藤が強く同意する。「いじめ問題とか集団自殺もそうですよ。記事で取り上げ始めると、やたら続くんだ。流行をマスコミが作っているだけで」

「なるほど」私はぼんやりと返事をした後で、「でも、結局、播磨崎中学校の事件って、あのプログラムと何の関係があったんだろうな」と言った。そもそも、その関連を調べるためにわざわざ映画館に来たのだった。「あのプログラムで調べていたキーワードは出てこなかったな。『個別カウンセリング』という言葉すら出てこなかった」

「でも、渡辺さん、さっき映画を観ている時に気づいたんですけどね」大石倉之助がコーヒーカップの取っ手をいじくる。「あのプログラムって、サイトを訪れてきた際の、検索語を調べてますよね」

「それっぽいよな」

「逆に考えれば、僕たちもあのキーワードを使って、検索をすれば、そのホームページに辿り着くってことですよね」

私は、あ、と口を開け、指を鳴らした。鳴らそうとしたが、うまく響かなかった。信じられない話ではあるが、今の私たちは、自分たちが開発しているサイトがネット上のどこにあるのかも分からないでいた。プログラム内で使われているURLはすべて変数で用いられ、変数には開発用のURLが設定されているだけだった。「なるほど、そうすれば、サイトを見つけられるな」

どうしてそんな単純なことに気づかなかったのだ、と呆れてしまう。コンピューターやインターネットに日々、触れている人間が三人も揃って、何をやっていたのか。

「でも、播磨崎中学校、という言葉で検索して、何で、出会い系がヒットするんですか。プログラム内には直接、その言葉は埋め込まれていなかったですよね」工藤が眉をひそめる。「それだったら分かりやすいけれど」

「プログラムが何かやってるんだ。僕たちが解析できていないだけで」大石倉之助の目が心なしか輝いている。例によって、SE魂がうずいてきたのかもしれない。

「そんなことが可能なのか？」私は訊く。

「検索エンジンのアルゴリズムって、だいたい公表されていないですけど、もしそれを解析できているなら、逆手に取って、検索で特定のサイトが引っ掛かるようにはできるはずです。そもそも、あのサイト、『出会い系サイト』としては検索でヒットしないんですから、それ自体が変なんですよ。特殊なことやってるんです」

ふーん、と工藤は興味はあるだろうに、興味がなさそうな相槌を打った。「じゃあ、検索してみればいいですね。『播磨崎中学校』と『個別カウンセリング』とかの組み合わせで。そうするとあのサイトが見つかるってことですよね」

私はそこで、「よしすぐにやろう」と言い出せなかった。気安く実行に移してはならないようなためらいがあったのだ。この仕事から逃げ出した先輩、五反田正臣の、「見て見ぬふりも勇気だ」の言葉が引っ掛かっていた。

「じゃあ、今日にでも、家のパソコンから検索しますよ」大石倉之助が当然のように言っても、「いや」と返事をしていた。「もう少し、調べてからにしよう。あのプログラム、得体が知れない。もしかすると、大石に迷惑がかかるかもしれない」

本当は、迷惑がかかる、ではなく、危険が及ぶ、と言いそうだった。

店を出て、二人と別れた後、私の足は自分のマンションではなく、桜井ゆかりのマンションへ向かった。何か新しいことが分かるのではないか、と期待したのだ。幸いというべきか、不倫相手の私には合鍵というものもあった。タクシーで到着し、エレベーターで昇り、インターフォンを押した。反応はまるでない。私は迷わず、鍵を使った。

家具や衣類がすべて運び出され、そこはもぬけの殻、と想像していたが案に相違し、何もかもが、そのままだった。箪笥や書棚は壁にあり、書棚の文庫本の並びも同じだった。テーブルのパソコンも、私の知っている場所にあった。海外旅行から帰ってきた形跡はどこにも見当たらない。パソコンのハードディスク内を覗けば、海外旅行の画像や知り合った男とのメールでのやり取りも発見できたかもしれないが、そこまではする気になれなかった。いや、正直に白状すれば、本当はそこまでする気はたっぷりあったのだが、彼女が自分のパソコンには、神経質にパスワードをかけていたのを知っていたので、諦めたのだ。

結局、彼女の消息、現状、安否を知る情報を何一つ得られず、一度帰ろうと部屋の電気を消しかけた時、テレビの脇にある電話機が目に入った。相手の発信履歴や着信履歴を許可なく確かめることは、あまり褒められたことではないだろう。が、すでに無断で部屋に侵入し、褒められることを期待していない私には、大きな問題ではない。

発信履歴を調べると、見知らぬ番号がいくつか出てきた。深い意味もなく、私はおもむろにその番号を表示させたまま、ボタンを押している。繋がった後になんと言い訳をすべきか考えている途中で、「こちらは、株式会社ゴッシュ」と声がした。

「もしもし」ぎょっとし、上擦った声を出してしまう。「あの」と言いかけたが、すぐに機械的な声が、「音声案内に従い、ご用件に応じた番号を押してください」と言った。自動応答のメッセージだった。

どうして、彼女が、ゴッシュに電話をかけているんだ。不意に、「桜井ゆかりが姿を消したのは、妻の佳代子とは無関係なのか？」という思いが頭に浮かんだ。妻が関与しているものだと思い込んでいたが、もっと別の、浮気などという分かりやすいものとは別の要因があるのではないか？　疑問が湧く中、電話を切った。するとちょうどその時、私の携帯電話から、君が代が流れた。

出ると、「渡辺さん」と大石倉之助が言う。「今、家で調べてたんですけど、別のキーワードも見つかったんですよ」

「キーワード？」私は応えながら、部屋を出る準備をする。室内の電気を消す。

「例の、あのプログラムが調べてる検索語ですよ。ちょっと厄介だったんですけど、暗号ルールを一つ解いたら、別のキーワードが出てきたんですよね。安藤商会というのが」

「安藤商会？」その名前に聞き覚えがあったが、どこで聞いたことがあるのか咄嗟には思い出せない。

「それで、渡辺さんには止められましたけど、実は僕、『播磨崎中学校』と『安藤商会』と『個別カウンセリング』をキーワードにして、検索かけてみたんですよ」

「え」私は事情が一瞬、呑み込めず、呆然とした。

「そうしたら、本当に、一件だけ、出会い系サイトが引っ掛かったんですよ」

「それは、うちが今、開発しているあのサイトか」

「ですよ。URLも分かりました。会社で伝えますね」

「大丈夫か？」私は思わず、訊ねた。

「何がですか」

「いや、例のプログラムが、検索語をチェックして、何か悪さするんじゃないかって」あのプログラムは、特定の検索語でやってきたユーザーの情報をどこかに送信していた。

「不気味ではありますけど、しょせんは検索ですよ、検索。僕のPC、ウィルス対策もバックアップも万全ですし、危険と言ってても大したことないですよ」

部屋から外に出て、ドアを閉める。しょせんは検索、確かに私もそう思っていた。だから、大石倉之助の身に直接的な危険が迫るとは思ってもいなかった。

15

やっと俺の出番が来たわけだな、と友人であり、作家であり、女好きでもある井坂好太郎はにやにやと私を見た。まるで出番が最初から用意されていたかのような物言いに嫌悪感が湧くが、抑えた。私はコーヒーを口にする。

播磨崎中学校事件のドキュメンタリー映画を、同僚の大石倉之助と工藤と観た翌日だった。同じ劇場にいた妻の佳代子は結局、仕事に行くと出かけたきりで、朝になっても家に戻ってきた痕はなかった。

朝起きて、通常通りに身支度を整えていたところで祝日であることに気づいた。髭剃りの手を休め、鏡の自分に向かい、「ああ」と呻いてしまった。ここ最近、「今そこにある納期」と戦い、週末も祝日もなく働いてきたため、会社に行かなくとも良いという事実がしばらく認識できなかった。今携わっているプロジェクトも余裕はなかったが、コンパイラの仕様が分からない限りは先に進めず、仕様を確認するにも発注元に連絡がつかない、という袋小路の状況だったため、わざわざ会社に出向いて作業をする気分にもならなかった。というよりもすでに私は本来のやるべき仕事よりも、プログラムの暗号部分に隠された、謎の処理のほうに関心が移っていた。五反田正臣はなぜ失踪したのか。そして、あのプログラムはなぜ、播磨崎中学校という言葉を調べているのか。昨晩の大石倉之助からの電話を思い出す。その後、連絡はないが、何か分かっただろうか。

服に着替え、食パンを食べ終えたところで私は携帯電話を使い、友人を呼び出した。

「渡辺は、困った時は最終的に、俺に頼らざるを得ないんだよな」井坂好太郎は目の前のコーラフロートの、フロートたる部分をストローで突いていた。いつもへらへらと笑い、口を開けば、口説いた女の話しかしない彼に、私は辟易するが、彼が自ら言うように、困った時の相談相手として彼しか思いつかないのも間違いがなかった。

「で、何の用だよ。一介のサラリーマンの渡辺君」と彼は足を偉そうに組み、片肘をついた手を頬に当てた。文豪の写真を真似るその仕草に腹が立ったので、「最近、おまえの新刊、出ないようだけど」と言った。

ナルシストで自分勝手な井坂好太郎と会うのはいつだってそれなりの辛抱が必要

となるので、相談する際も気が重い。が、最近、ネットで彼の情報を見たところ、どうやら新刊が出にくい窮状にあるらしいことが分かった。だから、そのあたりを皮肉や嫌味でほじくることができるぞ、と今日は比較的、会うのが楽しみだった。

期待通りというべきか、予想以上というべきか、井坂好太郎はしかめ面をした。

「今な、凄い新作を書いてるんだよ。取材をして、魂を込め、万難を排し。それが遅れてるんだ」

興奮すると早口になるのが彼の特徴であったから私はそれらを聞き流し、「例の、ヨーロッパの新聞の件はどうなったんだよ」とさらに訊ねた。

あれか、と彼は唇をきっと結んだ。

彼の小説がヨーロッパの、具体的にどの国であったのか、何語に訳されたのかはうろ覚えなのだが、どこかで翻訳されたのは一年ほど前だった。それなりに好評だったらしく、その国の新聞社が、彼のインタビューを取りにきた。

「あれはまあ、そんなに影響してねえよ」

「本当か？　あれで、出版社から干されたって聞いたぞ」

「どこから聞いたんだよ」

「ネットにあった」

井坂好太郎はため息をつく。「あのなあ、ネットに書いてあることが全部本当だと思うんじゃねえよ」

私の読んだネットの情報によれば、こうだ。井坂好太郎は、ヨーロッパのとある国の新聞の文化面に取り上げられ、偉そうに答えた。曰く、「この国は、過去の教訓をまるで生かしていない」と。それ自体は、抽象的な、傲慢ではあるが無内容のコメントだというだけで大きな問題はなさそうだった。ただ、彼が懇意にしている販元の社長がその記事を読み、激怒した。社長は使命感から、「日本、亀の歩み運動」なる勉強会を主宰しており、その活動の主旨は、「たとえ亀の歩みの如く、ゆったりとしたものであっても、この国は、確実に前に進んでいる。一歩前の教訓を次の一歩に生かし、そして、より良くなっていく」というものらしく、まさに、井坂好太郎の発言はそれを否定するものだと受け止められたのだ。しかも、その社長はワンマンで、自分の思うがままに周りを動かすことを喜びとする男だったため、結果的に、井坂好太郎がその販元から刊行していた本は、紙の本も電子ファイルの本も契約を切られ、いずれ、市場から消え、もしかするとネットのオークションで高値になる可能性もあるにはあるが、とにかく、彼の代表作のタイトル「口は災いのもと」を地で行く騒動だ、とネットの情報は語っていた。

「本が絶版になったわけじゃないのか」

「なったよ。絶賛、絶版中だよ」井坂好太郎が手を挙げる。

「ネットの情報は本当じゃないか」

「うるせえな。でもな、あの記事は俺にとっては本意じゃなかったんだっての。だいたい俺が、『この国は、過去の教訓をまるで生かしていない』なんて言うと思うか？　そんな抽象的で、新鮮味のない言葉を発するか？」

「発しそうだ」

「発しそうに見えて、発しねえんだよ」彼はまた、ストローをいじくる。「昔から、地価が高騰したかと思えば急落して、景気は良くなったと思えば、悪くなる。だろ？　歴史の教科書を見たって、争いだとか戦争は繰り返し起きている。だろ？　ネット自体がそうだぜ。たとえば、ネットの匿名の発言ってのも流れがあるんだよ。二十一世紀の最初は、どこか冷笑的で、攻撃的なものが多かった。それがだんだん、逆になって、人権擁護の、胡散臭い友愛に満ちた意見が流行るようになった。いいか、偽善に満ちた博愛主義はたちが悪いぜ。あれは、ひどい。でもって、今はまた、逆に振れて、シニカルで攻撃的なのばっかりになりつつある。つまりな、世の中なんてのはどうなるのかさっぱり分からねえってことだよ。混乱しながら、繰り返すんだよ」

「まあ、そうだろうね」

「ってことを俺は、その記者に喋ったわけよ」

それ自体、抽象的で、新鮮味のない台詞に思えたが指摘はしなかった。

「で、それを聞いた記者が笑いながら、『人間というのはあまり成長しないってことですね』とか言うからな、俺は気軽に、『だろうね』と応えたわけよ。そうしたら、それが、『この国は、過去の教訓をまるで生かしていない』ってまとめられたわけだ」

私は眉間に皺を寄せる。「凄いまとめ方だな」

「だろ？　もともと通訳が間に入ってたからな、ややこしくはあったんだよ。あれ、何語だったんだろうな。俺の喋ってる内容がどこまで伝わってるのかも分からねえし。それに記事の事前チェックは絶対にできないって言うしな。ただまあ、そんなこと大したことではねえと思ってたんだ。まさか、あの版元の社長が敏感に反応するとはな。驚きだったよ」

「説明はしたのか？」

「誰にだよ。まあ、新聞社にも出版社にも、一応、俺の発言とは違う、と説明したけどな、そんなの意味がねえよ。新聞社はこっちの言い分を認めて、ネットから記事を削除はしたけど、まあ、変わらない」

「キャッシュは残るものな」

「それに、確かに、まったくのでっち上げの発言とも言えねえだろ。俺の喋った内容を、まとめれば、そうならなくもない。『教訓を生かしていない』とまとめられなくもない」

「乱暴にまとめれば、そうだ」これはいったい何の話だったたか、と私がふと疑問を感じはじめると、その思考を遮るかのようにさらに友人が、「もう一つ関連した、参考事例を教えてやるよ」と指を突き出してきた。その勢いで、ストローの袋が床に落ちたが彼は気にかけない。参考事例も何も、何の参考になる話なのだ、と私は、友人のペースに巻き込まれていることに若干、困惑した。思えば、彼に会う時はたいがいこうだ。

「俺の小説が、過去に映画化されたのは知っているだろ」

「知らなかった」

「なったんだよ。その時にだ、俺は痛感したね。小説にとって大事な部分ってのは、映像化された瞬間にことごとく抜け落ちていくんだ」

「どういう意味だよ」

「映画の上映時間を二時間とするだろ。その二時間に、一つの物語を収めようとする。そうするとどうするか」

「どうするのさ」

「まとめるんだよ。話の核となる部分を抜き取って、贅肉をそぎ落とす。そうするしかないわけだ」井坂好太郎は自分の発言に酔うかのようだった。「粗筋《あらすじ》は残るが、基本的には、その小説の個性は消える」

「おまえの小説に個性があったのか」

「渡辺は本当に面白い冗談を言うな」

「冗談じゃない」私はもう一度言う。

ウェイトレスが通りがかり、コップに水を注ごうとした。井坂好太郎はその女性の顔をじっと見つめ、舌なめずりでもしかねない様子で、微笑む。気味が悪い。「で、渡辺、何の相談だ？」

ようやく私が喋る番だ。「実はな」と口を開く。が、それと同時に井坂好太郎が、「いいか」と声を被せてきた。仕方がなく、私は出かかった言葉を飲み込み、結局は友人に発言を譲ることになる。

「いいか、これから俺、いいこと言うからよ」

「はあ」

「よく聞いておけよ」顎をくいくいと突き出す。

勝手にしてくれ、と思った。

「あのな。大事なことは、まとめちまったら消える。俺はそう言っただろ。でな、それを突き詰めるとだ」彼は芝居がかり、間を空けた。

「突き詰めると？」

「人生は要約できねえんだよ」

私は、その場の快楽と思いつきでのみ行動しているような井坂好太郎から、「人生」という単語がでてきたことに衝撃を受けた。「人生を要約？」

「人ってのは毎日毎日、必死に生きてるわけだ。つまらない仕事をしたり、誰かと言い合いしたり。そういう取るに足らない出来事の積み重ねで、生活が、人生が、出来上がってる。だろ。ただな、もしそいつの一生を要約するとしたら、そういった日々の変わらない日常は省かれる。結婚だとか離婚だとか、出産だとか転職だとか、そういったトピックは残るにしても、日々の生活は削られる。地味で、くだらないからだ。でもって、『だれそれ氏はこれこれこういう人生を送った』なんて要約される。でもな、本当にそいつにとって大事なのは、要約して消えた日々の出来事だよ。子供が生まれた後のオムツ替えやら立ち食いソバ屋での昼食だ。それこそが人生ってわけだ。つまり」

「人生は要約できない？」

「ザッツライト」彼はストローを私に向けた。いちいち気取って、英語にする感覚が理解しがたい。鳥肌が立つほどに、不気味だ。

あのさ、と私は身を乗り出す。「それがいったい、何の話に繋がるんだよ」と指摘した。そもそも、相談があったのは私のほうではないか。

「せっかく俺がいいこと言ったのに、おまえはメモも取らなきゃ、感心もしねえし。

張り合いがねえよ」井坂好太郎は下唇を突き出し、いいよじゃあおまえの話を聞いてやるよ、とふんぞり返った。

私は、彼にこの数日で起きたことをすべて説明した。会社の先輩が失踪し、仕事を引き継いだこと。その仕事は、出会い系サイトの修正だったがその発注元と連絡がつかないこと。プログラムの中には暗号部分があり、解析したこと。「播磨崎中学校」というキーワードが飛び出してきたこと。あの事件のドキュメンタリー映画を観に行ったこと。私生活に関する部分、妻に浮気を疑われ、散々な目に遭ったことまでは話す必要がないと最初は思っていたのだが、先ほど彼自身が喋った、「人生は要約できない」という台詞が念頭にあったためか、無駄と思われることも話すべきだと感じ、それすらも喋った。

聞き終えた友人はまず、「おまえも、まあ、好きだねえ。浮気なんてして」とにやけた。浮気三昧の彼に言われたくなかったが、反論しなかった。あの恐ろしい妻がいるにもかかわらず、別の若い女性と親しくなるのは、物好きとしか言いようがない。

「でもな、ネットってのは怖えぞ」井坂好太郎は両手を後頭部に回し、その後で万歳気味に伸びをした。「昔はよ、ネットのおかげで一般の人間がいろんな情報を手に入れられて、便利だったんだ。あの、正義漢面している政党には実は怪しい団体がついている、だとか、あの俳優はこんな発言をしている、なんてな、誰かが指摘したら、みんなでそいつを糾弾して、まあ、ネット内の世論が社会を動かす部分もあったわけだ」

「今もあるじゃないか」

「今もある。匿名で発言できるネットは得てして、批判されがちだけどな、有効に機能することも多い。俺はどちらかと言えば、肯定派だ。匿名で言いたいことを言うのが絶対的に悪だとは思えないし、そのことで大きなものを動かすこともできる。まあ、それを受け取る側は、それなりに慣れと習熟がいるだろうけどな。読み取り力が必要だ。ただな、このごろは、ネットの情報を利用する手法がさらに巧妙になってきてんだよ。誰かを陥れるために、ネットの情報を使うことが容易になりすぎた」

「昔もそうじゃないか」

「昔もあった。けどな、もっと巧妙になってんだよ」と井坂好太郎は続ける。「真実の情報と偽の情報の区別がつかなくなってきてんだ」

「どういうことだよ」

「前にな、俺の知り合いの漫画家で、やたら評判がいい奴がいたんだよ。作品はまあまあだが、性格が良い、ってな。好青年だ、と。まあ、青年って感じの外見ではないけどな、とにかく好青年だとよく称された」

「性格が良いのは、クリエイターとしてプラスなのか？」私は不意に気になった。「そいつは読者からも編集者からも好かれていたんだけどな、そんな奴の漫画が読みたいか？」

少なくともおまえの小説よりは読みたい、と私は言ったが、彼は聞いていない。

「ある時、ネットで、『その漫画家が犬を蹴ってるのを目撃した』っていう情報が流れたわけだ。そしたら続けざまに、『私も見た』『よく見る』ってな情報が重なった。しまいには、誰かが撮影したと思しき、犬を蹴る人の動画がどこかで公開される」

「映っているのは、その漫画家なのか？」

「そう見えなくもないってレベルだよな。現場はその漫画家の自宅近くだった。となると、もう完全に、『その漫画家は実は、犬を蹴るような人間だ』って認識ができあがる。そいつの家には嫌がらせが続いて、子供は学校で苛められるし、誘拐めいたことまで起きた」

「それはひどい」

「悪意のある陰口は、放っておくとヒートアップする。で、俺はその頃、電話をかけたんだけどな。その時、そいつが言ってたんだ」

おそらくは、面白半分の野次馬気分で電話をしたんだろう。

「そいつはな、近所の付き合いの長いおじさんにも白い目で見られて、さすがに頭に来たんだと。で、『私がそんなことをする人間じゃないってことくらい、今までの付き合いで、分かってるじゃないですか』と訴えた」

「気持ちは分かる」

「おじさん曰く、『でも、ネットに書いてあったぞ』だと」井坂好太郎が肩をすくめる。「現実にそこにいるその人間が積み上げてきた関係よりも、どこの誰が書いたかも分からないネットの記述のほうが信じられたわけだ」

「災難だな」私は会ったこともない、その漫画家に同情した。

「そいつはもともと偽善者めいてたから、自業自得って気もするけどな」

「偽善とは何だ？」私はふと、訊ねている。

「本当は大した人間でもないのに、いい人間のふりをしてるってことだ」

「それが悪いのか？　誰に迷惑をかけるんだ？　本当はいい人間なのに、悪いふりをしている奴のほうが傍迷惑じゃないか」

「善人のふりをして人を騙す奴がいるだろ」

「人を騙さなければ？　いい人間のふりをするのは悪なのか？　善き人間であろう、と振る舞うことは悪くないはずだ」

ただ疑問に思ったことを口に出しただけだったのだが、井坂好太郎は意外にも言葉に窮し、しばらくしてやっと、「知らねえよ。とにかく、気に入らねえだろ」と言った。

　おまえがネットに偽情報を流した張本人ではないだろうな。私は疑いたくなる。それから、以前、井坂好太郎が自慢げに喋っていたことを思い出した。「おまえはネットの力を逆手にとって、自分の小説の評判を上げていたじゃないか。自分で自分の新作を、『傑作だ』と触れ回るんだろ？」

「逆転の発想だな。そうだよ、俺は賢いから、巧妙に、やれるんだよ。ああ、ただ」井坂好太郎はそこで眉をひそめた。

「どうかしたのか」と私は言うが、一向に話題が、私の相談に関することにならないことのほうがどうかしてる、とも思った。

「俺のそのサイトが最近、いじられてるんだよな」

16

　自分のホームページが勝手に書き換えられているなんて不気味だろ、と彼はしきりに言うが、私にはさほど不気味には思えず、むしろ、日ごろ怖いことなど何もないような、厚顔無恥を地で行くような彼が怯えていることのほうが不気味だった。

「書き換えられてるってどういう風に？」

「最初は少しだったんだ。文章が、ですます調から、である調に変わっていた。その一文だけ」

「おまえが文章をそこだけ打ち間違えたんだろ」

「俺もそう思ったよ。ただな、画像がゆがんだり、テキストが欠けたりしはじめたんだよ。怖えだろ。紙に染みた絵の具じゃねえんだから、ネット上の文章が何で、ゆがむんだよ」

それはさほど驚くべきことでもない、と私は突き放すように言った。コーヒーを一口飲む。

「単に、ホームページのファイルのテキストをいじくっただけだ。ゆがむのだって、デザインを変えればそうなる。今時《いまどき》は、デザインなんて自由自在だ」

「何で、そんなことが起きるんだよ。自発的にデザインが変わるなんて、そんな凝ったホームページを運営してるつもりはねえよ。生き物みてえじゃねえか。おかしいだろ。しかも、俺の管理しているサイトやブログのことごとくが、だぜ。どうやってできるんだよ」

それもさほど驚くべきことでもない、と私はまた、突き放すようにした。コーヒーを飲む。

「おまえが寝ぼけてやってるか、そうじゃなかったら、おまえが怪しげな薬を服用している時に自分で更新してるんだよ」

「薬のことを何で知ってんだ」井坂好太郎が目を丸くするので、でたらめで喋った私のほうが絶句した。

「冗談だよ」井坂好太郎が笑う。「俺はな、薬派か女派だったら、女派なんだよ」

他の派だってあるだろう、もしくは、両方派だってあるのではないか、と思ったが面倒臭かったため、それ以上は言わない。「サイトをいじくると言っても、基本的には、いじくったファイルで上書きしているに過ぎない。上書きするためには、ファイル転送すればいいだけだし、結局は、その場所に接続するためのパスワードが分かればいいだけだ。つまり、誰かにパスワードが漏れてるんだよ」

「誰に？　どうやって」

「女派のおまえのことだから、女に喋ったのかもしれないし」私はまずは嫌味をぶつけた。その後で、「一番考えられるのは」と説明する。「自宅に入られたんだ」

「俺の自宅に？」

「パソコンの中を覗けば、おまえの管理しているサイトの数もドメインも、フォルダの構成も分かる。パスワードだって見つけられる。どうせ、サイトごとにパスワードを変えるような面倒なことはしていないだろ。俺だってできるよ」彼は、大の面倒臭がりであったから、これは当てずっぽうというよりは、確信だった。

「だな」と彼もすぐに認めた。「そういえば、前に、俺が夜にパソコンで書いていた小説が、翌日、印刷したらやたらにつまらなくなっていたんだ。技巧的で、芳醇かつ斬新な俺の小説がなぜか、目も当てられない、陳腐な話にだ。あれは、誰か俺のパソコンを覗いた奴が、書き換えたのか」

「いや、それはな、おまえが書いた時からつまらなかったんだよ、井坂」

驚くべきことでもない、と三度、突き放した。コーヒーカップに口を寄せたが、空だった。

井坂好太郎は信じがたいものでも目撃したかのように、しばらく私の顔をまじまじと見つめ、瞼を閉じては開き、閉じては開き、を繰り返した後で、「俺の小説にケチをつけたのはおまえだけだよ」と言った。

「ネットで、おまえの悪口を時々、見るけど」

「悪口はネットで言うのがマナーなんだって」

そんな意見ははじめて聞いたが、そういう考え方もあるのか、と感心した。

「でも、どうして、俺のホームページがそんな風に狙われないといけねえんだよ」

こちらに聞かないでくれよ、と私ははっきりと言う。「だいたい、さっきから不思議なんだけどな、今日は俺の話を聞いて欲しくて、会ったんだ。なのに、喋っているといつの間にか、おまえに関する話題が中心になってる」

「それはな」井坂好太郎は鼻の穴を膨らませた。「俺が、世の中の中心にいるからだよ」

そのあまりに明瞭で、自信満々の勘違いに、彼を尊敬した。

水を注ぎに、ウェイトレスがやってきた。私はコップを前に出す。水が小さな渦を描きつつ、コップに溜まる。ふと彼女を見上げる。化粧は薄いが、二重瞼の目が特徴的で、鼻筋も通り、短い髪も似合った可愛らしい女性だった。こういう子に井坂好太郎は目がないだろうから、おそらく口説きはじめるぞ、と私は予測する。さあ、もうすぐ声をかけるぞ、ナンパをはじめるぞ、と苦笑の準備をしていたが、すると口火を切ったのはそのウェイトレスのほうだった。

「あの、井坂好太郎さんですよね？」と来た。見れば少し頬を赤らめている。

「そうです」井坂好太郎はすばやかった。背筋をぴっと伸ばし、手を自ら差し出した。「私のことをご存知ですか」

彼が自らを、私、と言うのもはじめてであったし、そんな風にかしこまった声を聞くのもはじめてだった。

どうやら、恐る恐る感激しつつ握手をする彼女は、井坂好太郎の読者らしく、それも熱心な読者のようで、バイト中であるだろうに、とうとうと好きな作品について語りはじめた。デビュー作も好きですが、あの、出世作となった、「口は災いのもと」

も衝撃的でした、などとも言う。そしてさらに、「あの、童貞会社員が、格闘技のカポエイラを使う色男と対決する、あれが一番好きなんですよ。えっと、タイトルは、えっと度忘れしちゃいましたけど」と頭を掻いた。井坂好太郎の顔を窺えば、彼は照れ臭さを隠しつつも何やら記憶を辿るような面持ちで、もしかすると彼自身もタイトルが思い出せないでいるのかもしれない。どうせ、内容にしても、過去の漫画や映画を真似たものに違いない。

「でも、そういえば新作はどうなっているんですか。わたし、楽しみにしているんですよ」

私はそこで、いいぞ、いいぞ、と内心で手を叩いた。はからずも自らのファンにより、痛いところを突かれた友人の反応が楽しみだった。けれど予想に反し、彼は堂々としたもので、突かれた場所は痛いところではなく、むしろ、心地良いつぼであったかの如く、爽やかな笑みを浮かべた。「大作を今、手がけているんですよ」

「大長編ですか」

「いや、分量というよりも中身が大作なんですよ」井坂好太郎の口は滑らかに、滑らかすぎるほどに動く。「取材をもとにした、ドキュメンタリー的なフィクション、そして、寓話だと言ってもいいですね。二十世紀の『冷血』、二十一世紀の『冷温』に続く、犯罪フィクションとなるのはまず間違いありません」

私は呆れ、共に鼻で笑いましょう、といった心持ちでウェイトレスを眺めるのだが、彼女の瞳が感動で輝くのを見て、溜め息を吐く。

「一つだけ、ヒントを教えてあげますよ。五年前に、播磨崎中学校の事件があったでしょう。怪しげな複数の大人が侵入し、生徒を殺害したあの事件です」

「ああ、ありますよね。最近、映画でも」ウェイトレスの反応はとても早かった。

「俺も観たよ、昨日」と私は口を挟むが、井坂好太郎もウェイトレスも、私などいないものだと思っているのか、視線すらくれない。

「一般に言われるあの事件は、表面的なものだと私は思っているんです」井坂好太郎は目を鋭くした。「だから、実際に何があったのか、取材と想像力で描いているところなんですよ」

あ、そうなんですか、と彼女はいたく感動した。

え、そうだったの？　と私は自分の耳を疑った。

播磨崎中学校のことを今まさに、私が、井坂好太郎に話したところだった。もしかすると彼は、私から聞いた話から即興で、新作のアイディアをでっち上げたのではないか、いや、おそらくそうに違いない、とさえ思った。

「あの事件に裏なんてあるんですか」ウェイトレスがうっとりした声を出す。持っているトレイを落とすのではないか、とはらはらしてしまう。

裏しかないと言っても過言ではないです」井坂好太郎は堂々としたものだった。

「いや、過言だと思う」私は慌てて指摘するが、無視される。

「詳しくは、その新作を読んでいただければ分かります」

悶絶するほど楽しみです、と彼女は身体をくねらせ、すでに悶えた。

「あの、彼の小説のどこに惹かれるんですか」私はどうしても訊ねずにはいられなかった。案の定、彼女は、人種差別主義者を目の当たりにしたかのような軽蔑をあからさまに浮かべ、「あなたとは口を利きたくない」という言葉すら発したくなかったのか、無言で立ち去った。

「あれは、さくらじゃないのか」私は身体を寄せ、小声で井坂好太郎に訊ねる。

「さくら？」

「おまえの読者が偶然ここにいるなんて、信じられないだろ」

「渡辺、おまえは悪い奴ではないが、どうにも心の目が曇ってるな」ファンに褒められたせいか彼の機嫌は良かった。

「さっきの新作の話、あれは本当なのかい。播磨崎中学校の事件のことって、ちょうど俺が話したところじゃないか」

「だな。昨日、おまえはその映画を観にいったというし、偶然だなあ、と俺も思ったよ」

先ほど喋った時にはそんな反応は見えなかった。やはり、私の話を参考にしたのではないか、という疑念は晴れない。「ぱくっただろ？」

「人聞きが悪いなあ、おまえも」井坂好太郎はこめかみを掻く。「俺はな、本当に書き進めているんだよ。完成も近いぜ。だいたい、おまえは、播磨崎中学校、とは言ったが、あの事件に裏がある、なんて思ってもいなかっただろうが」

「裏があるのか」

「ある」井坂好太郎は言い切った。気のせいか、コップのストローを摘んだ彼の指が震えているようにも見えた。「おまえ、安藤商会って知っているか」

え、と私は声を洩らした。混乱もした。安藤商会、という名前に聞き覚えがあるな、と感じ、その後で、昨日の電話で大石倉之助が、「新しい検索キーワードを見つけた」と言っていたまさにそのキーワードが安藤商会ではなかったか、と思い出した。「何で知ってるんだよ」

「何で、って何だよ。いいか、俺はあの事件を独自に取材してるんだ。犯人の奴らの身元もな、警察の発表はどうも怪しい」

「怪しいとは？」

「真偽不明なんだ。でな、調べていくうちに俺は、安藤商会ってのも見つけた」

「どこかの商店かい」

「おまえ、聞いたことねえのかよ。岩手の山奥に住む、大富豪の安藤潤也っておっさん。今も生きてたら、爺さんか」

安藤潤也、安藤潤也と繰り返し、唱えてみる。「有名人か？」

「安藤商会って会社の社長だったんだけどな、何やってんだか、さっぱり分からねえんだよ。とにかく、えらい金持ちだよな。資産家っていうのかな。表には出ねえから、そんなに知られてねえけど。競馬だとか競輪で儲けたって話を聞いたこともある。でもな、億だとか兆だとか、そんな金、ギャンブルで稼げるわけがねえよ」

「兆？」

「噂ではな」

「どんな豪邸なんだよ」

「のんびり暮らしてるらしいぜ。噂だと、築六十年ほどの平屋住まいらしい」

「今も生きているのか」

「どうだろうな。夫婦で暮らしてるって噂もあれば、安藤潤也はすでに死んで、カミさんだけ残ってるって噂もある」

「噂ばっかりだな」

「はっきり分かんねえんだよ。昔から話は聞いてたけどな、俺はでまかせだと思っていたんだ。都市伝説というか、なんだろうな、言い伝えに過ぎないとな。ただ、さっき言った、俺の知り合いの漫画家がいるだろ」

「ああ、おまえとは正反対の、性格が良くて、周囲に好かれる漫画家か」

「そいつがな、その安藤潤也に会った、とかそんなことを言ってたんだ。最後に電話で話した時に」

最後に、ということはその漫画家はすでに死亡しているのだろうか、と私は反射的に想像し、訊ねたが、井坂好太郎は首を振った。「逃げたんだよ。隠遁生活ってやつか。その前に、あいつは安藤潤也に会ったらしい」とコップについた水滴を指で拭き、テーブルに、「安藤潤也」と書いた。

その字面を見た瞬間、私は、どこかでそれを見たことがある、と閃いた。音ではなく字に、記憶が反応した。けれど、どこで見たものなのかは思い出せない。頭を叩きたくなる。

「たぶんな、あの播磨崎中学校事件と安藤商会を結び付けて考えることができているのは、俺くらいだと思うぜ」指を紙ナプキンで拭いつつ、井坂好太郎は片眉を上げた。「この世広しといえどもな」

「この広い世の中で、どうしておまえだけが、その二つを結び付けられたんだ」

「優れているからだ」こういった返事を、私の友人は真面目な顔で言うのだ。

「優れているのは分かった。それ以外の理由だ」

「そりゃ、取材したからだ」彼はまず、そう言ったがすぐに、「いや、正確に言えばな、あの漫画家に話を聞いて、興味を持って、『安藤潤也』のことを調べたんだよ。あの漫画家が嬉しそうに、安藤潤也の話をするからな、こりゃあ、ろくでもない奴に違いねえぞ、と思ってな」と続けた。

漫画家を陥れる嘘の情報をネットに流したのは、やはりおまえだろう。

「そうしたら、そこから、播磨崎中学校に繋がる部分を見つけた」

「何が繋がるんだ」

「人だよ。逆転の発想だ」

「人？　両方に共通する人間がいるのか」いったい何が逆転なのか。

私の問いかけに、井坂好太郎は口をもごもごさせた。「それは俺の小説を読んで、考えろよ」

「ただ、おまえだけじゃないんだ」私は嫌がらせのつもりもなかったが、言った。

「俺の後輩のエンジニアが、昨日、プログラムを解析していたら、見つけたらしい」

「何をだよ」

「播磨崎中学校と安藤商会の関連だよ」実際には単に、プログラムの中でそのキーワードをチェックしている、というだけのことだったが、思わせぶりに、つまり曖昧に説明した。

するとと井坂好太郎は口元に手を当て、しばらく動かなくなった。眼球をきょろきょろとさせた。呼吸すら止め、意識を集中させるかのようでもあった。

「どうしたんだ」

彼は反応しなかった。何を思案しているのか、黙ったきりだ。

私は仕方がなく、椅子に背をつけ、店内を見やる。壁に大きな、横広のモニターが埋め込まれているのが目に入った。テレビ放送なのか、インターネットニュースなのか定かではないが、背広姿のキャスターがニュースを述べている。

「それか？」井坂好太郎がぼそっと言った。

私には、彼のこぼした言葉の意味が当然ながら分からない。「それか、ってどれ」

「さっき、俺のホームページがいじくられているって言っただろ」

「言った」私はうなずく。

「あれはな、ちょうど俺が、安藤商会のことを調べた頃から、はじまったんだよ」井坂好太郎は説明するというより、自分の考えをまとめているだけにも見える。「おまえの、その後輩はもう行動したのか？」

行動、というと大雑把で大袈裟に聞こえる。「いや、たぶん、ネットで検索したくらいじゃないかな」

「検索」と彼は意味ありげにつぶやく。「俺だって最初は検索したぜ」

「どういうことだ」

「その後輩、やばいかもしれねえから気をつけろ。検索が引き金だったらどうする」

どういうことだよ、と笑い飛ばそうとしたが、その時、私の視界には、壁のモニターに映し出されるニュースの見出しが飛び込んできた。手元のグラスにも、映像が映し出されているが、そこにも同じ画面がある。指でこすって、ボリュームを少し上げる。キャスターが、「埼京線車内にて集団による婦女暴行。ネットで呼びかけ、四十七人が共犯」と言っていた。

それが自分に関係するとも思えなかったが、四十七人とは赤穂浪士の人数と同じだな、とはぼんやりと気づいた。

17

殿中でござるぞ。社内でござるぞ。

大石倉之助が入社してきた時、先輩社員の誰もがその名前の持つイメージと彼自身の生真面目で純朴そうな雰囲気の差におかしみを感じ、ことあるたびに忠臣蔵に絡むネタでからかった。社内を彼が急いで走っていたり、もしくは、徹夜明けの睡眠不足の顔でパソコンの前で朦朧としていたりすると、周囲の社員は、「大石殿、殿中でござるぞ。社内でござるぞ」とはやした。

生まれてから二十年以上、彼はその自分の名前と付き合ってきたわけだから、そういった、からかいには慣れているのか、いつも困惑した顔で、「殿中でござる、って大石内蔵助に言った台詞じゃないですからね」であるとか、「大石内蔵助は通称で、本当は、大石良雄って言うんですから、厳密に言うと、僕とは違う名前ってことなんですよ」であるとかやんわりと言い返したが、そうすると今度は心無い先輩から、たとえば五反田正臣から、「おーい、良雄」と呼ばれたりもした。

「三百五十年以上ですよ？」以前、出張で地方に向かった際、新幹線の隣の席で、大石倉之助は嘆いた。「忠臣蔵の事件って、三百五十年以上も前の話なのに、そのことで僕がからかわれるなんて、ひどすぎですよ。親を恨みますよ」

「期待を込めた名前なんだろうな」私は慰めた。「それにしても大石内蔵助も三百五十年後も、自分が有名だとは思ってもいなかっただろうな」

私はテレビを観ながら、その時の大石倉之助の弱々しい笑みを思い出していた。テレビはニュース番組を流していた。「卑劣な集団暴行」なる言葉が、力強く、表示されている。

すでに夜だ。起きたばかりの、列車内での事件のことを報道しているのだ。

せっかくの休日も、井坂好太郎と会っているだけで終わってしまった。妻は相変わらず帰ってこない。冷蔵庫の缶ビールの二本目を開けた。テレビの中では、女性キャスターが怒りで目を三角にし、事件の内容を説明している。午前中の埼京線の車両で、四十七人もの乗客が共犯となり、女性に猥褻行為を働いたとのことだった。猥褻行為の具体的な内容をキャスターは伝えなかったが、痴漢行為と言わないところを見ると、さらに悪質な、しかもニュースでは言いづらいくらいの暴力だったのかもしれない。

四十七人はばらばらの駅から車両に乗り込んでいたらしく、気づいた時には人による壁ができていた、と目撃者たる乗客は言った。

「犯人たちは目的を達成すると、いくつかの駅に分散して、降りていったようです」

犯人は一人だけ、捕まったらしい。

女性キャスターは不本意そうに報道する。なぜ、他の四十六人を取り逃がしたのだ、と日本の警察に憤怒の炎をぶつける勢いが感じられた。そして、「警察はその逮捕された一人を現在、取調べ中です」という言葉を、「その一人を磔《はりつけ》にした上、打ち首獄門、さらには性器を燃やしてしまえ」と言わんばかりの迫力で、発した。気持ちは分かるけれど、感情的になると、視聴者はチャンネルを変えてしまうから損ですよ、と思った。

キャスターは事件について、さらに話す。逮捕された人間によれば、彼らはある主犯により、ネットの掲示板で集合を呼びかけられたのだという。ずいぶん昔にもそういった事件はあったし、こういう犯罪は変わらないものだな、と私は缶ビールを飲み干す。

それから、井坂好太郎と交わした会話のことを思い返した。

彼は、私の話をほんの少しだけ聞き、自分の話をたくさん聞かせた。彼が、「播磨崎中学校事件の裏側を描いた作品」を本当に執筆中なのかどうかは判然としなかったが、彼がその事件のことに詳しいのは間違いがなかった。

「安藤商会は危険だ」と彼は言った。

「危険な集団ということ？」

「そうじゃない。安藤商会に関わると危ないって意味だ。それを調べはじめて、検索しはじめてから、俺のまわりで変なことが起きている」

「おまえの運営しているホームページがいたずらされたり？」

「そうだな。あとは、俺の書く小説がマンネリ化してきて、髪が薄くなりはじめた。女を抱く体力も減ってきた」

「それはたぶん、違う理由からだ。驚くことはない」

とにかくだ、と井坂好太郎は、私の嫌味など右から左へと聞き流し、自慢げに忠告した。「おまえの後輩、気をつけたほうがいいぜ。播磨崎中学校の事件と安藤商会のつながりを調べるとろくなことがない。デンジャーだよ、デンジャー」と相変わらず意図不明に、英語まじりにした。

つづきまして、江戸川に久々に姿を現わしたハリネズミのエドハリスちゃんの話題です、和みますね、とキャスターが告げるのを聞きながら私は、安藤商会、と頭の中でつぶやいてみる。

安藤商会とは、大石倉之助がプログラムを解析し、発見したキーワードだった。安藤潤也なる男の会社らしいが、井坂好太郎が書いたその字面を見た時に、自分がそれを知っている、という直感にも似た感覚に襲われた。どこで見たのだろう。井坂好太郎が言うには、謎に包まれてはいるものの安藤商会の存在はそれなりに有名であるようだったから、知っていてもさほどおかしくはない。ただ、私からすれば、それとはもっと別の、もっと身近なところで目にした記憶があった。

「安藤商会」と発音し、「安藤潤也」と唱えてみる。喉に刺さった魚の小骨にも似た、引っかかりがある。

翌朝、仕事場に出向くと工藤がスナック菓子を食べながらパソコンに向き合っていたが、大石倉之助の姿はなかった。いつもであれば前日の残業がどんなに遅くまでだったとしても、始業時間の三十分前には出勤している生真面目な性格であるから、その不在が気にならないといえば嘘だ。が、そのうちにやってくるだろうと思っていた。

九時を過ぎ、それでも大石倉之助がやってこなかった時点で、「病気か？」と疑った。

「大石さん、どうしちゃったんですかねえ」と工藤も口にした。

「体調でも悪いのかな」私は応じつつ、大石倉之助の携帯電話を鳴らそうとは思わなかった。無意識ながら、大石倉之助の状況を知りたくない、と感じていたのかもしれない。烈火さながらに怒った加藤課長から電話がかかってきたのは、十分ほどしてからだ。

「いったい、どういうことだ」と課長は怒鳴ってきた。「おい、渡辺、何考えてるんだ」

「何考えてる、って、いろいろです」出勤してこない大石倉之助のこと、井坂好太郎の喋っていたこと、安藤潤也という名前についてのこと等々、人間とは本当に、いちどきに、さまざまなことを考えるものだと感心したくなる。「人間って凄いですね。課長もそう思いませんか？」

「あのな、おまえ、ニュース見たか？」

「ニュース？　江戸川のエドハリスちゃんに住民票を、というやつですか」いっそのこと選挙権も与えて、徴兵制度にも参加させてしまえばいいのではないか、とニュースを見ながら、思った。

加藤課長はそこで、言葉にならない声を、バイクの轟音にも似た怒鳴り声を発した。電話機が破裂しないのが不思議なほどの、響きだった。「おまえな、大石倉之助が何やったのか知らねえのか」と今度は聞き取れる台詞を吐いた。

まだ出勤していない大石倉之助の席に目をやり、一昨日に電話で喋っていた彼の穏やかな口ぶりを思い出した。「遅刻以外に何かやったんですか」

「昨日、埼京線でえらい事件があったんだよ」

それは、えらい事件、とも、えろい事件、とも聞こえた。

「ああ、知ってます。四十七人が」と言ったところで私の頭には、前日にも思った、「赤穂浪士」という単語が閃き、その途端、「あ!」と声を上げていた。「あれ、大石が関係しているんですか?」

「関係も何も、主犯だよ、主犯! さっき警察から電話がかかってきた。今朝な、逮捕されたらしいんだけどよ、一応、会社のほうの話も聞きたいとか言うんだ。とりあえず、直属の上司はおまえだと言っておいたから、そっちに連絡が行くかもしれねえけど」

「上司は、加藤課長じゃないですか」私は混乱を覚え、軽い眩暈に倒れそうだったので机に手をついた。「というよりも、大石がそんなことやるわけがないじゃないですか」

「やりそうもない奴がやるから事件なんだよ」加藤課長はなぜか、取って置きの決め台詞を吐くかのような言い方をした。

やりそうな奴がやっても、事件は事件だとは思うが、課長は、「渡辺の監督不行き届きだ」と喚き、電話を切った。

疲労を感じている場合ではなかった。すぐに目の前のパソコンを使い、ニュースの詳細を探す。

「どうかしたんですか」工藤が言ってくる。

「大石が」と私は言いかけ、続きを飲み込む。確かに、目の前のディスプレイには、「埼京線婦女暴行事件の主犯、逮捕」という情報が表示され、大石倉之助の顔写真と名前、年齢が明記されている。

「何ですかこれ」いつの間にか工藤が後ろに立っていた。スナック菓子の欠片をつかんだまま、くしゃっと一口、頬張った。「大石さん、何やってんですか」とこぼし、自分の席に戻り、キーボードを叩きはじめる。事件の情報を検索しているのだろう。私もしばらく、そうやった。二人で無言のまま、キーボードを叩き、マウスを操作する。室内が急に静まり返った。かちりかちり、音がするだけだ。

大石倉之助はあっという間に有名人となっていた。

警察は、事件の主犯が書き込んだ掲示板のアドレスを入手し、その発信元を辿ったらしかった。当然、そのアドレスは代理サーバを経由し、偽装がなされていたが、さほど新手《あらて》の技法を使っていたわけでもなく、少し念入りに調査をすればすぐに正体が分かるものだったようで、結果、あるシステムエンジニアの自宅パソコンからの発信だと判明した。

「こんなことを企画しているなんて、大石さん言ってなかったですよね」向かい側の席から工藤の声が聞こえてくる。

犯行計画を、企画と呼んでしまうのには違和感があったが、確かに、大石倉之助がそんなことを企んでいれば、私たちも気づいたに違いなかった。「大石は残業続きで、家には寝るだけのために帰っていたんだ。こんなことをやる余裕は、時間的にも体力的にもなかった」

「ってことはどういうことですか」

「でっち上げだろう。濡れ衣だよ」私は自分で言った後で、確信する。「大石は、はめられたんだ」

「誰にですか」

「誰かに」

「大石さん、恨まれるようなことしたんですかね」

ディスプレイを見つめる。事件についての情報を片端から開いたため、そこには警察が発表した事件の詳細から、大石倉之助の個人情報、大石倉之助を罵倒し、こき下ろし、もしくは賞賛するたぐいのメッセージもたくさん、あった。井坂好太郎が話していた通り、最近のインターネットでの発言は、どこか攻撃的なものが多い。以前は、ネット人権擁護派の言葉ばかりが目に付いたことを考えるとやはり、ネット内にも流行はあるのかもしれない。右へ行ったり、左へ行ったりと揺れ動いていく。

大石倉之助の名前と痴漢集団の人数に目をつけ、忠臣蔵や赤穂浪士をネタにしている記事はネット上のあちらこちらにあった。四十六人の仲間を引き連れ、犯罪を起こした主犯の名が、大石倉之助となればこれが面白くないはずがない。被害者の苗字が吉良であれば、さらに盛り上がっただろう。

私の頭には、「安藤商会」という単語がこびりついていて、意識するより先に、「検索をしたからなのかな」と言っていた。

「え」工藤が聞き返してくる。

「一昨日、大石は、例の暗号化の部分を調べていて、検索をしたと電話で言ってきた。それが原因かもしれない」

「検索と事件がどうやって結びつくんですか。さっぱり分からないですよ」工藤が眉を歪め、菓子のなくなった指を舐める。その後、その手で髪をくしゃくしゃと触った。

「検索したことで、誰かに目をつけられたのかもしれない」言葉にすればするほど現実味がなく、恥ずかしい。


「じゃあ、僕もやってみますよ」と工藤が飄々と言った。「検索してみればいいんですよね。何か分かるかもしれません」とパソコンに向き直る。

「やめろ！」私は自分でも想像していなかったほどの鋭い声を発していた。「やめたほうがいい」

工藤は、「どうしたんですか？」とこちらを見てくる。よほど私の言い方が、余裕のないものだったのだろう。実際、余裕はなかった。

「軽はずみに動くと二の舞になる。そのせいで、大石はこんなことになったのかもしれない」

「たかだか検索ですよ。ウィルスに引っかかったって、被害は知れてますよ」

「大石もそう言ってたんだ」私は自分の記憶から、大石倉之助の声を引っ張り出し、顔をしかめる。「検索くらいで大したことがあるはずがない、と高をくくっていた」

「渡辺さんは、大石さんが検索をやったのと、今回の事件が関係していると思ってるんですか」

「工藤は関係ないと思っているのか？」

「現実的に考えれば、理性をもって推測してみれば、関係しているわけがないです」

言葉に窮した。工藤が言うように、現実的に考えると、理性を用いて推理すれば、自分の主張はとても飛躍しているように感じた。ただ、「それでも、検索はやめたほうがいい」と言わずにはいられなかった。

その時に、部屋のドアが勢い良く、開いた。ドアは激しい音を立て、百八十度回転したかと思うと壁にぶつかりすぐに跳ね返った。入ってきた男はその跳ね返ったドアをさっと避ける。男の横で閉じたドアがけたたましい音を発し、室内が揺れた。

私は、男を見て、口を開けた。まばたきもできず、狼狽を隠す余裕もない。

部屋に入ってきたのは、体格の良い、髭を生やした男だった。飄々と私を殴り、「爪はいずれ生えてくるんだから、人道的だろ」と爪を剝がそうとし、かと思えば、「あんたもあんなに怖い奥さんと一緒で大変だな」と妙な同情を浮かべ、さらには、「楽観とは、真の精神的勇気だ」とシャクルトンという名の探検家の言葉を引用する、あの男だった。

「どうして」私はかろうじて、口に出した。

「誰です？」工藤が、男をじっと見つめる。

「どうして、ここが？」

髭の男は表情を崩さず、ただ、親しげに手を上げた。やあ、と言わんばかりだ。社内でござるのに、とつぶやきそうになる。

18

先日、読んだネットマガジンに、「突然、職場に、借金取りや馴染みのキャバクラ嬢がやってきたらどうすべきか」という特集があった。さほど新鮮な情報はなかったが、今の私のように、突然、職場に物騒な拷問者が登場してきた場合という例はなかったと思う。

「どうして、ここが？」

彼がどういう方法を取ったにしろ、職場を探り当て、目の前に現われているのは疑う余地のない事実であるから、意味のある質問とは思えなかった。ただ訊かずにはいられない。

髭の男は色つき眼鏡に触れながら、「そんなの調べればいくらでも分かるよ」と首を揺するだけだった。一歩、二歩と歩み寄ってくるので、それに釣られ、私は窓に退く。

「逃げるなよ」

「君か？」私は背中を壁にぶつけた後で言った。

「君が、大石をはめたのか？」

口にした途端、私はあまり味わったことのない感情に襲われた。

どういうわけか頭に、無実の罪を着せられた上で代用監獄で取調べを受ける大石倉之助の心細そうな顔が浮かび、そうなるとその彼のやり切れない思いがまるで私自身のものにも感じられ、胃から胸、胸から喉へとぎゅっと締め付けられる狂おしい思いに駆られた。気づくと、「おまえか？　おまえが、大石を陥れたのか？」と声を張り上げていた。壁から背を離し、前にいる髭の男の胸ぐらをつかみそうな、その自分の勢いに私自身が驚いた。

つい数秒前まで、怯えた子羊さながらに、「君か？」と遠慮がちに問いかけていた私が、「おまえか？」と二人称まで変え、語調を強めたことに、さすがの髭の男も顔つきを変えた。とはいえ、もちろん、怖がった様子は微塵もなく、「へえ」と愉快そうに感心する面持ちだった。「へえ、どうしたんだよ、あんた」

「うちの大石の怒りが、乗り移ったのかも」私は怒声を上げたばかりであるのに、すでに冷静さを取り戻していた。「瞬間湯沸かし器」の表現がぴたりと来るような、突発的な感情の露出に自分でも当惑した。知らず、胸に手を当ててしまう。中に誰か、怒りっぽい何者かが、入り込んでいるのかとも思う。

「その、大石ってのは誰なんだ」髭の男は肩をすくめた。「俺は、あんたに会いに来ただけだぜ」

「渡辺さん、この人、誰です？」工藤がむくれ面で言ってきた。

「馴染みのキャバクラ嬢だよ」と思いつくがままに答える。工藤はくすりともしなかったが、髭の男は笑ってくれた。「最近、お店に来てくれないから、職場に来ちゃったわ」とふざけた台詞まで吐いた。いかつい体で言われると恐ろしい。

「残念だけど」私は話す。「わざわざ来てもらっても、意味はない。提供すべき情報もない。桜井ゆかりの行方は俺も知らないし、むしろ妻のほうが知ってるんじゃないのか。それとも、俺の驚いた顔をまた撮影しに？」

髭の男は両手のひらをこちらに向け、パントマイムでもするようにゆらゆら揺すった。「違う、違う。今日はそうじゃねえんだよ。あんたに教えてもらいたいことがあったんだ」

君に教えたいことならたくさんある、と私は言いたかった。他人を痛めつけてはいけないこと、爪を剝がすのは決して人道的ではないこと、私の前に現われても有意義ではないこと。

「ちょっと、何しに来たんですか」工藤がそこで強気の声を発した。突然、職場にやってきた男に戸惑いつつも、縄張りを荒らされた不快感があったのかもしれない。

髭の男が振り返った。一瞬の動きだった。まばたきの間に彼は、工藤の目の前に立ち、工藤の肩をつかみ、工藤の耳に自分の右手を近づけていた。

「それ、僕の」工藤が目を丸くし、呆然としていた。身体を固くしている。工藤のポケットに挿さっていたボールペンをいつの間にか奪い取っていた。キャップが可愛らしい熊の頭部の形になっている。

「大人がこんなファンシーなの使っていていいのか？」髭の男は言うが早いか、そのキャップを外した。「そうそう、ファンシーには、情夫とか愛人って意味があるみたいだよな」と私を見て、笑う。

ボールペンの先端を工藤の耳の穴の入り口近くに構えていた。今すぐにでも、刺し貫こうという体勢だ。

茫然自失で、恐怖に立ち竦んでいる工藤に、「ごめんね。彼と話があるのよ」と髭の男は微笑むと、持っていたキャップを指で弾くように、放り投げた。ファンシーなキャップは転がり、くるくる回りながら、ロッカーと壁の隙間に吸い込まれるように入っていく。

「ファンシーな愛人は、消えちゃったな」と転がるキャップを目で追い、髭の男が言う。

「キャップ、後でちゃんと拾ってくださいね」工藤は耳にペンを押し付けられ、明らかに危険な状態にいるにもかかわらず、その言葉だけははっきり口にした。

「そんなに大事なボールペンなのかよ」と髭の男が感心する。そしてその後で私に向かい、「おい、あいつら、何なんだよ」と言った。

「あいつら？」私は背筋を伸ばす。

「この間、お前の指を切ろうとしていた三人組だ。髪を七三に分けた、背丈が違う、三人いただろ」

「ああ、あの三人」つい数日前、家に帰る途中で私を取り囲み、「五反田正臣はどこに行った？」と問い詰め、白を切るなら指を切ってしまうぞ、と脅してきた三人組だ。「彼らは、あれ以降、見かけていないけれど」

「俺のまわりをちょろちょろしてんだよ」髭の男が顎を動かす。工藤を解放した。

「君のまわり？　ちょろちょろ？」

「何をするわけでもないんだけどな、気づくと近くにいやがるんだ。付け回してくるほどではないけど、俺を見てやがる」

「君のことを怒っているんじゃないかな」私が三人組に襲われた時、横から入ってきた髭の男は、三人組のうちの一人を痛めつけ、もしかすると指を切断し、追い払った。その腹いせに彼らが、髭の男に付き纏っているのかもしれない。そう考えると、驚く以上に愉快さも感じた。

「あいつら、何なんだ？　どこの奴だ」

「さすがの君も怖くなってきたんだ？」

髭の男はふっと微笑み、鼻の穴を少しだけ膨らませる。「怖かねえよ。ただな」

「ただ？」

「鬱陶しいんだよ。三匹が鼻先をぶんぶん飛びやがって、煩わしいことこの上ない」

「渡辺さん、いったい何の話なんですか」工藤がいつの間にか私の真横にやってきていて、ひそひそ声で訊ねてきた。「指を切るとか、付け回すとか。大石さんと関係しているんですか」

「いや、それとは関係ないんだ」私は説明をしながら、髭の男をじっと見やっていたがそこで一つだけ頭に閃くことがあった。「そういえば」

「そういえば？」髭の男が心なしか、身を乗り出してくる。

「その三人組と関係しているのかどうかは分からないんだけど」

「関係しているかどうかは俺が判断するよ」

「三人組は、うちの会社の先輩を探していたんだ。五反田正臣っていう。今は行方不明になってるんだけど」

「ふうん」と口を尖らせる髭の男はとぼけている様子ではない。やはり、会社のことと彼は無関係なのだろうか。

「で、その五反田さんがあの三人組を呼び寄せた理由は分かるんだ」

そうそう、それを教えてほしいんだよ、と髭の男は人差し指を指揮棒のように振った。それだよそれ、と親しい友人に言うようでもある。「あいつらをもっと俺に接近させねえと、叱ることもできねえし」

きっと、叱るとは言っても、口頭で優しく指導するたぐいのものではないだろう。

「検索をしたんだよ」私はできる限り、平静を装う。「『播磨崎中学校』という言葉と、『安藤商会』という言葉を並べて、検索をしたんだ。それから、『個別カウンセリング』って言葉も一緒に。そうしたら、あの三人がやってきた」

「検索って、ネットのことか」

「他に検索なんてないよ」私は言う。

「おい、もう一回言ってくれ、何て言葉だ？　あ、直接、書いてくれ」髭の男は着ていたジャケットのポケットからメモ用紙を取り出すとペンと一緒に私に突き出した。

私はそれを受け取り、三つの単語を書き留め、彼に戻した。

「渡辺さん」と隣の工藤が脇を突いてくる。

彼の言いたいことは分かった。つい先ほど、工藤がその単語で検索をしようとしたのを、私は強い言葉で止めた。「やめろ！」と言い、軽はずみに動くな、と偉そうに指示を出した。にもかかわらず、この髭の男に検索させようとしていることに疑問を感じたのだろう。いいんですか？と。

私は、「大丈夫、任せておけ」という思いを込め、小さく顎を引く。

髭の男はメモ用紙をじっと眺めていた。必死に漢字を覚える学童にも見え、彼に親近感を覚えそうになる。

「これで検索したら、あいつらが仕掛けてくるのか」

「たぶん」私はうなずく。実際、そうなる根拠はなかったし、あの三人組が検索の結果で出現したのかどうかも定かではなかった。ただ、それとは別の問題、「大石倉之助が事件に巻き込まれたのは、検索を行ったからなのか」という疑問を確かめるために、目の前の髭の男を利用するのは良い考えだと思えた。自分たちが試みるには危険だが、この男ならば大丈夫ではないか。

「そうか」髭の男は満足げに言う。「ここで、検索をしてもいいか？」とテーブルの上のパソコンを指差す。

「そうしたら三人組はここに来る。ここだと、君も自由にはできない」私は慌てて、言った。どうせ実験台となってもらうのであれば、彼自身の自宅でパソコンを使うのがもっとも分かりやすい。「パソコンは持っている？」

「後で、携帯電話でやってみるよ」髭の男が答える。「検索したらあいつらが現われるっていう仕組みが分からねえな。どんなシステムになってんだ。どうして俺の居場所が分かる」

それは私自身も理解してなかったのだけれど、「ネットで分からないことはない、と言うじゃないか。何でも分かるよ」と断定した。

「そういうものか」と髭の男がぼそっと言うのが、いつもの堂々とし、余裕に満ちた態度とは違い、新鮮だった。

別段、自分の立場が強くなったわけでもないのだが私はそこで、「検索する勇気はあるかい？」と訊ねた。

髭の男は一瞬、きょとんとした。自分が普段、繰り返している台詞であることにも気づかない様子だった。

「勇気はあるか？」私は少し大仰に、もう一度繰り返した。

「誰に向かって言ってるんだよ」髭の男は誇らしげに、かつ嬉しそうに唇を歪め、踵を返すと部屋から出て行った。

「あのな、もういいよ」と加藤課長から連絡があったのは午後になってからだ。

髭の男が帰った後、私と工藤はそれなりに仕事を続けた。もちろん、相も変わらずコンパイルエラーの原因は判明せず、発注元の株式会社ゴッシュとも連絡がつかないまま、さらには、たびたびネット経由で大石倉之助の事件の情報を閲覧していたため、何時間経っても、ほとんど作業に進展はなかった。このまま何時間、何日、何年かかっても、この仕事は永遠に停滞しているのではないか、と確信しそうになった。だから電話をかけてきた加藤課長が、大きく溜息をつきながら、「もう、その仕事やらないでいいよ」と言ってきた時には、ほっとする気持ちのほうが強かった。

「いいんですか？」と喜んでしまう。まったく動かないバスからようやく降りても良い、と許可をもらった感覚だった。

「いいも何も、先方がさっき営業に言ってきたんだよ。もう、その仕事はやめにしてくれって」

私から連絡を取ろうと努力してもまったく繋がらないにもかかわらず、どうして、あちらは簡単に営業部に話をしてこられるのか。納得がいかない。「納品できる状況じゃないですよ」

「いらねえんだとよ。金も全額払ってくれるらしい」お金さえ入ってくるのならまったく問題はない、と思っているのか、加藤課長の声にはどこか清々した様子が滲んでいた。「だから、その仕事場を片付けて、さっさと戻って来い」

「でも何で急に」

「そりゃ、あれだろ、先方も、陰湿な犯罪者ＳＥがいるような会社と仕事をしたくないんだろ。縁を切りてえんだよ、きっと」

「大石が犯人かどうかはまだ決まってないですよ」

「ニュース見ろよ。ありゃどこからどう見ても、大石が主犯だろうが。ネットに書き込んだ情報が突き止められてるんだからよ。通信アドレスも端末識別番号まで残ってる」

「逆に考えれば、そのアドレスと番号だけでっち上げれば、犯人に仕立てることは簡単ってことじゃないですか」私は頭に浮かんだ考えを発してから、そうだその通りだ、と自分で納得する。大石倉之助と埼京線の事件を結びつけるのは、ネットへの書き込み情報だけなのだから、そこを誰かがでっち上げた可能性はある。簡単にできることではないが、できなくはない。少なくとも、大石倉之助が犯人だと考えるよりは、想像しやすかった。

そこで、友人の井坂好太郎が自分のホームページが勝手にいじくられている、と嘆いていたのを思い出した。そんなことができるのか、と訊ねる彼に、私は、「おまえの家に忍び込んで、パソコンを操作するのが一番、簡単だ」と言った。もしかすると、大石倉之助の場合もそれではないか？　誰かが、彼の家に侵入し、そこから事件に関係する足跡を残した。可能性としてはゼロではない。

「あのな、犯人の人数、知ってるか？　四十七人だぞ。赤穂浪士と一緒で、でもって、主犯がオオイシクラノスケだなんてな、こりゃもう決まったも同然だろうが」

「できすぎですよ」

「発注元は仕事の打ち切りを申し出てきたんだ。渡辺、おまえが今からやることは、その作業場を片付けて、荷物の運搬を宅配業者に任せて、でもって、さっさとこっちへ戻ってくることだ。分かったか」

加藤課長は炎を噴く勢いでまくし立ててくる。私は受話器を耳から遠ざけ、向かい側に座る工藤に目をやった。彼も、詳細は分からないまでもおおよその用件は分かったのか、机の上の荷物を整理しはじめていた。

「工藤君については、じゃあ、今日までで契約を終わりにすればいいんですね」私は確認する。工藤は別の会社から派遣されているため、私たちの会社との契約が存在している。仕事の期間が短くなれば、それなりの報告や対応が必要となる。

「誰だよ、工藤って」加藤課長は面倒臭そうだった。

「ここで一緒に働いてくれているプログラマーですよ。派遣で来てもらって」

「ああ、いたのか、そんなの。五反田が使ってたやつだな」

私は、偉そうな上に無責任な加藤課長に不愉快な気分になる。受話器には拾われないようにちいさく、息を吐く。そこに、にゅっと手が伸びてきたので、はっとして顔を上げるとすぐ隣に工藤が立っていて、私から受話器を取った。

どうしたんだ、と驚いている私をよそに工藤は、「はじめまして、工藤です。あまりお役に立てずに申し訳ありませんでした」と加藤課長に挨拶をはじめた。

加藤課長が何か喋っているのは漏れ聞こえてくる。おそらくは、「おお、そうかそうか」と笑いながら答えているのではないか、とは想像できた。礼儀正しく、自分に敬意を払う喋り方をする若者のことが彼は好きだからだ。

私自身も、工藤のことを、行儀良く挨拶をする若者なのだな、と見直す思いだったが、しばらくしてから彼が、「そういえばですね」と言い出すので、おや、と思った。何の話をするのかと見守っていると工藤は、「最近、面白い出会い系サイトを見つけたんです。とっておきの」などと言いはじめた。「出会いすぎちゃうくらいに出会っちゃうサイトなんです」

慌てて私は電話を取り上げようとしたが、彼は身体を反転させて、避けた。そして、「ええ、そうなんです。『播磨崎中学校』と『安藤商会』で検索すると出てくるんですよ。面白いですよね。あとは、オプションで、『個別カウンセリング』と単語をつけると、サービスが増すそうです。ええ、そうなんです、それも一緒に検索したらどうですか？」と流暢に、彼がこんなに流暢に喋ることなどはじめて耳にした、というくらいに流暢に、喋った。「播磨崎」や他の名前の漢字まで丁寧に教えていた。つまり、加藤課長は、工藤の話に興味を持ったのだろう。

電話を切った工藤に私は、「何てことを」と非難口調で言った。

「だって、何だか偉そうで腹立たしいじゃないですか、あの人。悪戯ですよ」

「悪戯では済まないかもしれない」

「たかだか検索じゃないですか。それに、渡辺さんも、今日来た、変な髭の人に教えてましたよね」

「彼は特別だ」

「今の電話の課長さんも特別っぽかったですよ。嫌な上司の見本、って感じで」

「確かに見本ではあるけれども」私は口ごもりつつ、不安になる。が、そこですぐに加藤課長に電話をかけ直し、「今の検索云々のことは忘れてください。試そうとしたら駄目ですよ」と訴えなかったのは、やはり心のどこかで高をくくっていたのかもしれない。

　三日後、二つの重大な出来事があった。

　大石倉之助が証拠不十分で釈放され、加藤課長が自宅で自殺した。

19

　生き物は死ぬ。でも、加藤課長以外。本気でそう信じていたわけではないけれど、心のどこかでそんな印象を持っていた。体格が良く、病気や怪我からは明らかに無縁で、ストレスといえば、受けるものではなく与えるものとしか思っていない節がある上に、物事にはたいがい大雑把にしか向き合っていなかったから、事故に遭うような繊細な確率からは相手にされていないように見えた。

だから、たとえ生き物の死に至る確率が百パーセントであっても、加藤課長だけはそこから除外されるのではないか、除外されてもいいんじゃないかと思っていた。

が、まさか、加藤課長夫人までもがそう考えていたとは意外だった。

「人間はみんな死ぬんでしょうが、うちの夫だけは違うと思っていました」

加藤課長が亡くなったのは深夜で、発見されたのは翌朝、つまりは今日の朝だったらしい。すぐに大学病院に運ばれ、検死解剖が行われ、夕方には自宅に戻ってきたのだという。

通夜に行った私は焼香をし、斎場のトイレに寄って、外に出たときちょうどこちらに歩いてきた夫人と遭遇した。加藤課長夫人はとても小柄で、線が細かった。

このたびはご愁傷様でした、課長には本当にお世話になりました、と頭を下げると彼女は、「主人の職場の方?」と言った。それなりの疲労は滲んでいたが、悲愴感や孤独や寂寥はどこにもなく、むしろ、きつい部活動の練習を終えたかのような清々しさが浮かんでいた。

「あまり、職場の方は来ていなかったみたいですね」と彼女が言うので慌てて、「そんなことは」と曖昧に返事をした。弔問客の中に、仕事の取引先や関係企業の知人の顔は見受けられたが、会社の人間の姿があまり見えなかったのは、私も気づいていた。「たぶん、連絡が行き届いていないのでは」

「いいのいいの。あの人、好かれてたわけがないんですから」彼女はとてもあっけらかんとしていた。「先ほど、吉岡さんという方が来られていましたが、一般社員ではその方くらいですよ」

「あ、ヨッシー」私は反射的に言い、慌てて口をつぐむ。

「ヨッシー」と彼女が微笑む。

加藤課長の秘事を知っているから、ヨッシーこと吉岡益三は首にならずに済んでいる、という話を思い出してしまう。彼が通夜に来ているのにはそれが関係しているのだろうか。

「これは本気で言うのですが、きっと、加藤課長が死んだなんて、みんな、信じられないんですよ」

するとと彼女は、微笑んだ。夫を亡くした当日の妻とは思えない笑みで、私は少し、居心地が悪くなる。「人間はみんな死ぬんでしょうが、うちの夫だけは違うと思っていました」

私も思わず、うなずく。「しかも、自殺なんて」

「自殺するような人だったら、もっと好きだったんですけど」冗談なのだろうが、彼女はひどく真剣な顔だった。

自殺のニュースを見るたびに私は、「よく自殺できるものだな」と感心する。それはもちろん、賞賛や憧憬ではない。皮肉でもない。人間をはじめ生物というものは、生き残っていくことを目的としているのだろうから、それに逆らい、自らの命を絶つには相当な決断が必要なのではないか。もちろん私も自分の生活が苦しい状況に陥ると、たとえば、大量の仕事を押し付けられたり、もしくは、妻の尋常ではない行動に恐怖を感じたりすれば、「死んだほうがいいのではないか」「死んだら楽になるかもしれない」と思うこともある。が、実際に、「死のう」と思い決めるところまでは至らない。せいぜいが、「今、隕石落ちてきてもいいかもな」であるとか、「どこからか爆弾が落ちてきてもいいかもな」であるとか、他力本願ともいえるリセット願望に思いを馳せるのが関の山だ。自分でどうこうするつもりはなかった。

勇気はあるか？　ここ最近、私の前に現われる髭の拷問者が口にする台詞を思い出す。

自殺する勇気はいったいどこから湧いてくるのだろうか、私には分からない。

「主人が原因で自殺する人はいるかもしれませんが、主人自身が自殺するなんて信じられないです」と加藤課長夫人は言った。

その通りです、と言うわけにもいかない。迂闊に同意した途端、「何が、その通りだよ、渡辺！」とどこからか加藤課長が出現する恐怖すらあった。

「何か妙なところはありましたか？」と本題に入る。加藤課長の死について、自分が関係しているのではないか、と不安があった。数日前に私と一緒にいた工藤が、『播磨崎中学校』と『安藤商会』で検索をかけてみてください」と加藤課長を唆した。加藤課長は果たして、実際にネットで検索を行ったのか。そのことが彼の自殺と関係があるのではないか。

「家でパソコンとか、いじくっていませんでしたか」私は回りくどく、自然に質問をぶつけるつもりだったが、口から出たのは不自然極まりない台詞だった。

ああ、という顔で加藤課長夫人が口を開いた。背中の痒いところを搔かれた、もしくは搔かれてみたら痒いところだった、という様子で、「あの人の部屋のパソコンつきっぱなしだったんですよ、今朝」と言う。

「何か、画面に映っていましたか」

「それが」

「もし、言いづらいようなことでしたら、結構ですから」

「そうじゃないんですよ。いくつもホームページが開いていたので、どれからお教えしようかと悩んでいたんです」

「いくつも？」

「いやらしいサイトもあれば、自殺についてのサイトとか」

「自殺について？」いやらしいサイトよりはそちらのほうが断然、違和感がある。

「自殺したいって人がいろいろ悩みを打ち明けたり、一緒に自殺をしようとか相談したりする掲示板があって」

「昔からありますよね、そういうのは」

そういったサイトと加藤課長の性格が結びつかなかった。彼がそういったものに関心があるとは考えにくかったし、熱心に読むとはもっと信じがたい。いくら自殺を前にしていたところで、他人の反応や他人の意見を参考にするようなタイプではない。やるなら、自分でやる。

「何で、そんなサイトを」

「他にもあるんですけど」と言ったところで加藤課長夫人は、「あ、もしかすると」と声を高くした。「一日くらい前に、主人が珍しく、わたしを自分の書斎に呼んで、言ったんですよ、変なメールが送られてきたって」

「変なメール？」

「見たら、いろんなサイトのＵＲＬが書かれていて、わたしはどうせ、怪しい宣伝メールじゃないですか、って返事をしたんですよ。クリックはしないほうがいいですよって。でも、あの人が言うには、昔の得意先の人のメールアドレスからららしくて、気になったみたいで」

「加藤課長はクリックしそうですね」

「あの人は絶対にクリックしますよ」

もしかするとそのメールは、「検索」によって送られてきたのではないか？　理屈は分からないが、「播磨崎中学校」と「安藤商会」など特定のキーワードで検索をする人間に対し、何らかの攻撃が行われているのだと仮定する。五反田正臣は攻撃を察知し、どこかへ逃亡し、大石倉之助の場合は、ある事件の犯人に仕立てられた。加藤課長の場合は、自殺したくなるようなメールが送られてきた。そうは考えられないだろうか。

「そうそう、それからひどいんですけど」加藤課長夫人が顔を引き攣らせつつ、頰を赤くした。「猥褻画像というんですか。わたしの写真とかが載ったページもあって」

彼女は照れを見せたものの、どちらかといえば淡々とした口ぶりだった。そして、加藤課長のパソコン画面に立ち上がっているホームページの一つに、「あなたの妻は浮気をしている」と告発するようなテキストとともに、加藤課長夫人の猥褻画像が載っていた、と説明した。初対面の私にそんな赤裸々なことを喋るとは、きっと彼女も平気に見え、実は精神が混乱しているのだろう。

「嫌がらせでしょうね、課長に対する」私は動揺を抑え、言う。「そういうデマを読ませたかったんですよ。奥さんが浮気している、って脅したかったんですよ」

「まあ、デマじゃないんですけどね」加藤課長夫人は即座に言い、その時ばかりは明朗快活、恋多き女子高生の顔になり、てへへ、と笑い、私をさらにたじろがせた。

「わたしが浮気をしているのは本当でしたし、その写真も本物だと思うんですよ。どこでどうやって、誰が撮影したのか」

「なるほど」かろうじて、そう答えた。そして、加藤課長はその、妻の浮気の証拠ページを見せ付けられ、自殺に踏み切ったのだろうか、と想像したが、そんなことで死ぬような人ではないのだ、とも思った。いや、もちろんそれが原因で自殺した可能性もあるのかもしれないが、加藤課長の精神はそれほどやわではないと思う気持ちもあった。

どこからか加藤課長夫人を呼ぶ声がした。

私はもう一度、頭を下げ、その場を後にした。

マンションに帰ると、ダイニングテーブルの上に、妻の書き置きがあった。「なかなか顔を合わせられず、残念ね」と綺麗な字で書かれていた。その隣には、カレイの煮付けと野菜の胡麻和えと、彼女のオリジナルと思しき、海老やチーズを挟んだ春巻きのようなものが置かれてあった。

服を着替え、妻の作った料理を電子レンジで温めて、食べはじめる。

加藤課長が死んだ。しかも、自殺だ。

人は見かけによらないものだ、と思う以上に、自分は本当に他人のことが分かっているのだろうか、という疑いが強くなる。絶対に死なない生き物だと決め付けていた加藤課長が、自殺をするくらいなのだから、自分の他人に対する認識にはどこか誤りや偏りがあるのではないか。

箸で摘んだ、魚の身を目の位置に掲げ、見るとはなしに見た後で、食べる。「わたしはこう見えても、家庭的で料理が好きなんだよね」とは結婚前の彼女の言葉だったが、確かに妻の佳代子はああ見えて、料理が得意だった。ああ見えて？　それもやはり、先入観やイメージの問題だった。

目の前のカレイは本当にカレイなのか？　この美味しいという感覚は本当なのか？　これは箸なのか？　疑いはじめると、自分のいる場所すら危うくなる。

携帯電話に着信があった。「大石倉之助」からだと分かり、すぐに出た。

「渡辺さんですか」電話からはまさに大石倉之助の声が聞こえてきた。

「今、どこだ」

「釈放されたんです。証拠不十分で」

「そりゃそうだよ。おまえがやったわけがないんだから」

大石倉之助が黙った。どうしたのかと気になったが、やがて、嗚咽としゃっくりが
まざるような泣き声が聞こえてきた。おい、大石、大石倉之助、と呼びかけるが、泣
き声はやまない。おい、大石、殿中でござるぞ、電話中でござるぞ、と言いたくなる。

「僕があんな事件を起こすはずがないですよ」としばらく経って、彼が言う。

「そりゃそうだよ」

「信じてくれたの渡辺さんだけですよ」

「警察だって信じたから、釈放したんだろ」

「たまたまですよ。あの日、休みだったのでほとんど家にいて、近くのコンビニには行ったんですけど、そこの監視カメラにも映っていなくて」

「アリバイが証明できなかったんだな」

「そうです。はなから僕が主犯だと疑っていたみたいで。連日、罵倒されて。おぞましいくらいのことを言われて、椅子を蹴られて」

「よく耐えたな」と私は本心から感心した。

「一応、忠臣蔵も我慢のドラマですから」大石倉之助はそう言うと、また、ひっくひっくとしゃくり上げた。「このままだともう嘘でもいいから罪を認めて楽になりたいな、と思ったんですけど、今朝になって、証拠が出てきたんです。事件当日にコンビニの向かい側のケーキ屋に取材が来ていたみたいで、その写真に僕が写っていて」

「ついてたじゃないか」声を大きくしてしまう。

「救われました。それで、さっき釈放されてきたんですけど」

「今、家なのか？」

「ホテルです。自宅はたぶん、ひどいことになっている予感があって。ほとんど犯人に決定されていたから、顔写真とか出回ってますよね」

「ああ」私はテレビのニュースやインターネットの情報を思い返す。「だな。あることないことも取り揃えて、一式、公開されてるよ」

「自分のマンションとか悪戯されてるかもしれないですし、耐えられそうもないんで」大石倉之助は弱々しく言い、その声が消え入りそうになったところで、「あ、渡辺さん、仕事のほうは大丈夫ですか？」と訊ねてきた。

本当に生真面目な男だ。仕事のことどころではないだろうに。私は、結局、あの仕事は発注元のゴッシュの要望で中止になったから気にしないでいいぞ、と伝える。

「ああ、そうですか」大石倉之助はぼんやりとしている様子だ。「あの、しばらく、休んでもいいですか」

「もちろんだ。日頃、休めていないんだから、こういう時にこそ大型連休を取っちゃえよ」

「加藤課長に怒られないですか？　というよりも、今回のことで、僕、首にならないですかね」

「大丈夫だ」私は根拠もないのに、言い切った。「加藤課長もしばらく会社に来ないから」

「どうしたんです」

「病気じゃないかな」と咄嗟に事実を偽る。

ひっ、と大石倉之助が驚きの呻きを上げた。「加藤課長が病気になるなんて」

「だよな」

病気になったくらいでそれほど驚くのであれば、加藤課長が自殺したんだよ、と伝えたらどんなことになるか想像もできなかった。

じゃあゆっくり休養を取れよ、おまえは無実なんだからな、と私は繰り返し、電話を切る。切った後で、彼が検索を行った際の状況について質問すれば良かったと思った。携帯電話のボタンに指をかけたが、そこで電話がかかってきた。

発信者の名前を見ると同時に私は腹筋に力を入れ、覚悟を決め、電話に出る。「君は料理が上手い」とまず言った。

「でしょ？　わたし、こう見えて、料理が上手なの」妻の佳代子の声はやはり、艶がある。

「うん、とても美味しい」それは本当だった。

「で、どう、目が覚めた？」

「目が？　起きているけど」

「目覚めたの？」

「何か能力が覚醒したか、ってことかい」

「どういうことそれ。何となく今、あなたが眠っているような気がしただけよ」

「前に課長が言っていたんだ。人間は窮地に立つと新しい能力が開花するんだって」

「漫画とかにありそうだけど」

「漫画の話なんだよ」

「ふうん」と佳代子は言った。「あのさ、わたしが雇ったお兄さん、いるでしょ」

「ああ、彼なら数日前にも会ったよ。俺の職場に突然、現われたし」

「職場に？　どうして」

「仕事の話ではなかった」

「へえ。あのさ、わたし、あのお兄さんとは少し前からの知り合いでね」

君こそ浮気をしているのではないか、という軽口は我慢する。

「千葉に住んでるんだけど、ネットニュースの記事を見たら、燃えちゃったんだって」

「燃えちゃった？」私の声は裏返る。

「あのお兄さんの家が放火にあったんだって。誰だか分からない遺体も発見されてるけど。怖いよねえ。だから、何だかあなたが心配になっちゃって」

私はしばし言葉を失った。

髭の男の家が燃やされた？

どうしてなのか、と首を捻ると同時に、すぐにある考えが頭を過ぎる。

検索のせいか？

私の周囲で、特定の検索に関係したと思しき人間に、次々と変化が起きている。

五反田正臣は失踪し、大石倉之助は卑劣な犯人の濡れ衣を着せられ、加藤課長は自殺した。髭の男は家を燃やされた？　そういうことなのか？

20

おまえ、あいつのことが嫌いとか言ってたくせに、実は好きだったんじゃねえのか。

子供の頃、同級生の女の子が転校することになった際、そんな囃《はや》し方をされた覚えがある。

おまえ、あいつに指の爪を剝がされかけていたけれど、実は好きだったんじゃねえの？

今、私は自分自身に対し、半ば揶揄するような思いで、そう訊ねたい気分だった。髭の男の身に何かあったかもしれない、と分かり、自分が予想以上に動揺していたからだ。

佳代子から電話で知らされた後、私はすぐにパソコンを起動し、ニュースの検索を行った。ニュースサイトから、火事や千葉などのキーワードを使い、探せば、該当の記事は簡単に見つかった。

千葉の住宅で火事。不審火の疑い。遺体が発見されている。身元については調査中、とある。アンカーをクリックしていくと該当の地図や担当の警察署まで次々と表示されるが、さほど必要なことは載っていない。平屋の日本家屋で所有者の名前は、岡本猛《おかもとたける》となっていた。それがあの髭の男のことであるのかどうかは分からなかった。ただ、猛々しいイメージは似合ってもいるから、名前として違和感はない。

身元不明の一遺体、記事にあるその文言を眺める。現実味が感じられない。

別のニュース記事をぼんやりと読んでみる。海外で活躍するサッカー選手やバスケットボール選手の華やかなニュースとともに、ひときわ大きく、永嶋丈の文字もある。「永嶋丈、新党結成か？　次の衆議院選挙を見据え？　防衛省の亀裂が表面化か？」

疑問符が三つもつく見出しに、手抜きをされたような不愉快さを感じる。ようするに、永嶋丈が現在の与党の若手を引き連れ、新党を結成する動きがあるらしい、というそれだけのことなのだろう。永嶋丈は現在の青年訓練制度、徴兵制については不満を抱いているため、そのことによる与党内での分裂がきっかけらしい。永嶋丈を支持するかしないかという選択を迫られる局面になれば、防衛省内の派閥や思想の違いが表面化するのかもしれない。

与党の支持の大半は、永嶋丈の人気のおかげなのだから、もし新党など作られてしまったら残された与党議員にとっては相当な損害になるはずで、いったいどうするつもりなのか。私は一面識もない与党議員たちを心配した。

それから私は、忙しい時にはあまり見る余裕もなかった、芸能界のニュースであるとか音楽の情報であるとかを閲覧した。十二歳の少女が本格的なロックバンドを結成し、アメリカに長期遠征に行ったのだが、法律的に違反していることが判明し、お咎めを食らった、というニュースを読みながら、へえ、と思ったが、その少女の名前が、犬養鏡子とあることから反射的に、犬養首相という名前を思い出した。先日会った若者が、「徴兵制を改善しましょう」という内容のビラを配り、犬養首相の言葉をしきりに引用していたことが身近な記憶にあったせいだろう。「犬養首相」の名前で検索を行い、あちらこちらの情報サイトを読んでもみた。そういえば、十代の頃、日本史の授業でこのへんがテストに出たもんだよな、と考えていると、いつの間にか眠くなっていた。


朝起き、携帯電話に届いていたメールを読んだ。受信のランプがついているのが目に入ったからだ。占い配信サイトからのメールで、例によって、「安藤拓海さんの今日はこんな感じ」と馴れ馴れしさと曖昧さを兼ね合わせた一文が最初にある。

「安藤」私はぼそっと呟いた。

これは、占い配信サイトに登録する際に、私が入力した偽名だ。本名の渡辺拓海のまま情報を入れることに抵抗があり、その場で思いついたものだ。

「安藤商会」と言ってみる。

これはこれで奇妙な符合だった。今、私の周囲で、何らかのトラブルに巻き込まれた人間は、「播磨崎中学校」と「安藤商会」について検索を行った者たちだ。その、恐ろしい禁句とも言える「安藤商会」の名前を、自分が占いサイトへ登録する偽名に使っていたとはどういうことなのか。

そもそも、私が安藤という名前を使おうと考えたのは、本当に、隣の大石倉之助の餡ドーナツを見たことによる、餡ドーナツ↓アンドー↓安藤なる駄洒落的な連想だけが理由なのだろうか？　それ以外にも、何か意味があるような気がしてならず、そう思いはじめると、根が単純で、暗示に弱い私は、自分にとって安藤という名が強い関連のあるものにしか考えられなくなる。そういえば、安藤潤也の文字列を見た時に記憶が刺激されたことも思い出した。

首を傾げながら、携帯電話を操作し、文章を読み進める。「三人寄れば文殊の知恵ですよ、絶対」と書かれていた。

ことわざを持ち出されて、「絶対」と断言されたところで途方に暮れるほかなく、これはもうすでに占いではない、と苦笑した。

寝巻きのまま顔を洗い、もう一度リビングに戻り、携帯電話を見る。この占いメールに何度か窮地を救ってもらったことがあったのは確かだ。

三人寄れば文殊の知恵。

三人とは誰のことだろうか。

テレビをつけ、食パンを齧りつつ、考えてみる。自分のまわりに三つの特定の点を見つけ、線で結び三角形を作ればそれなりに作れなくもない。

まず、私と佳代子と桜井ゆかり、だ。私と佳代子は夫婦関係にあり、私と桜井ゆかりは不倫関係にある。佳代子と桜井ゆかりの間柄は、呼び名は分からないが少なくとも敵対関係にはある。佳代子は、私と桜井ゆかりの関係に気づき、桜井ゆかりを海外から呼び戻した。桜井ゆかりはその直後、結婚すると宣言し、姿を消した。妻の佳代子が、桜井ゆかりに何らかの脅しをし、姿を消させたのではないか、と私は思っているが、それにしても桜井ゆかりの失踪は不自然だった。

三人寄れば文殊の知恵ですよ。

私と佳代子と桜井ゆかりで集合しろと言うのか？

現実的ではなかった。

では、私と五反田正臣と大石倉之助ではどうだろう。同じ会社の、先輩後輩という三人組だ。五反田正臣は仕事を投げ出し、失踪し、大石倉之助は無実の罪を着せられそうになった。どちらにせよ、この三人で集まるのも、五反田正臣の居場所が分からないのだから、実現性は低い。

私と工藤と大石倉之助、という組み合わせも思いつく。一緒に、株式会社ゴッシュから発注された仕事をやった三人だ。正確には、やろうとした結果、成し遂げられず、仕事をキャンセルされた三人だった。

この三人で集まれば文殊の知恵？

つい最近まで、散々会っていたというのに？　どうもそうとは思えない。

これは発想の転換が必要だ、と思ったところで、「あの三人組？」と閃いた。五反田正臣の行方を聞き出すために私の前に現われ、髭の男に撃退された、七三分けの三人組の若者だ。大中小と区別をつけるかのように、背丈がばらばらだった、あの三人だ。

彼らに会えばいいのだろうか、と携帯電話のメールを眺めながら考えるが、三人組に私が会えば、全部で四人になってしまう。

三人寄れば文殊の知恵、という諺はそもそも、「三人限定」であるのか、「三人以上であれば多ければ多いほど」という意味合いであるのかどちらなのだろうか。

携帯電話をいじくり、テレビを観る。ワイドショー番組が映っている。事件現場を立体的に再現したCG画面の中を、コメンテーターたちがうろつきながら、好き勝手な発言をしている。その場所は東京湾のようだった。「身元不明の遺体が発見されました」という声も聞こえる。

「そういえば、今日は休みか」

後ろから声がした時、私はそれが自分の内なる声にしか思えなかった。時計を見ると朝の九時前だ。「そうだね、仕事も打ち切りになったし、ちょうどいい休みだ」と調子を合わせるように答えた。

「今日の予定は決まっているか？」背後の声がいっそう耳の近くで響き、それが自分ではない別の人間の発した声だと気づき、私は飛び上がりそうになった。座りながら、宙に浮くかと思ったが、その身体をぐいっと羽交い絞めにされる。短く呻くのが精一杯だった。

相手の顔は、私の後頭部のすぐ脇に押し付けられていたので見ることはできなかったが、誰であるかは把握ができた。

「君は、無事だったのか」首を捻る。男が、くくっと声を漏らした。「あんたさ、俺のこと好きなのか？　片想いの女の子が転校しなくてほっとしているような声だ」

何と返事をしたものか悩み、言葉を探した。正面のテレビの画面が目に入った。漁船の泊まる港のような場所で、警察がシートを張り、遺体の引き上げ作業をしている。遺体は二人分らしい。

「いつからこの部屋に？」

「夜だ。あんたが寝てる間に入ったんだけどな、いつの間にか眠ってた。疲れてたのかもしれないな、俺らしくもない」

「電話をくれれば良かったのに」私は口にした後で、これこそ、好きな女の子にかけるような言葉だな、と赤面しそうになる。

「俺の携帯電話を使うと、もしかすると警察が居場所を見つけてくるかもしれないだろ」と彼は言い、「だから、直接来ちゃった」と乙女にも似た言葉をぶっきらぼうに発した。

「いったい、何があったんだ」

「あんたがこの間、教えてくれた通りに、ネットで検索ってのをやってみたんだけどな、あれはまたどうなってるんだ」

「どうなったんだい」

「どうなったんだい、とはまた無責任だな」

「当てようか。君の家が燃えちゃったとか」

お、と相手が感心しつつも嬉しそうに言った。「お、知ってんのかよ」

「妻が教えてくれた」

「ああ、あんたの奥さん、俺の住所を知ってるもんなあ。そうなんだよ、俺の大事な平屋が放火された。順を追って話せば、まず深夜に、あの三人組が飛び込んできたんだけどな」

「例の、七三分けの三人組。会いたがってたからちょうど良かったじゃないか」

「そうだな。思う壺って言えば思う壺だったな。深夜に三人、俺の寝首を掻こうってつもりだったんだろうな。凄かったぜ」

彼が、私を後ろから羽交い絞めにし、がっちりと動かなくしたままでいる状態が続いていた。

「凄かった？」

「武装がだよ。叩いてきやがって。俺を縛って、家に火を点けやがった。生きたまま、燃やすってのはあまり品があるとは思えねえし、俺だってそんなにやったことねえってのに」

そんなに、という表現に私は苦笑せざるを得ない。やったことはあるわけだ。

「で、君は」

「縛り方が甘いんだよ、あいつらは。三人いればどうにかなると高をくっていたのかもしれないけどな」

「三人寄れば文殊の知恵」

「似たような奴が三人集まったって同じだ。一が三になる程度だ。だろ。俺はな真似が上手いんだ」

「真似って誰の真似？　有名人？」

「死んだ真似だよ」彼は平然と言う。冗談ではないようだった。「少しの間なら、ほとんど息してないようなフリもできるぜ」

「そんなことが？」

「やろうと思えば、脈だって止められる」

「馬鹿な」私は笑い飛ばす。「それは本当に死んじゃってるじゃないか」

「薬があるんだよ。ロミオも飲んだやつだろ、きっと」

「ロミオってどのロミオ」

「まあ、とにかくだ、死んだ真似した俺を見て、あいつら油断したわけだ。そこを突いて、俺は一人倒して、後の二人を連れ回した。あいつらがどこから来たのか、目的は何なのか知りたくてな」

彼の燃えた自宅から発見された、身元不明の焼死体とはその倒された一人か。「痛めつけて何かを聞き出すのは、君の得意分野だ」

「まあな」

「何か聞き出せたのかい？」その三人組は、検索のことやゴッシュのことについて説明をしてくれたのか？

背後で、髭の男がかぶりを振るのが見えるようだった。「それが、さっぱりだ。あいつら何も知らなかったな」

半ばそうではなかろうか、と思ってはいたものの落胆はした。私は小さく流れてくるテレビの音にも神経を向ける。ワイドショーでは、東京湾で見つかった遺体に様々な傷跡があり、そのうちの一人の指は欠けていた、とアナウンサーが告げている。

「で、その二人は？」

「無事におうちに帰した」

「東京湾の？」テレビを観る。この遺体となった二人が七三分けなのは間違いがないように思えた。

「あんた、詳しいなあ」

「あの、三人は何も知らなかったのか」

「俺は一応、誰かの情報を調べるのが得意なんだ。そいつの職場から、家族構成、親類縁者、預貯金額から趣味嗜好まで」

「そういった情報が、その相手を脅す時、拷問する時に有効だから？」

「そうだな。天敵を探すんだ」

天敵の意味が分からず、私は少し考えてしまう。

髭の男の声がまた、聞こえてくる。「あいつらには変わったところはなかった。三人とも同じ大学出身で、同じアイドルのファンだった。だけど、俺を何で襲いに来たのかと言えば、『仕事として依頼されたから』の一点張りでな」

「白を切っていたのではなく？」

「あれだけ俺に痛い思いをさせられて、まだ、白を切っていたなら、たぶん、来年あたり、あいつらの本が出るよ。偉人伝が」

私の頬は、淡々と喋る彼の台詞にいちいち引き攣ってしまう。「そういえば、君は、安藤という名前を知っている？」

「安藤？　ああ、あんたがこの間、言ってきたのも、『安藤商会』だったじゃねぇか。あれが関係しているのか？」

「自分でも分からないんだけれど」友人に相談しているようで、自分でも滑稽だった。「安藤という名前に何か、聞き覚えがあるような気がするんだ。まあ、珍しい名前じゃないから、聞き覚えがあってもおかしくないんだろうけど」

「お祖母さんの旧姓」

突然、飛び込んできた髭の男の言葉が、耳元で、ぽっと点灯するようにも思えた。

「え？」私は顔をさらに捻った。彼のほうも力を緩めていたのか、楽に身体が動き、髭が見える。

「安藤って、あんたの母方のお祖母さんの旧姓だろ」

「何でそんなことを」言われてみればそうだったかもしれない。

「さっきも言ったけどな、俺は、仕事を受けたらそいつの親類縁者の情報くらいは頭に叩き込むんだよ」

私は急に頭で、卵が孵ったかのような感覚だった。状況が把握できず、雛がきょろきょろとしているだけで、何も考えられない。

「そうか」と私は言う。「一応、安藤という名前に意味合いはあったんだな」

「それが、どうした」

「よく分からないけど、おい、大丈夫かよ」

「ちょっと、これから外で話さないか」気づくと私は口に出していた。

髭の男は爆笑した。「お願い、転校しないで、ってくねくねしてくれるのか？　そんな感じだぞ」

私は、彼のからかいを聞き流しつつ、先ほどのメールを思い出している。三人寄れば文殊の知恵、だ。「あと一人、呼ぶから、どこかで話を聞いてほしい」

髭の男は黙っていたが、断る気配はなかった。私は落ち合うべき場所と時間を一方的に告げ、とりあえず一度、外に出てくれと頼んだ。彼は、無許可であがり込んでいた居候とでもいうような物分りの良さで、「オッケー」とすぐに出て行った。

私はすぐに別のところへ電話をかけた。妻にすべきかとも思ったが、妻と髭の男では同じ種類の人間に感じられ、できるならば、まったく別のタイプの人間がいたほうが、一が三にならず、十もしくは文殊の知恵に変化してくれるのではないか、と期待が持てた。

電話に出た相手が明らかに寝ぼけている声だったので私は、「おめでとうございます。このたび、第一回日本文学賞にあなたの作品が選ばれました」と言ってみた。

井坂好太郎は、「本当ですか！　ありがとうございます」と聞いたこともないような純粋な声を発した。

21

いびつな三者会談がはじまる。

中学生の時の、進路に関する三者面談を思い出した。その日、どういうわけか学校に現われたのは隣の家のおじいさんで、どうしたのかと訊ねれば、私の母親が急に盲腸炎で病院に運ばれたのだという。それならば、三者面談も延期すれば良かったのにと思っていると今度は、担任の女教師もが盲腸炎で倒れ、やはりそちらも代役として教頭先生が登場してくることになった。日頃、接点のない教頭先生と私と隣のおじいさん、という支離滅裂な三者面談が行われ、私の進路に興味もなければ責任もない二人と曖昧な会話を交わした。

あの三人組も奇妙だったが、今のこれもかなり、変な組み合わせだった。

午前中からいい年をした男三人が喫茶店に集まるのはあまり気持ちのいいものではなく、どちらかといえば、気持ちが悪いものに分類されるほかないのだが、円形のテーブルに、それぞれが正三角形の頂点を担当するような形で、等間隔に離れ、座っている。

店内は流行りの透明素材で統一されており、床から壁からテーブルから椅子からすべてが透き通っている。そして、透明の壁には時折、車が突っ込んでくるような映像が流れるため、慣れるまでそのつど、ぎょっとした。

無理やり私に呼び出された井坂好太郎は不機嫌で、「いつになったら、女性陣が姿を現わすのだ」とむくれていた。

「これは合コンじゃない」と私は言う。合コンでもないのに、男同士が三人以上で集まるなんて奇怪極まりない、と思っているのだろう。

「逆転の発想ってわけか」井坂好太郎が言う。

「普通の発想だ」

「この男は誰だ？」と私の左隣に座る髭の男が訊ねてくる。

「彼は、俺の友達で、小説を書いている井坂好太郎というんだ」私は説明をした後で今度は、「こっちは俺の奥さんの知り合いで」と髭の男の紹介をする。友人に恋人候補を紹介するかのような妙な雰囲気だった。「名前は？」

「岡本猛」髭の男が言う。彼の家が放火されたというニュース中に出ていた氏名と同じだった。

「仕事は？」

「暴力を振るう」と髭の男、岡本猛は正直に答えた。井坂好太郎が、私に視線を、「こいつ、頭おかしいの？」と言わんばかりに向けてくる。私は嘘で取り繕うのも面倒だったので、「暴力業の人」と続けた。井坂好太郎はいつも通りの、人を見下したかのような目つきで、ふん、と鼻を鳴らした。「暴力業ねえ」

そこで私は正直に打ち明ける。自分のまわりで起きる様々な出来事にまいっていたこともあり、段階を踏んで自然に相談する、などという余裕はなかった。

「井坂にはこの間も話したけど、俺のまわりで変なことが立て続けに起きているんだ」

「例の、ネット検索のことか。おまえの後輩、やっぱり被害が出ただろ？　俺の言う通りだっただろ」

「俺も検索した」岡本猛が口を挟んでくる。私や井坂好太郎に比べるとかなり若いはずだが、彼が一番大人びているようにも見えた。

「無事だったのか？」井坂好太郎が何かを疑うように言う。

「家が燃えた」岡本猛が答える。

井坂好太郎は一瞬、唖然としていたがすぐに、得心《とくしん》がいったという様子で、「なるほどね」と答えた。「で、女性陣、遅いね」とも言う。

「その三人組はいったいなんだったんだ？」

私の話を一通り聞き、岡本猛の放火とその焼け跡から発見された一つの遺体、それから、東京湾に浮かんだ二つの遺体のことを話し終えると井坂好太郎が面倒臭そうに眉を寄せた。「その、おまえにやられちゃった、しつこい三人組はどういう奴らだったんだ？」と岡本猛に向かって、下唇をぬるっと出す。

「あいつらはただ、単に、俺を痛めつけようとしただけだった」

「何のためになんだろう」と私は訊ねる。

「そういう仕事なんだろうな」岡本猛がストローで緑の液体を吸う。氷をかき混ぜる音が、からからと響きを立てた。「たぶん、俺がやった検索があるだろ。ああいうことをやった奴のところに出向いて、痛めつけるのが仕事なんじゃねえか」

「五反田さんのことをあいつらは探してたけど」

「その五反田ってのも何か、検索したんじゃないのか」岡本猛は当然のように言ってくる。

そうかもしれない。五反田正臣はプログラムの暗号化された部分を解読し、検索の仕組みに気づいたに違いない。おそらくは検索もやったのだろう。そして、彼は逃げたため、三人組が追いかけていた。なぜか？　何らかの攻撃をするためにだ。

「あいつらは細かいことは何も分かってなかった。自分の言われたことをやるだけで、全貌なんて分かってなかった。ただの末端の使い走りだ」岡本猛が片眉を上げる。

「アドルフ・アイヒマンって知ってるか」そこで井坂好太郎が見えない矢をふっと宙に放つかのような、鋭い口調で言った。

「だれそれ？　スポーツ選手？」私が当てずっぽうで言い返す一方で、岡本猛が、「あの、ナチスドイツの？」と聞き返した。

井坂好太郎が、「ザッツライト」と気取って英語で言い、岡本猛を指差した。意外に、物を知ってるじゃないか、と目を細めた。一方で私に対しては、できの悪い生徒を哀れむような目を向け、「おまえだって、ナチスドイツのユダヤ人虐殺くらいは知ってるだろ？」と鼻の穴を広げた。

「それくらいは」とうなずく。二十世紀に起きた悲劇の一つだ。ユダヤ人である、という理由だけで数百万人が虐殺された。「さすがに知ってる」

「アイヒマンは、ユダヤ人を担当する部局の課長だったんだ。まあ、管理職みたいな立場だったわけだ。虐殺の責任者みたいに言われて、絞首刑になっちまうんだけどな、でもまあ、結局そいつだって、ごく普通のドイツ人で、単に自分の仕事をこなしていただけっていう話もある」

「単に仕事をこなしてた、って、それは責任逃れじゃないか。ユダヤ人が死んでいくことくらいは分かっていたんだろ？」

「まあな。で、ギュンター・アンダースって奴が、そのアイヒマンの息子に向かって、書簡を送っているんだけどな、それに面白い考えが載ってる」

「おまえの親父は虐殺の責任者！　ってなじってるのかい？」私は茶化すつもりはなかったが、言った。

「そんなに感情的なものじゃない。むしろ、誰もがアイヒマンになりうると言っているくらいだからな。アンダースの書簡に頻繁に出てくるのは、『怪物的なもの』と『機械化』だ」

「怪物的なもの？」私が聞き返す。

「ようするに、何百万のユダヤ人を良心の痛みすら感じず、工場で商品を作るみたいに、次々と殺害したっていう事実、そのことを怪物的なものって言ったんだ。その怪物的なことがどうして実行可能だったのか、といえば、それは、世の中が機械化されているからだって話だ」

「機械化っていうのは、技術的な、オートマチック化という意味かい？」訊ねる私の脳裏には、昔、祖父の家で見たとてつもなく古いサイレント映画、確か、『モダン・タイムス』というタイトルだったと思うが、その場面が映し出された。産業革命により、工場が機械化され、人間が翻弄される話だった。

「まあ、狭い意味だとそうだな。たくさんの製品を製造して、管理機構を作って、最大限の効率化をはかる。技術力、システム化が進む。すると、だ。分業化が進んで、一人の人間は今、目の前にあるその作業をこなすだけになる。当然、作業工程全部を見渡すことはできない。そうなるとどうなるか分かるか」

「人はただの部品だ」岡本猛がぼそっと言う。

そうだ、と井坂好太郎が満足げにうなずいた。またもや、岡本猛は優等生として認められ、私は置いていかれた気分になる。「つまり、想像力と知覚が奪われる。アンダースはそう言い切った」

「想像力と知覚が奪われる?」

「自分たちのはめ込まれているシステムが複雑化して、さらにその効果が巨大になると、人からは全体を想像する力が見事に消える。仮にその、『巨大になった効果』が酷いことだとしよう。数百万の人間をガス室で殺すような行為だとしよう。その場合、細分化された仕事を任された人間から消えるのは」

「何だい?」

「『良心』だ」

「まさに、アドルフ・アイヒマンか、それが」岡本猛がストローで氷をまた、かき回しはじめた。

「じゃあ、その仕組みを作った奴が一番、悪い奴だ」私は単純に言い切る。

「機械化をはじめた奴が？　誰だよそれは。それに、仕組みを作った奴だって、たぶん、部品の一つだ。動かしているのは、人というよりは目に見えない何かだ」

「目に見えない何か、とはまた、胡散臭い」岡本猛が皮肉めいた言い方をしたが、井坂好太郎は怯まなかった。

「より高い生産性を、より効率的に。もっと生活を楽に。そういった目に見えない、大きな原理があるんだよ。たとえば、いいか。国家ってのは、国家自体が生き長らえることが唯一の目的なんだ。国民の暮らしを守るわけでも、福祉や年金管理のためでもない。国家が存在し続けるために、動く。政治家もそのために動く。そう考えれば、国民が、『国民の生活を無視している』と国に怒りをぶちまけるのは本来、おかど違いなんだ」

「そんな馬鹿な」国が、国民のことを考えずどうするのだ、と私は半分笑いたい気持ちだったが、その際、自分の頭に浮かんだ、「国」という主語がいったい何を指すのか、それも明確ではないことに気づく。

「いいか、たとえば、国民は、殺人を許さない。殺人は許されない。それが道徳だと、基本的には誰もが認識している。実際、法律でも殺人は裁かれる。ただ、例外がある。戦争と死刑だ」

「まあ、そうだろうね」

「それは道徳的に正しいとか、正しくないとかを超えてんだよ。だろ？ようするに、国家が望めば、国家が生き長らえるためなら、殺人も合法となるんだよ。国民のためにそうなっているわけじゃない。全部、国家のためだ」

「でも、国家が、国民のために何かをすることはあるじゃないか」

「それは、国民を怒らせないために、だ。もし、本当に国民が怒ったなら、国家に反旗を翻すだろう。統治者は首を斬られる。国家はだから、国民に怒られない程度に、国民を守るような素振りを見せているだけだ。点数稼ぎも必要ってことだな。それもつまり、自分たちのため、自分たちの延命のために過ぎない」

そこでウェイトレスが、私たちの頼んだサンドウィッチを運んできた。それまで喋っていた井坂好太郎は急に黙り、じっとウェイトレスの顔を眺め、にっこりと微笑み、片目を瞑った。ウェイトレスは気味が悪かったのか、もしくは照れたのか、顔を赤くして、立ち去った。

「ネットもいまや、そういったシステムの一つだぜ」井坂好太郎は、たった今の気色悪いウィンクのことなどなかったかのように、話を続ける。「ネットに書きつける文章、苦情、真実、讃美、罵詈雑言や恨み、そういったものが合わさって、何らかの情報を作り出す。数十年前から、現実社会を動かすのは、情報で、ネットもその重要な要素だ」と言って、自分の持ったコーヒーカップに目を向けた。透明なカップには、茶色のコーヒーが見えるが、そこに次から次、広告やニュースが流れている。「こういった情報装置も、別段、俺たちの生活を向上させるために作られたんじゃない。より利益を上げる、という資本主義のシステムが作っただけだ。どこかの広告代理店の社員がアイディアを思いつく。広告主を喜ばせ、会社に誉められるためだ。もしくは、ある種の達成感を得るためだ。それが自分の価値や利益、目的と重なっていく。利益を生むものは、進化する。人のためになるからじゃない、利益が出るからだ。そういうシステムなんだ」

「情報と儲けが世界を動かす」岡本猛がぼそっと言う。

「その情報の大半が今、ネットと結びついている」

「だから、おまえは、自分の本の評判をネット上で操作している」

「あんなのは小さいぜ。もっと、大きい効果を生むことがいくらでも可能だ。しかも、その情報に関わる一人一人のやることといえば、キーボードを叩くだけだしな。アンダースが、『自分たちの製造する能力が、想像する能力を超えてしまった時、想像力と知覚が失われる』というようなことを言っている。あまりにたくさん、あまりに簡単に製造できる状態になるとな、人は、想像力や知覚を失うんだ。ロボットになる。ネットへの書き込みはまさに、想像力を失った、大量の生産だ」

「つまり、俺を襲ってきた三人組は、まさに分業化された仕事を担っていただけで、だからこそ、良心が失われていたってわけか」岡本猛が言ってくる。

「まあ、もとから良心がない奴らだったのかもしれねえけどな。とにかく、分業化された部品ではあった」

なるほど、と私は答えたものの、二つの点で納得できない、と主張した。「一つは、結局のところ、検索を管理して、五反田さんや大石に被害を与えてきた張本人は誰かという問題は分からないままだ」

「言っても、おまえは納得しない。というよりも、俺はすでにその答えを言った。それを理解できないのは、おまえの問題だ」井坂好太郎は、飲み込みの悪い生徒をあしらうようだった。「二つ目の納得できない点は何だ」

「おまえが、何だか意味のありそうな言葉を喋るのが、納得できない」

「しょうがねえだろ。女が来ねえんだったら、真面目な話でもするしかねえよ」

いびつな三者会談はまだ続く。

「あんたの浮気相手、桜井ゆかりってのはあれは何者なんだ」岡本猛が、私に真正面から訊ねてきた。浮気はしていない、とそれまで通り、否定する気力が私にはなく、「彼女は普通のＯＬだ」と言うのが精一杯だった。

「おいおい、誰だよそれは」女の話題になった途端、前のめりになる井坂好太郎の単純さが羨ましい。

「普通のＯＬが海外から帰ってきて、すぐに会社を辞めたり、行方をくらましたりするか？」岡本猛の色のついた眼鏡の奥で、眼が光る。

「あれは、俺の妻が関係しているんじゃないのかな。それこそ、君が、彼女に依頼されて、どこかへ連れて行ったんじゃないか？」

「もちろん、そういう予定ではあった。あんたがどれだけ知ってるか分からねえけどな、あんたの奥さん、怖いだろ」彼はそこで、嬉しそうに口を緩める。「だから、その桜井ゆかりを見つけて、痛い目に遭わせるようにって依頼もしてきた」

「カラオケボックスでアキレス腱を切れ、とか？」

「おいおい、物騒だな。何の話だよ」と心配を口にしながらも井坂好太郎は、目を好奇心で爛々とさせている。

「まあな。アキレス腱とかは言ってたな」岡本猛は当然のごとく言う。「だけど、本当に見つからねえんだよ。あの女、消えちまった」

「妻がどこかに連れていったわけじゃなくて？」

「奥さんも必死に探してるけど、見つからない。あの女、普通のＯＬじゃないぜ」

「普通のＯＬだよ」

「あのなあ、渡辺」井坂好太郎が人差し指で、こちらを突くようにしてきた。「おまえに女の何が分かるって言うんだ？　高校時代、片想い相手のあの子は決して大便しない、って信じてたおまえだぜ」

「小学生の時だ」

「その浮気相手とどうやって親しくなったか言ってみろよ。女との関係なんて、だいたい出会い方から推測できるんだって」井坂好太郎が偉そうに述べてくるので、私は渋々ながら、桜井ゆかりと親密になった経緯を話した。ここまで来たら、持っている手札はすべて開くべきだ。

同僚の桜井ゆかりと、ある人気映画の上映劇場で、ばったり会った時のことを喋った。なぜかその時だけは、場内の客が二人きりでまさに運命的だったのだ、と言った。以前、私はその話をたとえ話として、井坂好太郎に聞かせていたから、「どこかで聞いた話だな」と彼は首を傾げてもいたが、「女は、運命的なものに弱いんだよ」と声を大きくした。大して新鮮とも思えぬ持論を、新鮮そうに語る。

「そんなことがあって、少しずつ仲良くなったんだ。ほら普通のＯＬだろ」

そこに至り、すでに桜井ゆかりとの不倫関係は全面的に肯定したのと変わらない状態だったが、もはや構ってはいられない。私は、二人の反応を待つことにした。

「運命的なものを匂わせたら女はいちころだ、って言ってた俺の理論が、おまえにも分かったわけだ」と井坂好太郎が言う。

「いや」と鋭く否定したのは、岡本猛だ。「不自然だろ、それは」

「不自然？」私は首を傾げる。

「桜井ゆかりも、あれじゃないのか？」

「あれ？」私と井坂好太郎が同時に聞き返した。

「分業化された部品」

私は自分の座っている椅子の脚がぐにゃりとゆがみ、地面にめり込むような感覚に襲われる。

22

井坂好太郎がおもむろにバッグを開き、中をごそごそと探りはじめた。大事な話をしている最中にいったい何事かと思えば、彼の視線は店の奥のテーブルに一直線に向き、それを辿れば、今、店に来たばかりの若い女性が席に座るところにぶつかった。

「おい、どこ見てるんだ」

彼は、私の言葉など聞こえないようで、バッグからいそいそと青いTシャツを取り出した。着ていたデニム生地のシャツを脱ぎ捨て、素早くその青いシャツを羽織っている。

「何でこいつは着替えたんだ？」髭の男、岡本猛が訝しげにこちらを見る。俳優の奇行の説明をマネージャーに求めるような面持ちだ。

「井坂、何で服がそんなに入ってるんだよ」こちらから覗くと、バッグの中には几帳面に折りたたんだシャツがいくつも入っていた。彼がよく着る、和服も入っている。

「大昔の作家って、着物のイメージでさ、これがまた新鮮で受けるんだよ」とよく言う。

「ウエイト、ア、ミニッチュ」と井坂好太郎は気持ち悪い英語を発し、席を立ち、まっすぐにレジの近くへ向かっていく。

私と岡本猛は黙って、振り返り、彼の行動を眺めた。

井坂好太郎は、先ほど座った一人きりの女性の前を通り過ぎたところで足を止めた。そして、芝居がかった驚きの仕草を見せると、女性に指を向けている。その後で自分の着たシャツを指差し、強調するかのように胸元を引っ張る。

「あの女の子も似たシャツを着てる」岡本猛がぼそっと言った。

「確かに」言われて私も気づいた。彼女が着ているのは薄い灰色だったが、胸のロゴが同じだった。「流行ってるのかな」

私にはそこで、井坂好太郎の思惑が分かった。「同じシャツですね、偶然ですね、とか言ってるんだ、あれは。運命ですね、とか」

　女性は運命的なものに弱い、とは彼の主張するところだ。突然、声をかけられた女性は不審がってはいたが、井坂好太郎がそこで何かを言うと噴き出した。警戒心がふっと解けるのが、見て取れる。

「あれと同じことだな」岡本猛が色のついた眼鏡の蔓を触る。

「あれと？」

「あんたの不倫相手の、桜井ゆかりは、あの男と同じことをやったんだろ」

「どういうことだ」

「あんたと桜井ゆかりは、ある時、映画館でばったり会った。しかも、毎回満員で入ることもままならない人気映画で、よりによって、二人きりだった。そんなことがあるとは思えない」

「でも、あったんだ」

「だから、仕組んだ」岡本猛はあっさりと言う。「桜井ゆかりが、あんたと親しくなるために準備をした」

　準備っていったいどうやって？　そんな準備ができるのなら世話がない。

「全部、座席を予約したのかもしれない。あんたと自分の席以外を買い占めた。いまどきは何でもかんでも、事前にネット予約だ。金に糸目をつけなければできる。だろ？　もしくは、売り場の誰かを買収してもいい。あんた以外にはチケットを売るな、とかでもいいさ」

私は頭を振る。嫌な予感がした。自分が説得されてしまうような、予感だ。井坂好太郎に目をやると、彼はいつの間にか彼女の向かい側に腰を下ろし、饒舌に何かを語っている。

「でも」私は、桜井ゆかりと映画館で会った時のことを必死に思い出した。「あれは、たまたま、得意先からチケットをもらったんだ。しかも、行くつもりもなかった時に、通りかかった老人に劇場の場所を訊かれて、連れて行ったところで、映画を観る気になっただけで、本当に、急に思い立ったんだ。彼女が、俺のあんな気まぐれを予想できたわけがない」

「そのチケットを寄越した得意先の奴も、道を聞いてきた老人もみんな、あんたをその映画館に連れて行くための作業を分担させられたのかもしれない」岡本猛はあっさりと言う。

「分担？」

「さっき、あの男が言っていた分業ってやつだ。一人一人が、それぞれの小さな作業を割り振られる。全員が、それをこなす」

「何のために」

「桜井ゆかりは、あんたと親密になりたかった。ただ、通常のやり方では難しいとうすうす気づいていた」

「俺と仲良くなるなんて、幼稚園児に気に入られるより簡単だ」

「あんたの奥さん」岡本猛が髭の口を広げ、にっとした。「あんなおっかねえ奥さんがいて、あんたが他の女と付き合うわけがねえよ。ちょっとやそっとのことじゃあ、気持ちは揺れない」

その通りではあった。結婚とは、一に我慢、二に辛抱、三、四がなくて五にサバイバルだ。不倫などしたならば、死を意味する。そのことは痛いほど分かっていた。が、私は、桜井ゆかりと不倫関係になった。

なぜか？

運命を感じたからだ。

そして、今、その運命が人工的なものだった、と岡本猛が指摘してくる。美しく無垢な、白いシーツが、実のところ薄汚れた、中古品だと言われるような怖さがあった。もう少し、心が弱くなれば、「僕の運命をこれ以上、台無しにしないで」と泣きじゃくるところだ。

「今、あの男が、女と同じシャツを引っ張り出して、着替えたのと一緒じゃないか。桜井ゆかりは、運命と偶然をでっち上げた」

「いったい何のために」

「たぶん」岡本猛はそこで興味がなさそうに、ストローをいじくった。

俺が好きだったから？　私は望みをかけるような思いで言おうとした。それ以外の返事を聞きたくなかったから。が、それより先、岡本猛が、ロマンチシズムの欠片もない、ひどく現実的な回答を口にする。「金じゃないか？」と。

「金？」

「俺の家に火をつけた、あの三人組は明らかに、金で依頼されただけだ。分業ってのは仕事だろ。人が行動する最もシンプルな動機は何だか分かるか？『仕事だから』だ。さっきの、アイヒマンの話と一緒だ。仕事で、ユダヤ人を殺害する。俺もそうだ。人を痛めつけて、拷問する。なぜか。仕事だからだ。仕事ってことは、まあ、目的は金だ。あんたを映画館に誘導した奴らも、桜井ゆかりもようするに、金のために仕事をこなしたと考えるのが、分かりやすい」

「僕の運命をこれ以上、台無しにしないで」

よいしょ、と声がしたと思うと井坂好太郎が目の前の席に腰を下ろした。「お待たせ」

「おまえはいったい、何着、シャツを持ってるんだ」

「これ、最近、流行ってるシャツでさ。今な、若い奴らの中ではプリントTシャツが熱いんだよ。で、有名どころってのは限られてるから、めぼしいのを持ち歩いてんだ」

「女が着ているシャツと同じのをその場で着て、運命を演出するのか？」岡本猛が鼻で笑う。

「ザッツライト」

「怪しまれるだけじゃないか」

「そこはまあ、話術だろ。話術とセンスだよ。今もほら、あの子の電話番号を」と自分の名刺の裏側に並ぶ番号を見せてきた。

この軽薄で、節操のない男と同じように、桜井ゆかりは自分に近づいてきたのか、と思うと目の前が暗くなる。暗くなり、くらくらする。あまりの感激で、目頭が熱くなる。

「で、何の話だっけか」

「彼が、俺の同僚の桜井ゆかりが運命を演出したと言うんだ」

ほうほうとフクロウの鳴き真似じみた相槌を打つ井坂好太郎は、話を聞き終わったところで、「それが正解だ」と言い切った。私は水面に顔を出した鯉同然で、口をぱくぱくと動かすことしかできない。

「あんたの不倫は、擬似的なものだったんだな」と岡本猛がぶっきらぼうに言えば、

「愛がなかったわけだ。残念だな、渡辺。これでもう、不倫には手を出すな。不倫は不慣れな奴がやるもんじゃないからな。ノーモア、不倫だ」と井坂好太郎もうなずく。

私はそこで、自分の頭の中で渦巻く様々な思いを、弁解や反論をぶちまけたくなる。つまり、

桜井ゆかりと俺は確かに付き合っていたのだ。

裸で抱き合ったことも、数回というレベルではなく、たくさんあった。

仕事だからという理由で、そこまでやるものなのか？

彼女の様子には、演技のようなものは微塵もなかった。

あれが仕組まれているのだとすれば、世の中の恋愛や不倫、結婚、すべての男女関係は仕組まれていることになる。

というようなことだ。

感情的に反論することほどみっともなく、惨めな気分になることはない、と分かってはいるものの言わずにはいられなかった。

すると二人は、そんな私の必死の言葉を、言ってしまえば肩が壊れるのを覚悟で全力で放った球を、トスバッティングさながらに軽々と打ち返してきた。

曰く、

付き合っていた、というのはおまえの主観に過ぎない。

裸で抱き合った回数と、愛情の有無に関係はさほどない。

仕事だからという理由で、そこまでやることはある。労働とはすなわち、嫌なことをやった上で、報酬を得るものだからだ。

演技力の上手さでその桜井ゆかりが仕事を割り当てられた可能性もあるし、恋愛に夢中になった男には演技を見抜く余裕はない。

どこかの居酒屋の刺身が傷んでいたからと言って、全国の居酒屋の刺身が傷んでいることにはならない。

というわけだ。

納得したわけではない。説得力があったとも思えない。ただ、私は徒労感に包まれていた。目の前の二人はタイプこそ違えど、どこか、「のれんに腕押し」「蛙の面に小便」を体現しているような男たちで、こちらの感情をそれ以上、ぶつける気分にもなれなかった。

さらに、桜井ゆかりの謎めいた失踪のことも引っ掛かっていた。ヨーロッパに旅行に行くといっていたにもかかわらず、なぜかパラオから帰国し、直後、結婚するので会社を辞めると言い出した。彼女のマンションに行ってみればなぜか、私を混乱させる首謀者とも言える株式会社ゴッシュへ電話をかけた形跡があった。彼女はこちら側ではなく、あちら側なのか？　分業を受け持っていただけの？　考えれば考えるほど、頭の中で、泡のようなものが広がっていく。不安の泡のようなものが膨らんでは弾け、膨らんでは消える。

「安藤商会というのは何なんだ」うな垂れる私をよそに、岡本猛がしばらくして、言った。彼自身がその言葉を検索し、騒動に巻き込まれたのだから疑問に思うのも仕方がない。

「おまえが言うには、えらい金持ちで岩手に住んでる安藤潤也って男がやってる会社なんだろ」桜井ゆかりのことで打ちのめされ、心はすでに満身創痍の状態だったが、臼を背負って腕立てをするかのような思いで、話題に参加した。ここで、打ちひしがれている場合ではないのだ。

「金持ち？」岡本猛の目が光る。

「本業が何だかも分からないらしいけどな。やたら、金があるって噂だ」

「ベンツを何台も持ってるような？」岡本猛が目を細める。

「そんなレベルじゃない」井坂好太郎は首を振る。「二十年くらい前に、俺たちがガキの時だけどな、東シナ海危機ってのがあっただろ。中国が、ほら、まだ、中華人民共和国っていう名前だった頃だ、その中国が天然ガスの工事やってる場所で、なんだか妙な兵器を配備したとか言って」

その事件のことは覚えていた。核兵器なのか化学兵器なのか、もしくは中国側が主張するように、ただの工事用の新型掘削機だったのかは定かではないが、正体不明の装置を東シナ海に用意された。日米安全保障の関係が弱まっていたとはいえ、アメリカも首を突っ込み、最新型の小型核ミサイルを積んだ潜水艦を移動させたため、一触即発の空気が漂った。銃を構え、向き合い、お互いに発砲したくはないものの、先に銃をしまうことができず、プライドと警戒心のせいで、後に引けない状態に陥る、そういう具合だった。

「まあ、一般人がそのことを知るのは、結局、事が収まった後だよな。二週間の緊迫状況があって、それが終わって、さらに二週間もしてから、『実はこんな危ない状況があってね』ってわけだ」と井坂好太郎が続ける。「子供が寝てる間に、両親が話し合いを続けて、で、離婚が決まってから発表されるってのと一緒だ。国ってのは必要最低限のことしか、国民には教えようとしない」

「あの危機はどうして、収まったんだ？」

「諸説飛び交ってるらしいけどな、中に、日本の政治家が中国首脳と会って説得した、なんて勇ましい噂もある」

「そんな政治家がいるのか？」

「犬養舜二《しゅんじ》」井坂好太郎が言う。「元首相で、当時はすでに政治家としては引退していた」

「あの、国民投票をやった、犬養？」

「そうだ。あいつが隠密裏に、交渉に出かけたって話がある。当時はもう、日本はオイルショック以降のインフレでぼろぼろだったけどな、あの危機の後くらいからまた、景気が戻ってきた」

犬養のカリスマ性については、歴史の教科書にもいくつかエピソードが載っているほどで、私も知っていた。が、それらは、事実の面白い部分が誇張された、虚構や逸話に近いものだと言われていたし、まさか、国家間の大きなトラブルを一人の力で抑えられるとは思えなかっただけに、信じがたかった。「説得って、いったいどうやったんだ」

「金だ」と井坂好太郎は即答する。「一番シンプルな答えだろ」と奇しくも先ほど、岡本猛が言ったのと同じようなことを答えた。「相手を説得するために金を使う。譲歩を促すことにも、相手を脅すことにも、金は使える」

「どれだけの金がいるって言うんだ」岡本猛は自分の小銭入れから、ジュースの代金を取り出していたところだった。

「それを出したのが安藤潤也」

「え？」

「という噂もあったんだ。真相は知らねえけどな。それこそ莫大な金だ。安藤潤也の資金を持って、犬養舜二が交渉に当たった」

私は先日、井坂好太郎が、「安藤潤也は、兆を超える金を持っているとも言われている」と発言していたのを覚えていた。個人で？　どうやって？　というよりも、どうして自分の金をそんなことに使うのだ。

「金で解決するのはそれほど悪くない」井坂好太郎は断定気味に言う。「膠着状態にあって、睨み合いの牽制が続く。引くに引けない状態となった時、誰かが横からやってきて、とりあえずの落としどころを提案したら、案外、そこで決着するってことはよくあるんだ。金ってのは、思想が絡まないから、分かりやすいし、お互いのプライドを損ねにくい。志で負けたというよりも、金額で負けたというほうが胸を張れる。金は金だ。金をもらって方針を変えたほうも、国益を優先したのだと、説明することもできる」

「そういえば、犬養は今も現役で、エネルギー資源の事業に取り組んでいる、と聞いた。メタン、メタン何とか」ビラ配りの男から聞いた話だ。

「メタンハイドレートな」井坂好太郎はすぐにうなずいた。「シャーベット状のメタンガスだ。五十年前、日本の海で、一兆立方メートルくらいの量が確認されたんだ。

すごい量で、新しいエネルギーになるかと注目されたことがある。そのあと、その十倍量は見つかったはずだ」

「この間、町にいた男が、犬養に心酔していて、そうやって熱く語っていたんだよ。あれは本当だったのか」

「いや、たぶん嘘だな、そりゃ」井坂好太郎はあっさりと否定した。「まあ、犬養がその事業に絡んでいたかどうかは分からねえが、メタンハイドレート自体はとっくに、採取を諦められてる。数十年前か」

「そうなのか。技術的な問題か」

「たぶんな。ただ、単純に技術的な問題であれば、金と熱意でどうにかなる。それこそ犬養が絡んでいて、安藤潤也が金を出すなら、解決するかもしれない」

「じゃあ、なんで」

「技術開発中に事故が起きたんだよ」井坂好太郎が眉を上げげた。「研究施設で、小さな爆発だ。それがマスコミでやたら大きく取り上げられた」

「マスコミで？　俺は知らないぞ」

「俺やおまえが生まれる前のことだからな。しかも、歴史に残るような事件じゃない。当時のテレビを賑わす程度のニュースだったんだろ。そういった悪いニュースで、けちがつくと開発は簡単に止まる」

「ああ、なるほど」

「たぶんそれはあれだ、その頃、ほかに大したニュースがなかったからじゃないか」岡本猛が言う。「そうじゃなかったら、そんな研究施設の事故なんて地味なことで、マスコミは盛り上がらないだろ。ほかにネタがなかったんだ」

「それはあるかも」私も同意する。

「まあ、そういう流れで、メタンハイドレートの採取は、採算が取れないとかそういう話になったんじゃねえかな」

「それは残念だな」岡本猛が髭を触りながら、嘆いた。「やっぱり、資源なんだろ。国にとって重要なものってのは」

「そりゃそうだ。天然資源を自前で用意しないと話になんねえからな。マスコミに叩かれても、研究を続行すべきだったんだよ、犬養も。意外に、根性なしだよな」井坂好太郎が揶揄するので、どこかから、あの犬養に心酔した男が聞きつけ怒鳴り込んでくるのではないか、と怖くなる。

「だけどな、その大金持ちの安藤って奴を検索すると、何で、監視されるんだ？」岡本猛が髭を触る。

「正確には、安藤商会と播磨崎中学校の関連を調べている奴だよな。単独で検索する奴なら、無数にいるだろうよ。ただ、二つを組み合わせて、検索しようって奴はなかなかいない」

「安藤商会のことはどうやったら、調べられるんだろう」私は言った。

「あんたのお祖母さんの旧姓が安藤ってのは、何か関係あるのか？」岡本猛が聞いてくる。

「何だよ、それ」井坂好太郎が険しい顔をする。

「そのままだよ。俺のお祖母ちゃんの旧姓が安藤なんだ」

「それ、本当かよ。偶然にもほどがあるぜ」

「運命かもな」私は自虐的な気分で、その言葉を口にする。

そこで不意に、井坂好太郎がもぞもぞと動き出した。と思えば、またバッグから今度は辛子色のTシャツを取り出している。はっと振り返れば、ほっそりとした美人が店に入ってくるところで、彼女も同じ色のシャツを着ていた。

「凄いな。感心するよ」岡本猛が呆れ気味に言う。

ふん、と井坂好太郎は鼻で応えた後で、「おまえ、安藤潤也に会いに行ってみろよ」と言った。目はすでに女性のいる方向に釘付けだったから、何かのついでに喋っている様子だ。

「会えるのか？」

「俺が今、書いている新作は、播磨崎中学校の事件がテーマだと言っただろ。こう見えても俺は、取材を念入りにやるタイプの作家なんだ。当然、安藤商会のことも調べた」

「おまえは会ったのか」

「岩手の別荘地のどこかにいる、と聞いて行ってみた」

「別荘地」安藤潤也は大変な富豪だ、ということを考えれば、さほど違和感はない。

「ただな、具体的な場所は分からなかったんだ。別荘地の管理人みたいのがいたんだが、軽くあしらわれた。どう頼んでも、どんなに強く訴えても、帰ってくれの一点張りでな」

「それなら、俺が行っても会えないだろうに」

「いや、渡辺、おまえの祖母ちゃんが安藤潤也の遠縁だったりしたら、可能性はある」

「そんな簡単に行くと思うのか」

「思う」井坂好太郎は簡単に断言した。「おまえだって、ほら、急にどこからか、『親戚なんですが会いませんか』と言われたらどうだ？　気になるだろうに」

「警戒するよ」

「いや、身近に感じるだろうし、仮に怪しんでも、会ってみようかという気持ちにはなる」

私は覚悟が決まっていなかったものの、「岩手のどこに行けば？」と訊ねている。「後で教えてやる。盛岡からバスで行くんだが」井坂好太郎は立ち上がった。「そうだ、それから、俺の新作原稿も読ませてやるよ」

「読むといいことがあるのか」

私の質問に彼は答えず、がたんと慌ただしく立ち上がった。どうしたのかと思えば、女性のいる席へと向かっていく。私と岡本猛は、取り残された恰好になる。

仕方がなく私は、無言でいるのも気まずかったので、岡本猛に向かい、「桜井ゆかりは本当に、仕事として俺と付き合っていたのか？」と質問した。

「可能性は高いんじゃねえのかな」岡本猛は若者特有の面倒臭そうな口調で言い、それから、「あんたの奥さんのほうが意外に分かりやすいかもしれないぜ」と指を向けてきた。「おっかねえけど」

23

新幹線に乗っていた。盛岡に向かうためだ。自分の身に降りかかる最近のトラブルや不気味な出来事が、盛岡に行けば解決できるのではないかと期待してのことだったが、その期待以上に未知なる土地へ向かう恐怖のほうが大きく、加えて、滅多に取らない有給休暇を一週間も取り、会社に後ろ指を差されながら出発する旅行は心細かった。そのお供が、友人の書いた小説の原稿だけ、というのはさらに不安だ。

あの井坂好太郎の、他人を見下ろすような顔を思い浮かべると、その作品など読む気にはなれなかったのだが、心の芯が晒されているような寂しさと不安に襲われている私は、どうにも気持ちを別のところへ向けたく、座席の簡易テーブルを広げ、原稿を読みはじめた。「苺畑さようなら」と最初の一枚目に小さな字が印刷されている。これがタイトルなのか、素っ気ないような、感傷的なような、彼らしくない題名だな、と思い、さらに一枚めくる。


私立探偵の苺は芝生を踏み、靴で感触を楽しみながら公園の奥へと進んだ。足を出すたび、緑色の葉のちくちくとした頭がぺしゃんこになる。踏まれた草は打ちひしがれたかのように倒れているが、少しするとまた、じわじわと体を起こす。虐げられ、被害を蒙っても、また同じ状態に戻るのは、強靭さの表れなのか、それとも学習能力のなさなのか。

公園には何本ものヒマラヤ杉が立っていた。地表に伸びた幹の長さや茂った葉も迫力があるものの、地面に潜った根は、その杉の高齢に相応しいほどに深く長く、伸びている。杉の木に目をやり、彼が思い浮かべたのは、上空から、巨大な体を備えた何者かが、この杉の頭を握りしめ、力任せに引き抜こうとする場面だ。ほかの木も巻き添えにし、土という土をひっくり返し、杉の木は抜かれる。杉が引き抜かれたのち、その公園には何が生えるのかといえば、おそらくはまたしてもヒマラヤ杉だろう。抜かれた事実を忘れ、再び、同じ樹が伸びるはずだ。

強い日差しが、彼の首を炙っていた。そればかりか、あちらこちらを炙る。陽炎が立ち昇り、芝生や土に含まれた水分が次々と奪われていく。象を模した滑り台、ブランコ、それらの遊具が、油で輪郭を溶かされたかのように揺らめいていた。

歩く道筋に、小さな段があった。

跨ぐ際、段の隅をアリの列が這っているのが目に入る。アシナガアリが左から右へと進んでいた。しゃがんで目を凝らすと、右から左へと戻るアリもいる。左進行組はいずれも白い屑を携えていた。逆方向の、つまり右進行組は手ぶらであるから、これから屑を取りに行く部隊なのだろう。忙しなく揺れる触角。一度も止まることなく、前へ後ろへ動く六本の足。

後ろから名前が呼ばれ、彼は腰を下ろしたまま振り返る。人の姿があった。太陽を背負っているため、はじめは黒い影としか捉えられなかった。目を細める。そのかわりに遠方、公園の入り口のところで母親に連れられた女の子が空をまっすぐに、右手を上に伸ばした恰好で眺めているのが見えた。空から何かが降ってくることを待っているようにも見えるが、実際には逆だ。うっかり手放した風船。飛んでいってしまった風船を、名残惜しそうに見送っている。

「人生を損ないたくなかったんです」彼の前に立つ、現われたばかりの依頼人は言った。

苺は眼を凝らす。依頼人の姿がだんだんとくっきりしてくる。顔の輪郭や目鼻よりも先に、背広が浮かび上がる。どこか見慣れた背広だと思った彼は、それが自分が着ているものと同じだと気づいた。

「ジョルジオ・アルマーニの背広ですね」と彼は唇を最小限にしか動かさず、言った。風船が空のとても高い場所で、紐を垂らし、揺れていた。誰かにつかまえてほしい、早くつかまえてほしい、という未練のようなものがその垂れ下がる紐からは滲んでいる。わたしが空に昇り、破裂してしまったならば、人の純真さも散り散りになるだけですよ、と嘆く風船。

「苺さんですよね」依頼人が言った。「時間はありますか」

「ありません」苺は下を向く。アリの行列が続いていた。「観察に忙しくて」

「アリですか」

「アリはどうやって、エサ集めをしているか分かりますか」

「アリですか」まさかここで、アリの話をされるとは思ってもいなかったのか、男は戸惑っていた。

「偵察部隊のアリが、エサを見つけ、巣に戻り、『さあ、エサがあるぞ、みんなで運ぼう！』と指示を出すと思いますか」

「違うんですか？」

「アリはただ単に、すれ違った仲間の数で行動を決めるんです」

「すれ違った？」

「偵察部隊がエサを見つけて、巣に戻ってくる。その頻度で、自分も行くかどうか判断しているんですよ。たとえば、十秒に一度、偵察部隊と触れ合う状態であれば、巣から飛び出し、エサを探しに行く。そういうルールがあるだけです。そして飛び出したアリがすぐにエサを見つけて、戻ってくれば、さらに巣の周りでの接触は増えるので、そうなればまた、別の仲間が飛び出すんです」

「はあ」

「それはほら、アーケードの通りを行きかう人の数を見て、『あっちでバーゲンをやっているに違いない』と駆け出すのと同じです。誰かが命令を出しているのではなくて、それぞれが自分たちで判断しているんです。もっと言えば、判断もしていません。単純な反応です」

「誰かが決めているわけではないんですか」

「その通り。アリのリーダーが指示を出したり、計画を作っているわけではありません。自然とそうなるんです。大きな仕組みに従っているだけです。そうやってコロニーを維持しているんですよ」

「コロニーというのは、巣のことですか？」

「ええ、そうです」

「賢いですね」

「アメリカの、ある研究家はこう言ったそうです。『アリは賢くない。でも、アリのコロニーは賢いのよ』」

　車内販売の台車が隣を通りかかったので私は読む目を止め、販売員の女性に缶ビールを頼む。

　受け取った缶の上部にある突起を押すと、蓋の部分に穴が開いた。一口飲み干し、その、清冽な川が一気に喉を流れていくかのような感触に幸福感を覚えた後で、「なんだか少し変だな」と目の前の原稿を見下ろした。

　私も、井坂好太郎の小説を何冊か読んだことはある。もちろん彼の小説が好きだからではなく、友人としての義理からでもなく、ただ、「俺の新作を読んだか？　どうだった？　いつまでに読むつもりだ」と彼がしつこく訊ねてくるのが煩わしかったからだ。だから、新作が出るたびに、目を通した。感想を求められた際に、あらすじくらいは答えられるようにしておこう、とそんな動機だったが、熱心な読者の一人と言えなくもない。幸いなことに彼の小説は読みやすく、私からすればその点が唯一の長所だ。

というわけで良き理解者とまではいかないまでも、曲がりなりにも彼の読者と言える私には、今、読んでいる小説に違和感を覚えずにはいられなかった。

彼の小説は情景や状況を説明する描写が少ないのが特徴だった。乏しい、と言うべきか、ほとんどない、と言うべきか。

大半が会話で構成され、会話と会話を繋ぐ接着剤のように、地の文が差し込まれる。彼自身は、「描写なんて読む速度を緩めちまうだろ？　小説ってのは、ぱーっと読めればそれでいいんだよ」と開き直りとしか聞こえない言い訳をよく口にした。

「描写しないんじゃなくて、できないんだろ？　小説とは文章でそのシーンの、情景や匂い、音や人の心の機微を表現するものではないのか。じゃなかったら、脚本や書き割りとどう違う」一度だけ私が、たぶんよっぽど彼に腹が立ったのだろうが、いつになくはっきりと彼の小説の欠点を指摘した。

彼は、「おまえは小説が分かってねえんだよ」と鼻の穴を膨らませた。彼のその表情はたいがい、動揺している時だと私は知っていた。おそらく、私の指摘は図星だったのだろう。私は優しいので、それ以上は攻撃しなかった。

この新作は描写に行が割かれている。冒頭はそれほどでもないが、少し進むと雲の流れる様子だけで二ページも使っていた。

いったい、どういう変化なのか。

例の、海外の新聞での舌禍《ぜっか》騒動とも言えるトラブル以降、彼の小説は絶版になり、人気にも翳りが出てきたらしいから、その状況を打破するために、作風を変えたのだろうか。そんなことがうまくいくはずがないのに。人はいつだって、得意なやり方で、世の中とぶつかっていくほかない。そして、得意なやり方はたいがい、一人にとって一つだ。

依頼人は間壁敏朗と名乗った。間壁敏朗は言葉を発するたびに鼻の下の皮膚が盛り上がる。だから苺は、視線を外すのに苦労した。

間壁敏朗は言う。

先ほど事務所に行きましたところ、あなたが不在でしたので自分でも驚くほど落胆してしまったのですが、何しろここに辿り着くまでずいぶん大勢の知人に尽力してもらいましたし、肉体的にもずいぶん歩くことにもなりました。しかもこの暑さですからね、ここに来てあなたに会えないとなると一気に徒労感が溢れ出して、その悲しみでびしょ濡れ、ずぶ濡れになるのは間違いありませんでした。ただ、苺さんの事務所の電話番をされていた佐藤民子さんが、そうそうこれは余談ですが、本当に彼女は、電話の番をされているのですね、眠った怪物が起きぬように番をするかのような態度で電話番をされていました。そして、その彼女が、「苺さんなら公園にいますよ」と教えてくれ、私は助かりました。だからここに来たんです。

「佐藤民子は事務所で、ペディキュアを塗っていませんでしたか」苺が訊ねる。

「そうですね塗っていました。爪の番もしていました」

「僕が出てくるときから塗ってた、いったい指がいくつあるんだかね」と苺は洩らす。

間壁敏朗は自己紹介をはじめる。とはいうものの、口にしたことといえば、二十一歳という年齢くらいのものであるから、仕方がなく苺は、観察をする。頭の横から後ろにかけては地肌も見えるほどの短髪、縦に長い長方形の輪郭、広い額、うっすらと線を引いたような短めの眉、瞼が厚く小さく見える右目、縦に細長く、穴の周辺だけがぷっくらと膨らんだ鼻、下唇に厚みがある口、身長は百七十センチほどと平均的だったが、体格は良く、薄い黄色のシャツの胸板には隆々とした筋肉が隠れている。

「私は見てしまったんです」と間壁敏朗は告白をはじめる。「見てしまったのに、黙っていたんです」

「悪いことではありませんよ」苺は無表情で言う。「見てしまった上に、何でも喋る人間のほうが厄介です」

　アリの行軍、小さく空に溶ける風船、西から吹く風、じりじりとうだるような暑さ、宙を移動するタンポポの綿毛、綿毛の止まる、間壁敏朗のジョルジオ・アルマーニ、それらが苺の目に飛び込んでくる。苺は自分の肩にも綿毛がないかしらと反射的に背広を確認してしまう。早口ではじまる、間壁敏朗の話。のべつまくなしに続く、告白。

「五年前です。私は高校生でした。夜の八時で、学習塾から帰ってくるところでした。細い道を歩いていて、薄暗かったんですけれど、足音が聞こえてきました」

「細い道で、薄暗く、帰り道に足音、ですね」

「ものすごく忙しなく、駆け足でした。夜に響く足音があんなに怖いとは知りませんでした。二人分の足音でした。近づく前から、それが追われている人間と、追っている人間なのだと分かりました。食われてなるものかと必死に逃げる草食獣と、それを追跡する肉食獣です。あっという間に、目の前をその二人が通り過ぎていきました。待て、と後ろの男が言ったのですが、追っている側も必死そうだったことに実は少し、ほっとしました。死に物狂いで逃げる相手を追うのが、余裕綽々の、優雅な男であったらやはり、気分が良くありませんからね。大事なのは、公平感です。二人は公平に、必死でした」

「なるほど、確かに、どちらかが余裕を浮かべているよりは、二人ともが一生懸命のほうがいいですね」

「ええ。そうしたところ、逃げる男はビルの裏側、非常階段に駆け寄り、昇りはじめたのです」

間壁敏朗はその時の状況を語る。

逃げる男は螺旋状の階段を全速力で駆け上り、追う男もそれに続いた。二人はこれが最後の肝所《かんどころ》だと判断したのか、疲れをものともせず、すべての力を絞り出し、ぐるぐると階段を駆けた。足の動きが高速のあまり、見えなくなり、煙がふんだんに舞い上がった。先を行く男はあっという間に最上階に辿り着く。これで万事休すかと思うが、おそらく、逃げる男も全力で走ることに夢中になり、階数のことまで頭が回らなかったのだろう、最上階に到達しても足を動かし続け、その結果、階段が途切れたにもかかわらず、あるはずのない透明の階段を昇ることになり、空中を三階分ほど、上昇した。まさに空回りと呼ぶべきかもしれないが、空を駆け上っていた。勢いに任せ、重力を無視したのだ。追う側もそれに釣られ、実体なき階段に足を掛けかけたが、すんでのところで踏みとどまった。

あれ、追ってこないぞ、と先を行く男が訝り、足を空中で止め、下を見る。非常階段に留まったままの追跡者は、自分の足元を確認してみろよ、と言うかのように人差し指を下に向けた。

追われる側の男は、え、ときょとんとする。あたりが静まり返る。ゆっくりと男は恐る恐る俯き、自分の足を見た。階段はおろか、自分の重みを支える場すら、そこにはないことに気付き、男は自分の失敗に青褪め、口を開き、小さな悲鳴を発する。

「しまった」一呼吸空いた後で、男は垂直方向に落下し、非常階段の脇の地面に激突した。火花を散らし、倒れる。

「私は慌てて、駆け寄ったのですが、すると男は呻いていました。あれほどの高所から落ちたのに、膝小僧が擦り剝けた程度でしたが、それでも血が出ていました。ただ、じわっと出てきたその血が、最初は大した量ではなかったのですが、次から次と出てきて、そのうちに、止まらないんじゃないかと不安になって」

「話が長いですよ。もっとうまく、まとめてください」

「まとめてしまうと、大事な部分は消えちゃいますから、それが気にかかります。つい数年前ですけれど学校の算数の授業では、円周率も、3・14……ではなく、『およそ3』って教えられるようになったじゃないですか。あれと同じですよ。大事なのは、『・14……』の部分なのに」

「円周率と今の話とでは違います」

「違いません。だって、私の感情は複雑で、この話だっていろんな要素があるのに、それをざっくりと、『およそ悲しい』なんてまとめられてしまったら、やりきれないではないですか」

聞いてはいるものの彼の、苺の、好奇心は、まったく刺激されない。およそ退屈、と小声で囁くだけだ。

缶ビールを傾け、私は、最後の一滴を口の中に入れた。新幹線車内をぐるりと見渡す。窓が大きく、横壁はほとんど窓ガラスだった。それ以外の壁はすべて、光沢のある白色をし、窓枠や荷物置きには丸みがあった。駅に進入してくる際の、平たい巨大なしゃもじのような顔つきの野暮さとは対照的に、内側は、官能的な優雅さを感じさせる。

右上がダブルクリップで綴じられた原稿の束は、製本され、店頭に並ぶ本に比べるとずいぶん安っぽく、その分、中身も稚拙なものに感じられた。

「おまえは幸せだなあ。俺の新作を、誰よりも早く、俺が直々にプリントアウトした原稿で読めるんだぜ。おまえは幸せだなあ」新幹線に乗る直前、東京駅の改札口まで見送りにきた井坂好太郎はその紙束を手渡してきてから言った。寝不足のせいなのか赤い目で、何度も何度も、「おまえは幸せだなあ」と繰り返した。「ファンなら今ここで、失神してるぜ」

「ここで失神していないことが、おまえのファンじゃないことの証明になるわけだ」私は言ってから、「おまえは一緒に来ないのか」と訊ねた。岩手の安藤商会について詳しい彼は当然、ついてくるものだと期待していたため、意外でもあった。

「俺は行かない」

「女がいないから？」

「それもある」彼は答えた。「締め切りもある」とも言った。それは少し嘘臭い、と私は思った。彼は今、連載の仕事など抱えていないはずだった。「おまえには、俺の原稿がある。それに、これはおまえの問題だ」

「俺の問題」私は聞き返すというよりは、自分に言い聞かせる思いで繰り返した。

「おまえが、妙な不倫相手に狙われた理由は、もしかするとおまえが、安藤ってやつの親戚だからかもしれない。だろ」

「確かに、俺のお祖母ちゃんの旧姓は安藤だった」すっかり忘れていたが。「それは、安藤潤也と関係しているのか？　だから、不倫なんてさせられたのか？」

「何でも俺に聞くな。とにかく、新幹線でそれを読んでいけって」

「読めば、すべてが分かるのか」

「分からねえよ」彼は平然と言う。

「読んですぐに分かるようだったら、危険だろうが」何がどう危険なのかは言わなかったが、彼はそう言った。

「え？」

先を読んでいけばいくほどに、この原稿が井坂好太郎の従来の作品とは異なっていると分かってくる。登場人物の外見をくどくどと書くようなことは、今までの彼はやらなかった。やれなかったから、やろうとしなかった。なのにどうして、無理に慣れない描写などをやろうとしているのか。まどろこしくて、どうにも読み進まない。それに、もう一つ、この原稿は、今までの彼の作風に比べると明らかに地味だ。派手な法螺話を書けば読者の興味を惹ける、と思い込んでいるのか、彼の書く小説の大半は荒唐無稽な展開が序盤から繰り出される。象が空から降ってきたり、子供が巨人をロープで縛りつけたりする。「それでいいんだよ」と彼は自信満々に言ったものだが、この手元の原稿はとても、地味だ。なかなか話が進まない。

この話が、苺という名前の私立探偵の話だとは分かる。

依頼人の間壁敏朗の告白はさらに続いた。にもかかわらず、苺という主人公の心はまるで動かない。興味も示さなければ、好奇心も湧かないようだった。

間壁敏朗の話はこう、続く。

落下し、膝から血を流した男は、すぐ近くにいた間壁敏朗に気づき、「助けてください」と言う。突然の出来事に、間壁敏朗は呆然とするほかないのだが、そうしている間にも、追ってきた男が拳銃を構えた。コルトガバメントだった。そして、「私は警察です」と銃を構えたまま、別の手で手帳を広げた。間壁敏朗はそれ以上、何も言えない。

転んだ男がようやく体を起こし、右手を前に出し、「助けてください」ともう一度言う。怯えた顔で、間壁敏朗に眼を向け、助けを求めたが、最後まで言い終わらないうちに、銃声が響いた。上半身だけを起こしていた男の体が、バネ仕掛けのように、ばたんと倒れた。

間壁敏朗は目の前で行われた発砲に度肝を抜かれ、怯えた。銃をしまった男が寄ってきて、「実はあの男は、ある野蛮な集団の仲間なのです」と説明する。

「でも、無抵抗だったじゃないですか」間壁敏朗がどうにか言うと、男は、「抵抗してからでは遅いんですよ」と冷たい言い方をする。勢いに飲まれ、間壁敏朗はうなずくほかなかったが、そこで眼を横にずらすと倒れた男の身体の脇に、何かが落ちているのを見つける。

そういう展開だ。

「それ、警察手帳だったんです」間壁敏朗は声を震わせた。

苺の上空、公園の真上に移動した太陽が、芝生を焦がさんばかりの熱を発してくる。あたりは鏡で日差しを反射しているかのように、輝き、どこを見ても眩しかった。芝の緑色の生命力は、目に見えない光を発散させている。空には薄く、雲が伸びている。雲が緩やかに動くことで、風の向きが分かる。

自然は延々とそれぞれの役割を続けているのだ、と苺はぼんやり感じずにはいられない。繰り返し、失敗し、続ける。目的があるからではない。そういうことになっているから、だろう。

「撃った男も撃たれた男も警察手帳を持っていたんです。奇妙ではありませんか」

「悪徳警官の話にはありそうですね」

「私の頭は混乱しました。どちらかが偽者なのか、それとも両方とも本物なのかも分からなくて。撃ったほうの男はやがて、携帯電話を取り出すと、私の顔に向け、写真を撮ったんです。あの、紙をくしゃっと丸めるような音が夜に響いて、写真を撮って、それがおそらく決定的な合図だったのかもしれません。『これで完全に巻き込まれましたよ』という合図です。追跡警官は、『この件については、明日の新聞に載ることがすべてだから、それを読みなさい。余計なことを詮索してはいけませんよ』と私に言いました。その時だけ、低く、迫る力が漲った声でした。『もし、何かを洩らしたら、この写真をもとに君を見つけ出す。見つけ出したら、どうなるか。君の人生は損なわれることになるでしょう』」

「人生を損なわれるのは避けたいですね」苺は他人事ながら、少し不安になる。

「で、翌日、あなたは新聞を見たんですね。記事を読んだのですね。事件のことは載っていたのですか」

「ええ。ある叛逆集団の名前が」

「ある叛逆集団？　それはまたずいぶん曖昧ですね」

「その叛逆集団は、数十年にわたり、地下組織としてのネットワークを広げ、全国的な組織となっていたそうです」

「何という組織ですか」

「安藤商会」

「それはまた、叛逆的とは思えない名前のグループですね。牧歌的にすら感じます」

「聞いたことがありません。ただ、記事にはこうありました。今まで潜伏し、完全に秘密を守り続けていた組織であり、それだけに警察も秘密裡に捜査をしていたため、一般の人間がその存在を知ることはなかった、と」

「なるほど。ありえるかもしれません。それがいよいよ、日の目を見たわけですね。あなたが目撃した男はつまり、安藤商会の男だったわけですか」

「叛乱組織の一員で、警察に入り込んでいた、間諜《かんちょう》のような男だったそうです。そして、正体がばれ、追われた。追跡した警官に刃物を向け、再三の警告にもかかわらず抵抗をやめなかったため、撃たれ、即死した。というわけです」

「一件落着ではないですか」苺は少し話に飽きはじめ、早く切り上げたい気持ちもあった。

「ぜんぜん落着ではないですよ。あの男は、まったく抵抗をしていなかったのに撃たれたんです。記事は現実とは違っていました」

「抵抗したかどうかは主観によるんじゃないですか？　あなたから見たら、抵抗していなかったとしても、実は刃物を振り回していたのかもしれません」

「そんなことはありません」

「仮に」苺は手のひらを出し、間壁敏朗を制する。「仮に、あなたが言った通り、男は抵抗していなかったとしましょう。それなのに撃たれた、と」

「仮にじゃなくて、事実、そうなのです」

「だとしても、その物騒な、叛逆集団のメンバーで、警察に入り込んでいた男なのですからある程度は仕方がありませんよ。射殺せざるをえない理由があったのかもしれません」

「もし、なかったら？」間壁敏朗が身を乗り出した。興奮で、鼻の穴が大きくなる。

「なかったら？」

「そんな組織がなかったら？　安藤商会なる集団はでっち上げられたのかもしれません」

「どういう意味ですか」

「その、男の死を正当化するために、逆算するかのようにしてその架空の、叛逆集団が作られた。そう考えることはできませんか？」

「逆算して？　そんなことが可能なんですか？　いったい何のために」

「真実を隠すためにです」

「大がかりすぎますよ」苺はすでに興味を失い、足元に再び目を落とした。いつの間にか消えている、アシナガアリの行列。あれほどいたのにいったいどこへ行ってしまったのか。巣に帰ったのか。もしくは、彼らは何らかの自意識に目覚め、決められた仕組みに従うことに嫌気が差したのか。

遊具のエリアで、象型の滑り台をその鼻のほうから逆に駆け上がっていく幼児が見える。ベンチで談笑する保護者の姿もあった。

「とりあえず、調査はしてみます」と苺は答え、間壁敏朗はほっとした様子だった。

苺はゆっくりと事務所に戻る。

事務所のテーブルで、佐藤民子はペディキュアをまだ塗っていた。

「指、何本あるんだ」と言わずにはいられなかった。
「およそ十」と佐藤民子が言ったようにも聞こえる。

さて、そのあとの物語であるが、作中の探偵、苺は事件のことを調べようとはしない。五年前の警官発砲事件には微塵も興味がない、とばかりに無視をし、かわりに、依頼人である間壁敏朗自身のことを調べ出した。

この物語にいったい何の意味があるのか。まだつかめないでいる。が、うっすらと思うことはあった。彼が今までの作風を捨て、不慣れな人物描写、情景描写を続け、さらには地味なトーンの物語にしている理由についてだ。もしかすると井坂好太郎は、今までと同じ小説の書き方では駄目だ、と悟ったのかもしれない。

いつもと同じ喋り方をしていては、いつもと変わらぬものとしてしか受け止めてもらえない可能性がある。真剣に物事を伝えるためには、なりふり構わず、主義主張を捨て、普段とは異なる声で喋る必要がある。彼はそう考えたのではないだろうか。

井坂、おまえ、この小説はいったい何なんだ。

新幹線内で読んでいる原稿から目を離し、左手の大きな窓から外を眺め、私は思う。東京を出て、さいたま駅に一度止まり、出発して以降は、変化のない田園風景が続いている。広々とした土地を畦道が走り、その奥には小高い山が、フリーキックに備え壁を作るディフェンス陣のように並んでいる。新幹線が緩やかに傾き、速度を上げていく。

井坂好太郎の原稿は地味ではあるが、読みにくくはなく、それなりに面白く読めたが、これはいったい何なのだ？　という疑問は付きまとった。

彼は先日、今書いている新作は、取材をもとにした、ドキュメンタリー的なフィクション、フィクション的なドキュメンタリーだ、と言った。「五年前の、播磨崎中学校の事件の真相を描いている」とも断言した。

だから私はこの原稿は、「播磨崎中学校事件の真実」というような題名の、まさに、「これが真相です」と端的に描かれているものだと思っていた。

ところが今、手元にあるのは、「苺畑さようなら」なるタイトルの、私立探偵の物語だった。

播磨崎中学校事件の取材をしたと言っていたが、それはどこに反映されているのだ。

俺は、からかわれたのか。

井坂好太郎という人間の発言は、窮地に立たされた国会議員の答弁よりも心がこも

ってておらず、しかも、美女の発する、「わたし、もてないんですよ。そんなことを言

ってくれるのは、あなたくらいです」という台詞よりも当てにならない。私に原稿を

無理やり読ませるために、あることないことを口からでまかせで述べるのは充分にあ

りえることだった。

ポケットから取り出した飴を口に入れる。舐めつつ、原稿をまた読みはじめようと

したがそこでふと、東京駅で井坂好太郎が、「読んですぐに分かるようだったら、危

険だろうが」と言っていたのを思い出した。彼の指す危険とは、いったい何であるの

かは定かではない。ただ、彼が警戒し、少なからず怯えていることは伝わってきた。

読んですぐに分かるようだったら危険だ。彼はそう言った。つまり、読んでもすぐ

には分からない内容のものを書いたということなのだろう。

ただその一方で、「安藤商会」の名称は唐突に、あっさりと登場した。井坂好太郎

は、播磨崎中学校と安藤商会、安藤潤也の関係性に気付いている、と豪語していた

が、その名称がそのまま登場してくるとは、意表を突かれた。直球勝負の潔さなの

か、工夫をやめた手抜きなのか。

もちろん、作中では、「ある叛逆集団、安藤商会」とされており、それが現実の安

藤商会と重なるとは思えなかった。

原稿の続きを読む。

私立探偵の苺が、間壁敏朗の周辺を取材してまわっている。

「苺さん、間壁のことを調べているそうですが、彼はあまり優秀ではありませんでしたよ」金融機関のシステムを開発した、プロジェクトチームのリーダー、河原正は言った。三十歳だった。「間壁は新人のシステムエンジニアとしては頑張っているんですが、いかんせん、ミスが多いのです。まだ若いのにアルマーニなどを着て、衣装は一人前なのですが、うっかりミスがあまりに頻繁で」

河原正は長い足を組み、少しのけぞるようにして身体を斜めに傾けて座っている。鼻にかかる丸い眼鏡と、鼻にかかる気取った声。小ぶりの耳、山型の眉が印象的だ。目が細く眠そうではあったが、何を喋っても自慢しているように見える。ふけの少し落ちた、ジョルジオ・アルマーニの背広。自分の頬を無造作に抓り、貧乏ゆすりの止まない足。その揺れのリズムに合わせて、気づくと苺も首を振っていた。

苺は真っ直ぐに立っているつもりだったが、河原正の貧乏ゆすりの振動のために、縦に揺れ始める。紙相撲の力士さながらに、ぴょこんぴょこんと飛び跳ねてしまう。

「では」と言ったところで、揺れのせいで、ぴょん、となり、「間壁さんは」と言うとまた揺れ、ぴょん、と跳んだ。小刻みに揺れ、その勢いのまま、ぴょこんぴょこんと部屋から出てしまいそうになる。実際、出口まで移動してしまいはっとした苺は慌てて、戻ってくる。「それは誰の写真ですか?」と机を指差した。

机にはさまざまな荷物が、プリントアウトされた設計書、仕様書、プログラム技術の関連書類が雪崩れ寸前で積まれており、その一番下に野球選手の写真が挟まっていた。真っ黒のユニフォームを着た投手が今まさに球を指から離しました、という瞬間を捉えた写真で、引き締まる筋肉と、伸びきった腕の躍動感が飛び出してくるかのようだ。

「国内リーグの、ウィリコ・ミシェラーノというチームにいた投手ですよ」

「その投手に関心があるんですか」

「どうしてそう思われるんですか」河原正は目を見開き、ぎょっとするので、苺のほうこそ動揺した。「だって、そこに写真があるから」

「写真があるからって、興味があるとは限りませんよ。ほら、これをどう思いますか」河原正は、別の写真を指差した。そこには、中年の女性が公園の前で、まっすぐ立っている姿があった。ほかにも三枚ほど、同じ女性の写真がある。

「奥さまですか」苺が訊ねる。

「と思いますよね、普通は」

「普通は？」

「これは近所の、気の良い女性でしてね、ただ写真を撮らせてもらったんです。ただ、こうやって並べておけば自分の妻だと、誰もが思います」

「奥さまの写真は飾らないのですか」

「実は独身なんですよ」河原正は声を潜める。「誰もそうは気付いていませんがね。社内の誰も、私が独身だと知りません」

苺は人差し指を伸ばし、男の左手薬指につけられた結婚指輪を指した。

「これも嘘です。指輪をつけ、写真を飾り、話をでっちあげる。いるはずのない妻が、それだけで、存在していることになるわけです」

私はそこまで読み、まずは、「また、ジョルジオ・アルマーニだ」と思った。片言の英語を発音する気分で、声にこそ出さなかったが、口の中で言ってみる。原稿の中で、たびたび出てくる言葉だ。文脈からして、洋服のブランド名だとは想像できた。私立探偵の苺本人はもとより、彼が出会う相手の、男のほとんどがその、ジョルジオ・アルマーニなるブランドの背広を着ているのだ。

いったん、原稿を閉じる。そして、前の座席についているディスプレイを前に出し、付属のキーボードを広げた。新幹線車両の座席背もたれに、それらが設置されたのはいつからだろうか。乗車中にもインターネットが使え、メール送受信や通信販売が利用できるのは確かに便利ではあったが、移動時も、広告や商売の洗脳から逃れられない圧迫感も感じる。

検索画面を表示させ、キーボードに指をあて、カタカナを打ち込む。検索実行のためにキーを押す直前、一瞬、ためらいが生まれた。大石倉之助も岡本猛も、「播磨崎中学校」や「安藤商会」なるキーワードを使い、検索を行った結果、物騒なことに巻き込まれたのだ。

たかだか検索くらいで酷いことにはなるまい、という予想を打ちのめした。

検索する勇気はあるか、と誰かに問われている感覚になる。

気づいた時にはボタンを押していた。さすがに、背広のブランドと思しき名前を検索して、問題が発生するとは思えなかった。不安を振り払うように、首を振る。

画面に、大量の検索結果が一覧表示され、私は一番上に表示されているものを選んだ。

ネット事典のサイトだった。

ジョルジオ・アルマーニは有名な、由緒正しいブランドらしかった。すでに死亡したデザイナーの名前がそのまま、ブランド名として残っている。長い歴史を持ったため、最近はかなりの高級品となっているようで、だから私には縁遠かったのかもしれない。

しかし、どうして小説内の登場人物たちは、このブランドの背広ばかり着ているのだ？

井坂好太郎が好きなブランドなのか？　もしくは、彼が知っている唯一のブランドなのか？　それとも、彼の親しい女性が、そのブランドを好んでいるから？　この原稿が本になる際、あわよくば、そのブランドとのタイアップができないものか、と期待してか、もしくはすでにタイアップの契約を結んでいるのか。

ぴんと来ない。意味などないかもしれないな、と私は思ったがその時、画面の下に表示された文章に目が止まった。

ブランド創始者、ジョルジオ・アルマーニの遺した名言、という文章が飛び込んできたのだ。

曰く、「私は偽物が嫌いだ。見せかけの真実は見たくない」とある。

見せかけの真実は見たくない。

その瞬間、ディスプレイの向こう側の文字の中に、井坂好太郎の声を聞いたような思いに駆られた。ザッツライト、と例の気障な調子で言ってくるあの男の声が聞こえたのだ。

私は慌てて、原稿をめくり直す。もしかすると井坂の真意は「これ」なのだろうか。何かを発見した興奮に、私は鼓動が早くなるのを感じた。

彼は、小説で何かを訴えようとしている。

さらに、それをそのまま書くことは危険だと認識してもいた。

だから、井坂好太郎は自分の伝えたいメッセージを小説の外側に隠したのではないか。

小説の外側とはどこだ？

ネットだ。インターネットには様々な情報が存在している。検索を行えば、その情報に辿り着く。だから、自分の小説の中にはその辿り着くためのヒントを埋め込み、つまりは検索すべき単語を忍ばせ、あとは読んだ人間に検索をさせ、そのメッセージを見つけさせる。

彼はそう考えたのではないか？　まさに彼がよく言う、逆転の発想、だ。

「人は知らないものにぶつかった時、まず何をするか？　検索するんだよ」とは新入社員の研修時、五反田正臣が言ったことだ。確かに私も、小説内に頻出するジョルジオ・アルマーニが気になり、検索を行った。

が、一般の読者の大半にとってはどうなのか。井坂好太郎はそんなことまで、読者に期待しているのだろうか。もしそうだとしたら、期待をしすぎだ。

開いたままだったキーボードを操作し、今度は、「後藤寅」と打った。これも作中に出てきた固有名詞だ。唐突に出現し、話の本筋と関係しているようにも思えなかったから、意味があるのか、と推測した。

後藤寅は、私も知っている野球選手、投手だった。私が十代の頃に、大活躍したプロ野球チームの投手だ。中学生の頃から二部リーグで記録を塗り替え、一部リーグで登板しはじめた時には、そのあまりの剛速球に、野球ファンはもとより、それ以外の人間をも熱狂させた。驚異的な体力を誇り、三試合連続で登板し、しかも三試合とも完封、そのうちの二試合はノーヒットノーランという記録を作り、一時期は心ない雑誌から、「薬物を使っている」と言われたが、調べるとそうではないことがすぐに判明した。

ただ、その彼も活躍をしたのは最初の三年ほどだった。大活躍をし、年間の最優秀投手にも選ばれたシーズンの後、彼は青年訓練制度、徴兵制に従い軍隊に配属されたのだが、そこで突如として、行方を晦まし、話題になった。

検索結果が表示される。例によって、一番上にある、ネット事典のページを開くことにした。

後藤寅に関する情報が、真偽のほどは不明ではあるがたくさん、記されている。生年から、投手としての記録、失踪事件についても詳しく書かれている。めぼしい記事を私は探す。何を調べたいのかは、自分でも分かっていなかった。

画面をスクロールさせながら、下へ下へと目を走らせる。

失踪後の後藤寅について、私はほとんど知らなかった。

彼は姿を消した半年後、仙台市の青葉城址で野宿をしているところを発見されるが、それ以降の彼の奇妙な発言や行動は、枚挙に遑《いとま》がない、という状態だった。

中でも有名だという、後藤寅の言葉に目が留まる。

「僕は、他人にはない能力を持っているんですよ。だから、みんなが僕を潰そうとするんです」

後藤寅はそう言ったらしい。聞いていた記者が、記者ではなく飲み屋の主人という説やキャバクラ嬢という説もあるようだが、とにかく話し相手が、「無尽蔵と思えるスタミナや肩の強さをはじめ、そういった能力はどこで身につけたんですか」と訊ねると彼は臆することなく、「遺伝です。親戚みんなそうですよ」と答え、その場の空気をしらっとさせたのだという。

気になりはじめると、原稿内のほかのあらゆる固有名詞に意味があるように思えるのも確かだった。たとえば、単に風邪を引いただけであるのに、医学百科で、重い特殊な病の欄を見てしまったがために、体の症状のありとあらゆるものが、その病と一致するように感じ、「あ、咳も出る」「そういえば、眠りが浅い」とその病以外の何物でもないと確信し、「もう駄目だ。余命いくばくもない」と急に、旧友たちにメールを送り出すのと同じ馬鹿馬鹿しさがある。

原稿のはじめに出てきた、「コルトガバメント」という単語にすら、私は注目した。間壁敏朗が目撃した事件の際、警察を名乗る男が構えていた銃だ。ガバメントとは、政府を意味する単語ではないか、と思い出し、そうなると今度は、「政府」という言葉を潜り込ませるために銃の名前を書いたのだな、と信じたくなる。

原稿の先を読む。新幹線の加速が増した。読み終える前に、盛岡に到着してしまえ、と誰かが運転士に指示を出しているように感じた。

作中では、探偵らしき行動を一切しない苺が、ようやく緊迫した状況に巻き込まれ、追っ手につけられながらも別荘地を訪れていた。そこにこそ、叛逆集団「安藤商会」の本拠地があるのではないか、と考えたのだ。

「苺さん、安藤潤也に会うのは難しいんですよ」と言ってくる別荘地の管理人、愛原キラリは齢二十二、茶色に染めた髪が肩よりも長く、二重瞼に、大きな瞳、細い首筋、ベージュのワンピースの上からわかる豊満な胸、くびれた腰が印象的だった。脇に置いた薄い水色の、小文字のeのデザインがあしらわれた高級バッグ。ブランド名は、エロイカ・ポルカだ。

小高い別荘地の入り口にある、木造の小屋だった。室内は、木の赤茶色で囲まれ、床は丁寧に磨かれ、輝いている。窓際の花瓶には、萎れた白い花がある。

窓の外には、黄色い花弁が舞っていた。いや、じっと眺めていればそれはモンキチョウで、それに気づいた途端、黄色の群れがふわりと方向を変え、上空へと立ち去った。

「安藤潤也さんに会いたいんです」と苺は言った。尻のポケットに隠した銃を取り出す心づもりさえ、あった。

「そう簡単には会えないんですよ」

「いつなら案内してくれるんですか」

「わたしが、予想もしない時なら」

「予想もしない時?」意味が分からず、苺は顔を曇らせる。その曇った表情を一目見よう、というわけでもあるまいが、そのタイミングで、窓の外にまたしても蝶の大群が舞ってきた。目を見開くと、すぐに消える。

「まさか今日、案内するとは思ってもいなかったわ、と驚ける日なら喜んで、案内します」愛原キラリは平然と答える。

苺は、禅問答には興味がなかった。銃口を突き付け、恐怖により相手の心を無理やり開かせることも頭を過ったが、結局その日は、愛原キラリの家をあとにした。

翌日、また、訪れた。一日前と同じく、雨模様の朝だ。ぽちゃんぽちゃんと蛇口から滴るようなリズムで、雨が降り続いている。前日の黄色の蝶たちは、屋根の下に、逆さになってつかまり、ずらっと並んでいた。軒下に連なる黄色の鈴のようだ。

「安藤潤也のところに案内してくれませんか。まさか昨日の今日で、私がやってくるとは思わなかったでしょう。案内するとは思ってもいなかったんじゃないですか」

「いえ、わたしは、あなたが今日来るのではないかと思っていました。予想していましたから、今日は駄目なんです」

ふん、とさすがに苺は、不愉快を隠せず、ぶっきらぼうに愛原キラリの家を出た。

モンキチョウが一匹、飛び立つが、羽を広げた途端、雨の滴に撃たれ、落ちかけて、また屋根の下に戻ってくるのが見えた。

二日後、苺はまた訪問した。すでにむきになっていたのだ。

彼女は当然のように、「来ると思っていました」と答える。

窓の外に眼差しを向ける。柳から落ちた水の雫が、黄色の蝶に当たる。何匹もの蝶の、その黄色の羽がもげ、花弁となったかと思うと、ひらりと宙を斜めに滑る。蝶だったのか花だったのか、とにかく、それは右へ左へと空気を撫でて揺れた末に、地面に降り立った。次々と、その黄色が積み重なり、毛布のようになる。

原稿内で、苺は、管理人の愛原キラリに翻弄され、なかなか安藤潤也に会うことができない。ここで描かれるのは、有名な、「抜き打ちテストのパラドクス」そのままだ。

教師が、「この一週間以内に、抜き打ちテストをやる」と宣言する。最初の日、いきなり教師が、「今日やるぞ」と言うと、生徒たちは、「僕たちは今日じゃないかと思っていました。抜き打ちになりません」と反論する。仕方がなく翌日、教師が再び、テストを試みようとすると、「昨日やらなかったから、今日じゃないかと思ったんですよ」という。ようするに、永遠に抜き打ちテストができない、というものだ。

作中の苺は最後にこんなことを言い出す。

「愛原キラリさん、あなたは今日、僕が来ると予想していたんですよね？　ということは最終的には、案内しないで済むんだろうな、と思っていたんじゃないですか。ということはやっぱり、今日、僕を案内するのは予想外のことなんですよ」

苺は説明しながらも、自らのその屁理屈が恥ずかしくて、俯いてしまう。その恥ずかしさを囃すように、窓の外に折り重なっていた黄色の蝶の群れがふわりと、毛布のようにまくれた。光る鱗粉が舞い、空気を輝かせる。

「もしかすると」苺はそこで質問を口にする。最初に依頼してきた時の間壁敏朗の言っていたことが、ここに来て急に、真実味を帯び、頭を占めたのだ。ここまでしても安藤潤也に会うことのできないことに、疑問が湧きはじめていた。「もしかすると、安藤商会とは存在しないのではないですか？」

「存在しますよ」と答える愛原キラリのワンピースの襟元は、いつも以上に大きく開き、その胸の谷間が、湾曲した線を作り、苺はそちらに意識が向いてしまうのをこらえる。

「言い方を間違えました」と言う。「安藤商会が今、存在しているのは事実かもしれません。ただ、それは、過去には存在していなかったのではないですか？　私が調査をはじめたから、そのためだけに、昔から存在していたように創り上げたのではありませんか」

「そんなことはありません。存在しますよ」愛原キラリの言葉はどこか無機質な書き文字のようでもあった。よく見れば、宙にふわふわと浮かんだ白い板に記された台詞に過ぎなかった。

車内アナウンスが、盛岡駅に到着することを伝えてきた。原稿はまだ、半分以上が残っている。読み切れなかったな、と原稿を畳み、鞄に押し込む。「愛原キラリ」でためしに検索をしてみたが、目ぼしい情報は出てこなかった。

次にふと思いつき、作中に出てきたブランド名、「エロイカ・ポルカ」で検索を行う。たくさんの情報が、主にバッグの販売ページだったが、出てくる。オフィシャルサイトを選択すると、画面に高級感溢れるデザインが表示される。デザイナーと思しき外国人女性の写真が現われる。ざっと目を通すが気になるような記述は見当たらない。

キーボードをしまおうとしたところで、ふいに、「間壁敏朗」でも検索をしてみようと思い立った。私立探偵苺に調査を依頼してきた男の名前だった。

検索結果が出る。間壁という名字は比較的、珍しい名字であるからか、ずらずらと情報が出てくるが、それほど多いわけでもなかった。

ヒットしたサイトのタイトルのひとつを見て、私は呻いた。「播磨崎中学校」の文字があったからだ。素早く、そのページを開く。

「播磨崎中学校に複数の侵入者。死者多数」という五年前のニュース記事だった。

そこに、間壁敏朗の名前があった。重傷を負い、病院に担ぎ込まれた男性の一人だった。年齢からすると生徒ではなく、事件当日、授業を参観するために学校を訪れていた保護者の一人のようだった。意識不明の重体とある。さらに検索をし、最近の情報を確認するが、それにもやはり、最近に至っても依然として意識不明のままだ。

なるほど、と私は思う。

井坂好太郎は意図的に、この名前を作中で使用したのだろう。小説の内容は直接、播磨崎中学校の事件に踏み込んではいないが、その真相を取り込もうとしている。さり気ないものも、あからさまなものも問わず、この原稿には、事件の周縁の事物が内包されている。そういうことなのか？

（下巻へつづく）

■初出
「モーニング」二〇〇七年十八号〜二〇〇八年二十六号
■単行本　二〇〇八年十月小社刊
■文庫旧版　二〇一一年十月　講談社文庫

|著者| 伊坂幸太郎　1971年千葉県生まれ。東北大学法学部卒業。2000年『オーデュボンの祈り』で第5回新潮ミステリー倶楽部賞を受賞し、デビュー。'04年『アヒルと鴨のコインロッカー』で第25回吉川英治文学新人賞、「死神の精度」で第57回日本推理作家協会賞短編部門を受賞。'08年『ゴールデンスランバー』で第5回本屋大賞と第21回山本周五郎賞、'20年『逆ソクラテス』で第33回柴田錬三郎賞を受賞する。近著に『クジラアタマの王様』『ペッパーズ・ゴースト』『マイクロスパイ・アンサンブル』などがある。

モダンタイムス(上)　新装版《しんそうばん》

伊坂幸太郎《いさかこうたろう》

講談社文庫
定価はカバーに
表示してあります

2023年2月15日第1刷発行

KODANSHA

発行者――鈴木章一
発行所――株式会社　講談社
東京都文京区音羽2-12-21　〒112-8001
電話　出版　(03) 5395-3510
　　　販売　(03) 5395-5817
　　　業務　(03) 5395-3615

デザイン―菊地信義
本文データ制作―講談社デジタル製作
印刷―――大日本印刷株式会社
製本―――大日本印刷株式会社

Printed in Japan

ISBN978-4-06-530238-5

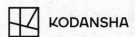

講談社文庫刊行の辞

二十一世紀の到来を目睫に望みながら、われわれはいま、人類史上かつて例を見ない巨大な転換期をむかえようとしている。

世界も、日本も、激動の予兆に対する期待とおののきを内に蔵して、未知の時代に歩み入ろうとしている。このときにあたり、創業の人野間清治の「ナショナル・エデュケイター」への志を現代に甦らせようと意図して、われわれはここに古今の文芸作品はいうまでもなく、ひろく人文・社会・自然の諸科学から東西の名著を網羅する、新しい綜合文庫の発刊を決意した。

激動の転換期はまた断絶の時代である。われわれは戦後二十五年間の出版文化のありかたへの深い反省をこめて、この断絶の時代にあえて人間的な持続を求めようとする。いたずらに浮薄な商業主義のあだ花を追い求めることなく、長期にわたって良書に生命をあたえようとつとめるところにしか、今後の出版文化の真の繁栄はあり得ないと信じるからである。

同時にわれわれはこの綜合文庫の刊行を通じて、人文・社会・自然の諸科学が、結局人間の学にほかならないことを立証しようと願っている。かつて知識とは、「汝自身を知る」ことにつきていた。現代社会の瑣末な情報の氾濫のなかから、力強い知識の源泉を掘り起し、技術文明のただなかに、生きた人間の姿を復活させること。それこそわれわれの切なる希求である。

われわれは権威に盲従せず、俗流に媚びることなく、渾然一体となって日本の「草の根」をかたちづくる若く新しい世代の人々に、心をこめてこの新しい綜合文庫をおくり届けたい。それは知識の泉であるとともに感受性のふるさとであり、もっとも有機的に組織され、社会に開かれた万人のための大学をめざしている。大方の支援と協力を衷心より切望してやまない。

一九七一年七月

野間省一

講談社文庫 最新刊

横山光輝
山岡荘八・原作
漫画版 徳川家康2
竹千代は織田家から今川家の人質に。元服して今川義元の姪《めい》と結婚、元康と改名する。

横山光輝
山岡荘八・原作
漫画版 徳川家康3
桶狭間で義元が戦死、元康は岡崎城主に。織田と同盟し姉川の戦いを経て武田信玄に向かう。

夏原エキジ
Cocoon《コクーン》
〈京都・不死篇4—嗄《か》—〉
同志への愛ゆえ一時生き鬼となった瑠璃《るり》はひとり黄泉《よみ》を行く。人気シリーズ新章第四弾！

三國青葉
福猫屋
〈お佐和のねこかし〉
新商売「猫茶屋」が江戸で大繁盛。猫好きにはたまらない書下ろし・あったか時代小説！

法月綸太郎
雪密室
〈新装版〉
雪の上に足跡ひとつ残さず消えた犯人。雪と鍵、二重の密室トリックに法月親子が挑む！

講談社タイガ

稲葉なおと
ホシノカケラ
伝説のヴォーカル・香田起伸《こうだきしん》。その初めてのソロライブを創りあげるために戦う男たち。

城平京
虚構推理短編集
〈岩永琴子の密室〉
黒いベールを纏う老女。政財界で栄華を極めた彼女の過去には秘密の〝密室〟殺人があった。

なみあと
占い師オリハシの嘘2
〈偽りの罪状〉
占い師オリハシに廃業の危機!? 〝超常現象《オカルト》〟を人知で解き明かす禁断のミステリー第2巻！

講談社文芸文庫

フローベール　蓮實重彦 訳
三つの物語／十一月
解説＝蓮實重彦
生前発表した最後の作品集「三つの物語」と、若き日の恋愛を描き『感情教育』の母胎となった「十一月」。『ボヴァリー夫人』と並び称される名作を第一人者の訳で。
978-4-06-529421-5
フD1

小島信夫
各務原・名古屋・国立
解説＝高橋源一郎　年譜＝柿谷浩一
妻が患う認知症が老作家にもたらす困惑と生活の困難。生涯追い求めた文学表現探求の試みに妻との混乱した対話が重ね合わされ、より複雑な様相を呈する――。
978-4-06-530041-1
こA11

石田衣良 てのひらの迷路
石田衣良 40《フォーティ》 翼ふたたび
石田衣良 s e x
石田衣良 逆《さか》島《しま》断《たつ》雄《お》〈進駐官養成高校の決闘編1〉
石田衣良 逆島断雄〈進駐官養成高校の決闘編2〉
石田衣良 逆島断雄〈本土最終防衛決戦編1〉
石田衣良 逆島断雄〈本土最終防衛決戦編2〉
石田衣良 初めて彼を買った日
井上荒野 ひどい感じ―父・井上光晴
稲葉稔 椋鳥の影〈八丁堀手控え帖〉
伊坂幸太郎 チルドレン
伊坂幸太郎 魔王
伊坂幸太郎 モダンタイムス(上)(下)
伊坂幸太郎 PK
伊坂幸太郎 サブマリン
絲山秋子 袋小路の男
石黒耀 死都日本
石黒耀 忠臣蔵異聞〈家老 大野九郎兵衛の長い仇討ち〉
犬飼六岐 筋違い半介

犬飼六岐 吉岡清三郎貸腕帳
石川大我 ボクの彼氏はどこにいる？
石松宏章 マジでガチなボランティア
伊東潤 国を蹴った男
伊東潤 峠越え
伊東潤 黎明に起《た》つ
伊東潤 池田屋乱刃
石飛幸三 「平穏死」のすすめ〈口から食べられなくなったらどうしますか〉
伊藤理佐 女のはしょり道
伊藤理佐 また！ 女のはしょり道
伊藤理佐 みたび！ 女のはしょり道
石黒正数 外《げ》天《てん》楼《ろう》
伊与原新 ルカの方《はこ》舟《ぶね》
伊与原新 コンタミ 科学汚染
稲葉圭《よし》昭《あき》 恥さらし〈北海道警 悪徳刑事の告白〉
稲葉博《ひろ》一《いち》 忍者烈伝
稲葉博一 忍者烈伝ノ続
稲葉博一 忍者烈伝ノ乱〈天之巻〉〈地之巻〉
伊岡瞬 桜の花が散る前に

石川智健 エウレカの確率〈経済学捜査と殺人の効用〉
石川智健 60《ロクジュウ》〈誤判対策室〉
石川智健 20《ニジュウ》〈誤判対策室〉
石川智健 いたずらにモテる刑事の捜査報告書
石川智健 第三者隠蔽機関
井上真偽《まぎ》 その可能性はすでに考えた
井上真偽 聖女の毒杯〈その可能性はすでに考えた〉
井上真偽 恋と禁忌の述語論理《プレディケット》
泉ゆたか お師匠さま、整いました！
泉ゆたか お江戸けもの医 毛玉堂
泉ゆたか 玉《たま》の輿《こし》猫〈お江戸けもの医 毛玉堂〉
伊兼源太郎 地検のS
伊兼源太郎 Sが泣いた日〈地検のS〉
伊兼源太郎 Sの幕引き〈地検のS〉
伊兼源太郎 巨悪
伊兼源太郎 金庫番の娘
逸木裕 電気じかけのクジラは歌う
今村翔吾 イクサガミ 天
入月英一 信長と征《ゆ》く 1・2〈転生商人の天下取り〉

講談社文庫　目録

講談社文庫　目録

大沢在昌　アルバイト探偵《アイ》
大沢在昌　調毒師を捜せ《アルバイト探偵アイ》
大沢在昌　女王陛下のアルバイト探偵《アイ》
大沢在昌　不思議の国のアルバイト探偵《アイ》
大沢在昌　拷問遊園地《アルバイト探偵アイ》
大沢在昌　帰ってきたアルバイト探偵《アイ》
大沢在昌　雪　蛍
大沢在昌　夢　の　島
大沢在昌　新装版 氷　の　森
大沢在昌　暗　黒　旅　人
大沢在昌　新装版 走らなあかん、夜明けまで
大沢在昌　新装版 涙はふくな、凍るまで
大沢在昌　語りつづけろ、届くまで
大沢在昌　罪深き海辺(上)(下)
大沢在昌　や　ぶ　へ　び
大沢在昌　海と月の迷路(上)(下)
大沢在昌　鏡　の　顔〈傑作ハードボイルド小説集〉
大沢在昌　覆　面　作　家
大沢在昌　ザ・ジョーカー 新装版

大沢在昌　亡　命　者〈ザ・ジョーカー　新装版〉
大沢在昌／藤田宜永／堂場瞬一／井上夢人／今野敏／月村了衛／東山彰良　激動 東京五輪1964
逢坂　剛　十字路に立つ女
逢坂　剛　奔流恐るるにたらず〈重蔵始末(八)完結篇〉
逢坂　剛　新装版 カディスの赤い星(上)(下)
オノ・ヨーコ　飯村隆彦編　た　だ　の　私《あたし》
オノ・ヨーコ　南風椎訳　グレープフルーツ・ジュース
折原　一　倒　錯　の　帰　結
折原　一　倒　錯　の　ロ　ン　ド〈完成版〉
小川洋子　ブラフマンの埋葬
小川洋子　最果てアーケード
小川洋子　琥珀のまたたき
小川洋子　密　や　か　な　結　晶〈新装版〉
乙川優三郎　霧　の　橋
乙川優三郎　喜　知　次
乙川優三郎　蔓　の　端　々
乙川優三郎　夜　の　小　紋
恩田　陸　三月は深き紅の淵を
恩田　陸　麦の海に沈む果実

恩田　陸　黒と茶の幻想(上)(下)
恩田　陸　黄昏の百合の骨
恩田　陸　『恐怖の報酬』日記〈酩酊混乱紀行〉
恩田　陸　きのうの世界(上)(下)
恩田　陸　七月に流れる花／八月は冷たい城
奥田英朗　新装版 ウランバーナの森
奥田英朗　最　　悪
奥田英朗　マ　ド　ン　ナ
奥田英朗　ガ　ー　ル
奥田英朗　サウスバウンド
奥田英朗　オリンピックの身代金(上)(下)
奥田英朗　ヴァラエティ
奥田英朗　邪　魔(上)(下)〈新装版〉
乙武洋匡　五体不満足〈完全版〉
大崎善生　聖《さとし》の　青　春
大崎善生　将　棋　の　子
小川恭一　江戸の旗本事典〈歴史・時代小説ファン必携〉
奥泉　光　プラトン学園
奥泉　光　シューマンの指

講談社文庫　目録

笠井　潔　梟《ふくろう》の巨《おおい》なる黄昏《たそがれ》
笠井　潔　青銅の悲劇(上)(下)〈瀕死の王〉
笠井　潔　転生の魔〈私立探偵飛鳥井の事件簿〉
川田弥一郎　白く長い廊下
神崎京介　女薫の旅 放心とろり
神崎京介　女薫の旅 耽溺《たんでき》まみれ
神崎京介　女薫の旅 秘に触れ
神崎京介　女薫の旅 禁の園へ
神崎京介　女薫の旅 欲の極み
神崎京介　女薫の旅 青い乱れ
神崎京介　女薫の旅 奥に裏に
神崎京介　I LOVE
加納朋子　ガラスの麒麟〈新装版〉
角田光代　まどろむ夜のUFO
角田光代　恋するように旅をして
角田光代　人生ベストテン
角田光代　ロック母
角田光代　彼女のこんだて帖
角田光代　ひそやかな花園

角田光代 石田衣良 ほか　こどものころにみた夢
川端裕人　せちやん〈星を聴く人〉
川端裕人　星と半月の海
片川優子　ジョナさん
神山裕右　カタコンベ
神山裕右　炎の放浪者
加賀まりこ　純情ババァになりました。
門田隆将　甲子園への遺言〈伝説の打撃コーチ高畠導宏の生涯〉
門田隆将　甲子園の奇跡〈斎藤佑樹と早実百年物語〉
門田隆将　神宮の奇跡
鏑木　蓮　東京ダモイ
鏑木　蓮　屈折光
鏑木　蓮　時限
鏑木　蓮　真友
鏑木　蓮　甘い罠
鏑木　蓮　京都西陣シェアハウス〈憎まれ天使・有村志穂〉
鏑木　蓮　炎罪
鏑木　蓮　疑薬
川上未映子　そら頭はでかいです、世界がすこんと入ります

川上未映子　わたくし率 イン 歯ー、または世界
川上未映子　ヘヴン
川上未映子　すべて真夜中の恋人たち
川上未映子　愛の夢とか
川上弘美　ハヅキさんのこと
川上弘美　晴れたり曇ったり
川上弘美　大きな鳥にさらわれないよう
海堂　尊　新装版 ブラックペアン1988
海堂　尊　ブレイズメス1990
海堂　尊　スリジエセンター1991
海堂　尊　死因不明社会2018
海堂　尊　極北クレイマー2008
海堂　尊　極北ラプソディ2009
海堂　尊　黄金地球儀2013
門井慶喜　パラドックス実践 雄弁学園の教師たち
門井慶喜　銀河鉄道の父
梶よう子　迷子石
梶よう子　ふくろう
梶よう子　ヨイ豊《とよ》

2022年12月15日現在